A queda dos anjos
Angelfall

SUSAN EE

A queda dos anjos
Angelfall

Fim dos Dias
Livro 1

Tradução
Monique D'Orazio

5ª edição
Rio de Janeiro-RJ / Campinas-SP, 2022

VERUS EDITORA

Editora
Raïssa Castro

Coordenadora editorial
Ana Paula Gomes

Copidesque
Maria Lúcia A. Maier

Revisão
Raquel de Sena Rodrigues Tersi

Capa, projeto gráfico e diagramação
André S. Tavares da Silva

Imagem de capa
© Funky 80disco/Dreamstime.com

Título original
Angelfall
Penryn & The End of Days - book 1

ISBN: 978-85-7686-378-6

Copyright © Feral Dream LLC, 2012
Todos os direitos reservados.

Tradução © Verus Editora, 2016
Direitos reservados em língua portuguesa, no Brasil, por Verus Editora. Nenhuma parte desta obra pode ser reproduzida ou transmitida por qualquer forma e/ou quaisquer meios (eletrônico ou mecânico, incluindo fotocópia e gravação) ou arquivada em qualquer sistema ou banco de dados sem permissão escrita da editora.

Verus Editora Ltda.
Rua Benedicto Aristides Ribeiro, 41, Jd. Santa Genebra II, Campinas/SP, 13084-753
Fone/Fax: (19) 3249-0001 | www.veruseditora.com.br

CIP-BRASIL. CATALOGAÇÃO NA FONTE
SINDICATO NACIONAL DOS EDITORES DE LIVROS, RJ

E26q

Ee, Susan
  A queda dos anjos / Susan Ee ; tradução Monique D'Orazio. - 5. ed. - Campinas, SP : Verus, 2022.
  23cm. (Fim dos dias ; 1)

  Tradução de: Angelfall
  ISBN 978-85-7686-378-6

  1. Ficção americana. I. D'Orazio, Monique. II. Título. III. Série.

15-28275
CDD: 813
CDU: 821.111(73)-3

Revisado conforme o novo acordo ortográfico

1

IRONICAMENTE, DESDE OS ATAQUES, o pôr do sol tem sido magnífico. Pela janela do nosso apartamento, o céu flameja em tons vívidos de laranja, vermelho e roxo, como manga amassada. As nuvens se inflamam com as cores do crepúsculo, e chego a temer que nós, uma vez surpreendidas aqui embaixo, também acabemos pegando fogo.

Com o calor desvanecente no rosto, tento não pensar em outra coisa além de manter as mãos firmes enquanto fecho metodicamente o zíper da mochila.

Calço minhas botas favoritas. Elas costumavam ser minhas preferidas porque uma vez recebi um elogio de Misty Johnson sobre o visual das tiras de couro que pendem das laterais. Ela é — era — líder de torcida, conhecida pelo bom gosto fashion, e por isso imaginei que as botas eram o símbolo que atestava meu conhecimento de moda, embora tivessem sido fabricadas por uma empresa de calçados para caminhada. Agora são as minhas favoritas porque as tiras formam a bainha perfeita para uma faca.

Também deslizo afiadas facas de carne para dentro do bolso da cadeira de rodas de Paige. Hesito antes de colocar uma delas no carrinho de compras da minha mãe na sala de estar, mas a coloco mesmo assim. Eu a encaixo entre uma pilha de bíblias e várias garrafas de refrigerante vazias. Quando minha mãe não está olhando, ponho algumas roupas por cima, na esperança de que ela nunca tenha de saber que a lâmina está ali.

Antes que escureça totalmente, empurro Paige pelo corredor até as escadas. Ela consegue manejar a cadeira sozinha, graças à sua preferência pela cadeira convencional em vez da elétrica. Mas percebo que se sente mais segura quando a empurro. O elevador é inútil agora, é claro, a menos que a gente queira arriscar ficar presa quando a eletricidade acaba.

Ajudo Paige a se levantar e a levo nas costas enquanto nossa mãe desce com a cadeira por três lances de escadas. Não gosto de sentir os ossos de minha irmã. Ela está leve demais até para uma garota de sete anos, o que me assusta mais do que todas as outras coisas juntas.

No momento em que chegamos ao saguão, coloco Paige de volta na cadeira. Afasto uma mecha de seu cabelo escuro e a ajeito atrás da orelha. Com maçãs do rosto salientes e olhos hostis, quase poderíamos ser gêmeas. Seu rosto é menor e mais delicado que o meu; mas esperem mais dez anos e ela vai ficar igualzinha a mim. No entanto, ninguém jamais nos confundiria, nem que ambas tivéssemos dezessete anos, assim como ninguém confundiria duro e mole, quente e frio. Mesmo agora, assustada como ela está, os cantos de sua boca estão curvados para cima, em um esboço de sorriso. Ela está mais preocupada comigo do que consigo mesma. Exibo um sorriso também, tentando irradiar confiança.

Corro escada acima novamente para ajudar minha mãe a descer com o carrinho. Temos certa dificuldade para manejar aquela tralha desajeitada, e o resultado é um sonoro tilintar enquanto descemos apressadamente os degraus. É a primeira vez em que fico contente por não ter mais ninguém no prédio para nos ouvir. O carrinho está entulhado de garrafas vazias, cobertores infantis de Paige, pilhas de revistas e bíblias, todas as camisas que meu pai deixou no armário quando foi embora, e, claro, as caixas dos preciosos ovos podres da minha mãe. Ela também recheou todos os bolsos de seu suéter e de seu casaco com os ovos.

Penso em abandonar o carrinho, mas a briga que eu teria com a mamãe demoraria muito mais e seria muito mais barulhenta do que ajudá-la. Só espero que Paige fique bem nesse meio-tempo. Eu merecia um chute por não ter descido primeiro o carrinho e deixado Paige esperando em um local relativamente mais seguro lá em cima, em vez do saguão.

Quando chegamos à porta da frente do edifício, já estou suando, e meus nervos estão em frangalhos.

— Lembre-se — digo. — Não importa o que aconteça, apenas continue correndo por El Camino até chegar a Page Mill. Depois siga para as colinas. Se nos separarmos, nos encontramos no topo, tudo bem?

Se a gente se separar, não há muita esperança de nos reencontrarmos em nenhum lugar, mas preciso manter a ilusão porque pelo jeito é tudo o que temos.

Encosto o ouvido na porta da frente do nosso prédio. Não ouço nada. Nem vento, nem pássaros, nem carros, nem vozes. Puxo a porta pesada um pouquinho e dou uma espiada lá fora.

As ruas estão desertas, exceto pelos carros vazios estacionados em todas as pistas. Os últimos raios de luz banham o concreto e o aço com ecos cinzentos de cor.

O dia pertence aos refugiados e às gangues, mas todos somem à noite, deixando as ruas desertas já ao pôr do sol. Agora impera um medo enorme do sobrenatural. Tanto os predadores mortais quanto as presas parecem concordar em dar ouvidos aos medos mais primitivos e se esconder até a aurora. Mesmo a pior das novas gangues de rua deixa a noite para as criaturas que vagam pela escuridão neste mundo novo.

Pelo menos é o que todas têm feito até agora. Em algum momento, os mais desesperados vão começar a tirar proveito da escuridão noturna, apesar dos riscos. Espero que sejamos as primeiras, porque assim seremos as únicas do lado de fora. Além do mais, pelo menos desse jeito não vou precisar arrastar Paige para impedi-la de ajudar alguém em apuros.

Minha mãe agarra meu braço enquanto olha fixamente noite adentro. Seus olhos estão cheios de medo. Ela chorou tanto no ano passado, depois que meu pai foi embora, que agora seus olhos ficam inchados o tempo todo. Ela sente um terror especial da noite, mas não há nada que eu possa fazer. Começo a dizer que vai ficar tudo bem, mas a mentira seca na minha boca. É inútil tranquilizá-la.

Respiro fundo e abro a porta com um puxão.

2

IMEDIATAMENTE EU ME SINTO EXPOSTA. Meus músculos se enrijecem como se esperassem levar um tiro a qualquer momento.

Pego a cadeira de Paige e a empurro para fora do prédio. Observo o céu e depois tudo o que nos cerca, como faria um bom coelhinho fugindo de predadores.

As sombras rapidamente escurecem os edifícios abandonados, carros e arbustos quase sem vida, que não são regados há seis semanas. Um grafiteiro pintou um anjo zangado com asas enormes e uma espada na parede do condomínio do outro lado da rua. A rachadura gigante que divide a parede cruza o rosto do anjo em um zigue-zague que o faz parecer um louco. Abaixo dele, um aspirante a poeta rabiscou as palavras: "Quem vai nos guardar dos guardiões?"

Eu me encolho ao ouvir o ruidoso retinir que faz o carrinho da minha mãe, empurrado de qualquer jeito porta afora rumo à calçada. Conforme caminhamos, esmagamos o vidro quebrado, o que me convence ainda mais de que ficamos escondidas em nosso apartamento por mais tempo do que deveríamos. As janelas do primeiro andar foram quebradas.

E alguém pregou uma pena na porta.

Não acredito nem por um segundo que seja uma pena de anjo verdadeira, embora é claro que é isso o que eles querem que a gente pense. Nenhuma gangue nova é tão forte ou rica. Pelo menos ainda não.

A pena foi mergulhada em tinta vermelha, que escorre pela madeira. Pelo menos espero que seja tinta. Vi esse símbolo de gangue em supermercados e farmácias nas últimas semanas, alertando os catadores. Não vai demorar muito para os membros das gangues reivindicarem o que sobrou nos andares mais altos. É uma pena para eles não estarmos mais lá. Por enquanto, ainda estão ocupados reivindicando território antes que as gangues concorrentes cheguem.

Corremos para o carro mais próximo e nos abaixamos para nos esconder.

Não preciso olhar para trás para me certificar de que minha mãe está me seguindo, pois o barulho das rodas do carrinho indica que ela está se mexendo. Lanço um olhar para cima e para os lados. Não há movimento algum nas sombras.

Um sentimento de esperança percorre meu corpo pela primeira vez desde que tracei nosso plano. Talvez essa seja uma daquelas noites em que nada acontece nas ruas. Nada de gangue, nem de resto de animal devorado encontrado de manhã, nenhum grito ecoando pela noite.

Minha confiança aumenta à medida que pulamos de carro em carro, nos movendo mais depressa do que eu imaginava.

Viramos no El Camino Real, uma artéria importante no Vale do Silício. Significa "O caminho real", segundo minha professora de espanhol. O nome é adequado, considerando que a realeza local — os fundadores e primeiros funcionários das empresas de tecnologia mais modernas do mundo — provavelmente ficou presa numa estrada dessas como todo mundo.

Os cruzamentos estão lotados de carros abandonados. Eu nunca tinha visto um congestionamento no vale antes de seis semanas atrás. Os motoristas aqui são sempre extremamente educados. No entanto, a única coisa que realmente me convence de que o apocalipse chegou são os smartphones esmigalhados sob os meus pés. Nada menos que o fim do mundo faria nossos amantes de tecnologia ecologicamente conscientes jogarem seus últimos apetrechos eletrônicos na rua. É praticamente um sacrilégio, mesmo que agora não passem de peso morto.

Considerei ficar nas ruas menores, mas é mais provável que as gangues se escondam onde se sintam menos expostas. Mesmo à noite, se dermos mole em suas ruas, elas podem arriscar se expor em troca de um carrinho cheio de espólios. A essa distância, é improvável que consigam ver que se trata apenas de garrafas vazias e trapos.

Estou prestes a espiar de trás de um SUV para decidir qual vai ser nosso próximo esconderijo, quando Paige se inclina e pega algo no assento do carro, que estava com a porta aberta.

É uma barra energética. Fechada.

Está jogada entre papéis espalhados, como se tudo tivesse caído de uma bolsa. O mais inteligente a fazer seria pegar, sair correndo e então comer em um local seguro. Mas nas últimas semanas aprendi que nosso estômago pode muito facilmente substituir nosso cérebro.

Paige rasga a embalagem e corta a barra em três pedaços. Seu rosto se ilumina conforme ela distribui um terço para cada. Sua mão treme de fome e emoção, mas, apesar disso, ela nos dá os pedaços maiores e fica com o menor.

Quebro o meu ao meio e dou metade para ela. Nossa mãe faz o mesmo. Paige parece chateada por rejeitarmos seus presentes. Coloco o dedo nos lábios e lhe dirijo um olhar severo. Relutante, ela pega o alimento que lhe oferecemos.

Paige é vegetariana desde que tinha três anos e visitou o zoológico. Embora fosse praticamente um bebê, ela fez a conexão entre o peru que a fez rir e os sanduíches que comia. Nós a chamávamos de nossa pequena dalai-lama até algumas semanas atrás, quando comecei a insistir que ela comesse o que eu conseguisse roubar nas ruas. Uma barra energética é o melhor que podemos fazer por ela atualmente.

Nosso rosto relaxa aliviado quando mordemos a barra crocante. Açúcar e chocolate! Calorias e vitaminas.

Um pedaço de papel voa do assento do passageiro. Vejo o escrito de relance.

"Alegrai-vos! O Senhor está chegando! Juntem-se à Nova Aurora e sejam os primeiros a ir para o Paraíso."

Trata-se de um dos panfletos dos cultos do apocalipse que se espalharam como espinhas em pele oleosa depois dos ataques. Há fotos embaçadas do incêndio que destruiu Jerusalém, Meca e o Vaticano. Tem uma aparência apressada, caseira, como se alguém tivesse tirado fotos das imagens dos noticiários e imprimido em uma impressora colorida barata.

Devoramos a comida, mas estou nervosa demais para apreciar o sabor adocicado. Estamos quase em Page Mill Road, o que nos levaria às colinas passando por uma área relativamente despovoada. Imagino que, assim que nos aproximarmos das colinas, nossas chances de sobrevivência aumentarão drasticamente. Agora é noite fechada, e os carros desertos se iluminam de um jeito sinistro sob a meia-lua.

Tem alguma coisa no silêncio que deixa meus nervos à flor da pele. Era para ter barulho; talvez o ruído de um rato, de pássaros, de grilos ou algo assim. Mas até o vento parece ter medo de soprar.

O som do carrinho da mamãe é especialmente alto nessa quietude. Queria ter tempo para discutir com ela. Um sentimento de urgência cresce dentro de mim como se respondesse à tensão elétrica antes de um raio. Só precisamos chegar a Page Mill.

Apresso o passo, ziguezagueando pelos carros. Atrás de mim, a respiração da minha mãe fica mais pesada e difícil. Paige está tão quieta que acho que ela está prendendo a respiração.

Uma coisa branca cai planando no ar e aterrissa no colo de minha irmã. Ela a pega e se vira para me mostrar. Todo o sangue some de seu rosto; seus olhos ficam vidrados.

É um pedaço macio de plumagem. Uma pena branca feito a neve. Como aquelas que saem de um edredom de pena de ganso, só que um pouco maior.

O sangue também some do meu rosto.

Quais são as chances?

Geralmente eles têm como alvo as grandes cidades. O Vale do Silício é apenas uma singela faixa de escritórios em prédios baixos e subúrbios entre San Francisco e San Jose, na Califórnia. San Francisco já foi atingida, por isso, se pretendem atacar qualquer coisa nessa área, seria San Jose, não o vale. É apenas um pássaro sobrevoando o lugar, só isso. Só isso.

Já estou ofegante de pânico.

Eu me forço a olhar para cima. Tudo o que vejo é um céu escuro sem fim.

Mas então enxergo uma coisa. Outra pena maior desce flutuando preguiçosamente em direção à minha cabeça.

O suor se espalha pela minha testa. Disparo a toda velocidade.

O carrinho da minha mãe balança loucamente atrás de mim conforme ela nos segue, desesperada. A mamãe não precisa de explicações ou incentivo para correr. Temo que uma de nós caia, ou que a cadeira de Paige tombe, mas não posso parar. Precisamos encontrar um lugar seguro para nos esconder. Imediatamente.

O carro que eu visava de repente é esmagado sob o peso de algo que desaba do alto. O barulho da queda quase me faz pular para fora das botas. Por sorte, ele encobre o grito da minha mãe.

Capto um vislumbre de braços e pernas bronzeados e de asas brancas como a neve.

Um anjo.

Preciso piscar para ter certeza de que é real.

Nunca vi um antes, pelo menos não que estivesse vivo. Claro, todos nós já vimos repetidas vezes as imagens de Gabriel, o Mensageiro de Deus, com asas douradas, sendo morto a tiros na pilha de escombros que era Jerusalém. Ou as imagens de anjos arrancando um helicóptero militar do céu e o lançando no meio da multidão em Pequim, com a hélice virada para baixo. Ou aquele vídeo tremido de pessoas correndo de uma Paris em chamas, sob o céu cheio de fumaça e asas angelicais.

Contudo, assistindo à tevê, sempre dizemos a nós mesmos que esses fatos não são reais, mesmo que estivessem em todos os noticiários.

Só que não há como negar que isso aqui é real. Homens com asas. Anjos do Apocalipse. Seres sobrenaturais que pulverizaram o mundo moderno e mataram milhões, talvez bilhões, de pessoas.

E aqui está um dos horrores, bem na minha frente.

3

NA PRESSA DE DAR MEIA-VOLTA e mudar de direção, quase derrubo minha irmã. Paramos com uma derrapada atrás de um caminhão de mudança estacionado. Espio atrás dele, sem conseguir parar de olhar.

Mais cinco anjos com as asas branquíssimas disparam até o solo. Pelas posturas agressivas, é uma luta de um contra cinco. Está muito escuro para enxergar todos os detalhes dos que estão prestes a aterrissar, mas um deles se destaca: é gigante e se sobressai aos demais. Há algo no formato de suas asas que parece diferente. Mas as asas se dobram tão depressa quando as criaturas tocam o solo que fico em dúvida se realmente havia alguma coisa diferente no anjo maior.

Ficamos agachadas e meus músculos congelam, se recusando a se mexer e sair da relativa segurança atrás da roda do caminhão. Até o momento, parece que eles não nos notaram.

De repente, uma luz pisca e se acende sobre o carro esmagado. A eletricidade voltou, e essa lâmpada de rua é uma das poucas que ainda não foram quebradas. O círculo solitário de luz parece brilhante demais, sinistro; destaca os contrastes mais do que ilumina. Algumas janelas vazias também se acendem ao longo da rua, oferecendo luz suficiente para me mostrar um pouco melhor os anjos.

Suas asas têm cores diferentes. As do que destruiu o carro são brancas como a neve. O gigante tem asas escuras como a noite. Os outros têm asas azuis, verdes, laranja-queimado e com listras de tigre.

Estão todos sem camisa, e suas formas musculosas se destacam a cada movimento. Assim como as asas, os tons de pele variam. O anjo de asas brancas como a neve, aquele que esmagou o carro, tem pele caramelo-claro. O de asas escuras como a noite tem pele branca como ovo. A dos demais varia de um tom dourado a um tom marrom-escuro. Esses anjos parecem guerreiros, daqueles que têm o corpo coberto de cicatrizes, mas, ao contrário disso, têm a pele tão perfeitamente imaculada que faria as rainhas de bailes de formatura matarem seus reis para terem uma igual.

O anjo de asas brancas como a neve rola dolorosamente sobre o veículo destruído. Apesar dos ferimentos, para numa posição meio agachada, pronto para um ataque. Sua graça atlética me lembra um puma que certa vez vi na tevê.

Posso afirmar que ele é um oponente temível pela forma cautelosa como os outros se aproximam, mesmo ele estando ferido e em grande desvantagem. Embora os demais sejam musculosos, parecem animalescos e desajeitados quando comparados a ele, cujo corpo se assemelha ao de um nadador olímpico, firme e definido. Mesmo de mãos vazias, parece pronto para lutar contra os outros, apesar de quase todos os inimigos estarem armados com espadas.

Sua lâmina está a alguns passos do carro, onde foi parar após a queda. Como as espadas dos outros anjos, a dele é curta, uma lâmina tem sessenta centímetros e dois gumes afiados.

Ele a vê e se prepara para saltar e pegá-la. Porém o Anjo Queimado a chuta e a faz girar preguiçosamente pelo asfalto, para longe de seu dono, mas a distância que ela percorre é surpreendentemente curta. Deve ser pesada como chumbo. De qualquer forma, ainda está distante o suficiente para garantir que Asas Nevadas não tenha a menor possibilidade de alcançá-la.

Fico ali assistindo à execução do anjo. Não há dúvida sobre o desfecho. Ainda assim, Asas Nevadas dá trabalho. Ele chuta o anjo com listras de tigre e consegue se desvencilhar dos outros dois. Só que não é páreo para os cinco juntos.

Quando quatro deles conseguem enfim imobilizá-lo no chão, praticamente se sentando sobre ele, o Gigante da Noite se aproxima. Ele caminha firme como o Anjo da Morte, que eu imagino que deva ser. Tenho a nítida impressão de que esse é o fim de várias batalhas que já lutaram. Percebo a história entre eles na forma como se entreolham, na maneira como o Gigante da Noite puxa as asas do oponente e as abre. Ele acena com a cabeça para o Anjo Listrado, que ergue a espada acima de Asas Nevadas.

Quero fechar os olhos para não assistir ao golpe final, mas não consigo. Meus olhos ficam abertos como se estivessem colados.

— Você devia ter aceitado nosso convite quando teve a chance — diz o Gigante da Noite, se esforçando para segurar a asa distante do corpo de Asas Nevadas. — Embora nem eu pudesse ter previsto esse fim para você.

Mais uma vez ele acena com a cabeça para o Anjo Listrado. A lâmina desce com tudo e lhe decepa a asa.

Asas Nevadas solta um guinchado furioso. A rua se enche de ecos de raiva e agonia.

O sangue espirra por toda parte, chovendo sobre os outros. Eles lutam para segurar o prisioneiro, agora escorregadio em virtude da quantidade de sangue. Asas Nevadas se contorce e chuta dois dos agressores com uma velocidade relâmpago. Eles acabam rolando no asfalto, curvados na altura do estômago. Por um instante, enquanto os dois anjos restantes se esforçam para mantê-lo no chão, eu acho que ele vai conseguir se libertar.

Mas o Gigante da Noite crava a bota nas costas de Asas Nevadas, bem em cima do ferimento aberto.

Asas Nevadas silva uma respiração cheia de dor, mas não grita. Os outros aproveitam a oportunidade para se esgueirar e retomar a posição, segurando-o no chão.

O Gigante da Noite solta a asa decepada, que cai no asfalto, feito o baque de um animal morto.

A expressão de Asas Nevadas é furiosa. Ele ainda não desistiu, mas sua sede de revanche está sendo drenada tão rapidamente quanto seu sangue. A pele está encharcada; o cabelo, emplastrado.

O Gigante da Noite agarra o que sobrou da asa e a abre com um puxão.

— Se dependesse de mim, eu te deixaria ir — ele diz, com tanta veneração na voz que chego a suspeitar que está falando sério. — Mas todos temos nossas ordens. — Apesar do elogio, ele não esboça nenhum arrependimento.

A espada do Anjo Listrado, posicionada na junção entre a asa restante e o corpo de Asas Nevadas, capta o reflexo da lua.

Estremeço, à espera de mais um golpe sangrento. Atrás de mim, Paige assente, deixando escapar um ruído baixo.

Subitamente, o Anjo Queimado inclina a cabeça por trás do Gigante da Noite e olha diretamente para nós.

Fico paralisada, ainda agachada atrás do caminhão de mudança. Meu coração pula um batimento e, em seguida, bate três vezes mais rápido.

O Anjo Queimado se levanta e se afasta da carnificina.

E então vem direto em nossa direção.

4

MEU CÉREBRO PARALISA DE MEDO. Só consigo pensar em distrair o anjo enquanto minha mãe empurra Paige para um lugar seguro.

— Corre!

Minha mãe não mexe um músculo, e seus olhos se arregalam, horrorizados. Em meio ao pânico, ela se vira e foge sem levar Paige. Acho que ela pensou que eu empurraria a cadeira de rodas. Olhos aterrorizados dominam o rosto pequeno e anguloso de Paige quando ela me encara.

Ela gira a cadeira e impulsiona as rodas o mais rápido possível atrás da mamãe. Paige consegue movimentar a própria cadeira, mas não tão rápido como se alguém a empurrasse.

Não vamos sair vivas se nos distrairmos. Sem tempo para considerar os prós e os contras, minha decisão leva uma fração de segundo.

Saio em disparada para o descampado e corro em direção ao Anjo Queimado.

Registro vagamente um rugido indignado e repleto de agonia em algum lugar ao fundo. A segunda asa está sendo cortada. Provavelmente é tarde demais, mas estou onde jaz a espada de Asas Nevadas, e não há tempo suficiente para bolar um novo plano.

Pego a arma quase debaixo dos pés de Anjo Queimado. Eu a agarro com as duas mãos, esperando que seja muito pesada, mas a lâmina se levanta, leve como o ar. Eu a jogo na direção de Asas Nevadas.

— Ei! — grito a plenos pulmões.

O Anjo Queimado se abaixa, parecendo tão surpreso quanto eu ao ver a espada voar acima de nossa cabeça. Foi uma atitude desesperada e mal pensada de minha parte, ainda mais porque no momento o anjo deve estar sangrando até a morte. Mas a espada voa com mais precisão do que eu esperava e cai com a empunhadura bem na mão estendida de Asas Nevadas, como se fosse guiada até ela.

Sem titubear, o anjo sem asas brande a espada contra o Gigante da Noite. Apesar dos graves ferimentos, ele é rápido e vigoroso. Posso entender por que os outros tiveram de enfrentá-lo em superioridade numérica para conseguirem encurralá-lo.

A lâmina rasga o ventre de Gigante da Noite. O sangue jorra e se mistura ao rio escarlate da rua. Anjo Listrado dá um salto até o chefe e o segura antes que ele desabe.

Com dificuldade, Asas Nevadas tenta recuperar o equilíbrio sem as asas. Um mar de sangue lhe escorre das costas. Ele brande a espada novamente e abre um talho na perna de Anjo Listrado, que corre com Gigante da Noite nos braços, mas isso não o detém.

Os outros dois anjos que haviam se afastado quando a briga se intensificou correm para pegar Gigante da Noite e Anjo Listrado, batendo as asas poderosas e deixando um rastro de sangue no chão na fuga noite adentro.

Minha distração foi um enorme sucesso. Espero que a essa altura minha família já tenha encontrado um esconderijo.

O mundo então explode em dor quando Anjo Queimado me acerta com o dorso da mão.

Saio voando para trás e bato com força no asfalto. Meus pulmões se contraem tanto que não consigo nem pensar em respirar. Só o que faço é me curvar, tentando sugar um sopro de ar para dentro do corpo.

O Anjo Queimado se vira para Asas Nevadas, que não pode mais ser chamado de branco. Ele hesita, todos os músculos tensos, como se considerasse as possibilidades de vencer o anjo ferido. Sem asas e banhado em sangue, Asas Nevadas se levanta, mal conseguindo ficar em pé, mas sua espada está pronta e apontada para o Anjo Queimado. Os olhos de Asas Nevadas ardem em fúria e determinação, e seu oponente hesita.

O anjo ensanguentado deve ter uma reputação dos diabos, porque, apesar de sua condição, o perfeitamente saudável e musculoso Anjo Queimado enfia a espada de volta na bainha, me lança um olhar de asco e se manda. Ele corre pela rua, e suas asas o erguem do chão depois de uma dúzia de passos.

No instante em que o inimigo lhe dá as costas, o anjo ferido desaba de joelhos entre as asas decepadas. Parece estar perdendo sangue bem rápido, e chego a pensar que, em alguns minutos, ele vai morrer no meio da rua.

Finalmente inspiro uma quantidade razoável de ar, que entra queimando em meus pulmões, e meus músculos relaxam levemente quando recebem oxigênio outra vez. O alívio me dá ânimo. Estico o corpo e olho para a rua.

Então o que vejo me atinge como uma descarga elétrica.

Com muito esforço, Paige conduz a cadeira de rodas. Acima dela, Anjo Queimado a observa, dando voltas no ar como um abutre, e mergulha em sua direção.

Já de pé, disparo feito um raio.

Meus pulmões gritam por ar, mas não me importo.

Anjo Queimado me olha com uma expressão presunçosa. Suas asas fazem meu cabelo esvoaçar à medida que me aproximo.

Estou tão, tão perto. Só um pouco mais rápido. Foi minha culpa. Eu o irritei a ponto de ele descontar em Paige. Minha culpa me deixa ainda mais desesperada para salvá-la.

Anjo Queimado grita:

— Corra, macaco! Corra!

Mãos se abaixam e capturam Paige.

— Não! — berro, tentando alcançá-la.

Suspensa no ar, ela grita meu nome:

— Penryn!

Agarro a barra de sua calça. Minha mão segura o tecido com a estrela amarela que nossa mãe costurou para nos proteger do mal.

Apenas por um instante, eu me deixo acreditar que posso puxá-la de volta. Por um momento, o aperto em meu peito começa a relaxar em resposta a um alívio antecipado.

O tecido escorrega dos meus dedos.

— Não! — Pulo em direção aos pés dela, e meus dedos roçam seus sapatos. — Traga minha irmã de volta! Você não a quer! Ela é só uma garotinha! — Minha voz falha no final.

Em segundos, o anjo está alto demais para me ouvir. Continuo gritando, perseguindo-o pela rua, mesmo depois que os gritos de Paige somem ao longe. Meu coração praticamente congela diante do pensamento de que o anjo a solte daquela altura.

O tempo parece parar, e eu fico ali na rua, com a respiração ofegante, observando o pontinho no céu se encolher e se transformar em nada.

5

MUITO DEPOIS DE PAIGE DESAPARECER nas nuvens, eu me viro, procurando minha mãe. Não é que eu não me importe com ela. É só que o nosso relacionamento é mais complicado que uma simples relação entre mãe e filha. O amor cor-de-rosa que eu deveria sentir por ela é talhado de preto e respingado por vários tons de cinza.

Nem sinal dela. O carrinho está tombado com as tralhas espalhadas, perto do caminhão atrás do qual estávamos escondidas. Hesito antes de gritar.

— Mãe? — Qualquer coisa que pudesse ter sido atraída pelo barulho já estaria aqui, à espreita nas sombras. — Mãe!

Nada se mexe na rua deserta. Se quem se esconde atrás das janelas escuras viu para onde ela foi, não vai me dizer. Tento lembrar se vi algum anjo pegá-la, mas só consigo enxergar as pernas imóveis de Paige sendo erguida da cadeira. Se tivesse acontecido qualquer coisa ao meu redor naquela hora, eu não teria notado.

Em um mundo civilizado onde existem leis, bancos e supermercados, ser uma paranoica esquizofrênica é um grande problema. Só que em um mundo onde bancos e supermercados são usados por gangues como centros de tortura, ser um pouco paranoica é na realidade uma vantagem. A parte esquizofrênica, entretanto, ainda é um problema. Não conseguir distinguir a realidade da fantasia não chega nem perto de ser ideal.

Ainda assim, há uma boa chance de a minha mãe ter dado no pé antes de as coisas ficarem muito feias. Ela deve estar escondida em algum lugar, provavelmente me observando, até que se sinta segura o bastante para sair.

Olho à minha volta de novo. Vejo apenas prédios com janelas escuras e carros abandonados. Se eu não tivesse passado semanas espiando escondida atrás daquelas janelas escuras, poderia jurar que eu era o último ser humano do planeta. Mas eu sei que por aí, atrás desse aço e desse concreto, existem pelo menos alguns pares de olhos cujos donos consideram se vale a pena se arriscar correr para a rua e pegar as asas do anjo, com quaisquer partes dele que conseguirem arrancar.

Segundo Justin, nosso vizinho até a semana passada, o boato que corre por aí é de que há recompensa para quem achar partes de anjos. Toda uma economia alternativa está sendo criada em torno de retalhos de anjos. As asas alcançam os preços mais altos, mas mãos, pés, escalpo e outras partes mais sensíveis também valem uma boa soma, pelo menos se você conseguir provar que pertenciam a um anjo.

Um grunhido baixo interrompe meus pensamentos. Meus músculos se enrijecem instantaneamente, prontos para outra briga. As gangues estão vindo?

Outro gemido baixo. O som não está vindo dos prédios, mas de algum lugar bem na minha frente. A única coisa que vejo diante de mim é o anjo ensanguentado, deitado de cara no chão.

Será que ele ainda está vivo?

Todas as histórias que ouvi dizem que, se a gente arranca as asas de um anjo, ele morre. Talvez isso seja tão verdade como quando cortam o braço de uma pessoa. Se ela for deixada ali, simplesmente vai sangrar até morrer.

Não deve ser muito fácil conseguir um pedaço de anjo. A rua pode ficar cheia de catadores a qualquer momento. O mais inteligente a fazer seria fugir enquanto é tempo.

Mas, se esse anjo ainda estiver vivo, talvez saiba para onde levaram a Paige. Eu me apresso até o anjo, o coração batendo furiosamente diante da possibilidade.

Sangue escorre de suas costas, se acumulando em uma poça no asfalto. Viro o anjo sem nenhuma cerimônia, sem pensar duas vezes antes de tocá-lo. Ainda que eu esteja uma pilha de nervos, noto sua beleza etérea, a curva suave do peito. Imagino que o rosto seria o clássico angelical, não fossem os ferimentos e vergões.

Eu o sacudo. Ele continua inerte, como a estátua de um deus grego, que é com o que ele se parece.

Dou-lhe um tapa forte. Suas pálpebras se mexem várias vezes, e, por um momento, seus olhos registram minha imagem. Tento não fugir de pânico.

— Para onde eles foram?

Ele geme, as pálpebras se fecham. Dou outro tapa, com toda a força.

— Me diz para onde eles foram. Para onde a levaram?

Uma parte de mim odeia a nova Penryn em que me tornei. Odeia a menina que estapeia um moribundo. Mas jogo essa parte num canto escuro, onde ela pode me incomodar em outra hora, quando Paige estiver fora de perigo.

Ele geme de novo e sei que não vai conseguir me dizer nada se eu não estancar a hemorragia e o levar para um lugar onde as gangues não apareçam para cortá-lo em pedacinhos, exibindo-os como pequenos troféus. Ele está tremendo, é provável que esteja entrando em choque profundo. Eu o viro de bruços novamente, dessa vez notando como ele é leve.

Corro para o carrinho da mamãe. Vasculho entre as pilhas, à procura de trapos para enrolar o anjo. Um kit de primeiros socorros está escondido no fundo do carrinho. Hesito apenas um segundo antes de agarrá-lo. Detesto ter que desperdiçar itens preciosos de primeiros socorros em um anjo que vai morrer de qualquer jeito, mas ele parece tão humano sem as asas que me permito usar algumas bandagens sobre os cortes.

As costas estão cobertas com tanto sangue e sujeira que nem consigo ver a gravidade dos ferimentos. Decido que não importa, contanto que eu consiga mantê-lo vivo por tempo suficiente para que me diga para onde levaram Paige. Enfaixo firmemente seu tronco. Não sei se posso matar alguém apertando demais as bandagens, mas também não sei se, ao contrário, o sangramento vai matá-lo mais rapidamente.

Sinto a pressão de olhos que não consigo ver, fixos em minhas costas, enquanto trabalho. As gangues vão achar que estou cortando troféus. Acho que estão analisando a probabilidade de outros anjos voltarem e também se têm tempo de correr para arrancar pedaços que possam estar em minhas mãos. Tenho de enrolar esse anjo e tirá-lo daqui antes que as pessoas tomem coragem. Na pressa, eu o amarro como uma boneca de pano.

Corro e pego a cadeira de rodas da Paige. É surpreendente como o anjo é leve em relação ao seu tamanho. Colocá-lo na cadeira dá muito menos trabalho do que eu imaginara. Acho que faz sentido quando a gente para e pensa. É mais fácil voar quando se pesa vinte quilos, e não duzentos. Saber que ele é mais forte e mais leve do que os humanos não aumenta nem um pouco meu afeto por ele.

Faço uma grande cena para levantá-lo e colocá-lo sobre a cadeira, grunhindo e cambaleando como se ele fosse muito pesado. Quero que os espectadores pensem que o anjo é tão pesado quanto parece, pois talvez concluam que sou mais forte e mais durona do que pareço com meu insignificante um metro e cinquenta e sete.

Estou vendo mesmo o esboço de um sorriso no rosto do anjo?

Não importa o que seja, o sorriso se torna uma careta de dor quando o solto na cadeira. Ele é grande demais para caber confortavelmente ali, mas o transporte vai servir.

Pego rapidamente as asas sedosas e as enrolo em um cobertor destruído pelas traças que estava dentro do carrinho. As penas cor de neve são de uma maciez incrível, ainda mais se comparadas ao cobertor áspero. Mesmo nesse momento de pânico, sou tentada a acariciá-las. Se eu arrancar as penas e usá-las como moeda de troca, uma única asa poderia comprar abrigo e alimento para nós três durante um ano. Isto é, considerando que eu consiga juntar minha família novamente.

Às pressas, enrolo as duas asas sem me preocupar se as penas estão se quebrando. Considero deixar uma das asas na rua para distrair as gangues e encorajá-las a lutar entre si em vez de virem atrás de mim, mas preciso muito das duas se pretendo fazer com que um anjo me dê informações. Agarro a espada — por incrível que pareça, é tão leve quanto as penas — e, sem cerimônia, a enfio no bolso da cadeira de rodas.

Disparo em uma corrida desesperada pela rua, empurrando o anjo noite adentro, o mais rápido que posso.

6

O ANJO ESTÁ MORRENDO.

Deitado no sofá, com ataduras ao redor do tronco, ele parece exatamente um humano. Gotas de suor se acumulam ao redor das sobrancelhas. Sua pele parece febril, como se o corpo estivesse fazendo um esforço dobrado.

Estamos em um prédio de escritórios, uma das inúmeras estruturas que abrigam startups de tecnologia no Vale do Silício. A que escolhi fica em um condomínio cheio de quarteirões idênticos. Tenho esperança de que, se alguém decidir se apropriar de um prédio de escritórios, escolha um dos outros que se parecem exatamente com esse.

Para encorajar as pessoas a escolher outro prédio, o meu conta com um cadáver na recepção. Ele estava ali quando chegamos, gelado, mas ainda não estava em estado de putrefação. Na hora o prédio ainda cheirava a papel e toner, madeira e verniz, apenas com um toque de alguém morto. Minha primeira reação foi seguir para outro lugar. Na verdade, eu estava de saída quando me ocorreu que ir embora seria o que quase todo mundo faria instintivamente.

As portas da frente são de vidro e dá para ver o corpo pelo lado de fora. No saguão, o homem morto está deitado de bruços, com as pernas arqueadas e a boca aberta. Foi por isso que escolhi este prédio como lar, doce lar, por um tempo. Tem feito frio o bastante aqui dentro para impedi-lo de feder demais, embora eu ache que vamos ter de nos mudar logo.

O anjo está no sofá de couro no escritório contíguo que devia pertencer a algum diretor. As paredes estão decoradas com fotos em preto e branco do Parque Nacional Yosemite, enquanto a mesa e as prateleiras exibem fotos de uma mulher e duas crianças com roupas combinando.

Escolhi uma construção de um único andar, algo discreto e nada chique demais. É um lugar comum, com o logo da empresa Zygotronics. As cadeiras e os sofás no saguão são grandes demais e divertidos, puxando para os roxos extravagantes e os amarelos supervivos. Há um dinossauro inflável de dois metros perto das baias. O Vale do Silício em um estilo bem retrô. Acho que eu gostaria de trabalhar em um lugar desses se pudesse ter me formado no colégio.

Há uma cozinha pequena. Quase chorei quando vi o armário abastecido de petiscos e garrafas de água. Barras energéticas, castanhas, chocolates e até uma caixa de macarrão instantâneo daqueles que vem na tigela. Por que não pensei em procurar nos escritórios antes? Talvez porque eu nunca tenha trabalhado em um.

Ignoro a geladeira, ciente de que não tem nada ali que vale a pena comer. Ainda temos eletricidade, mas ela não é confiável e, a cada vez que falta, geralmente leva vários dias para voltar. Ainda deve ter comida congelada no freezer, porque o cheiro não é muito diferente dos ovos podres da mamãe. O prédio tem até chuveiro, provavelmente para os executivos acima do peso que desejam emagrecer no horário de almoço. Qualquer que seja a razão, vem bem a calhar para lavar o sangue.

Todo o conforto de um lar sem, é claro, a minha família, que tornaria isso aqui de fato um lar.

Com todas as responsabilidades e pressões, não passei praticamente nenhum dia sem pensar em como eu seria mais feliz sem a minha família. Acontece que isso não é verdade. Talvez fosse, se eu não estivesse tão preocupada com elas. Não posso deixar de pensar em como Paige e minha mãe ficariam felizes se tivéssemos encontrado juntas este lugar. Poderíamos ficar tranquilas aqui por uma semana e fingir que estava tudo bem.

Eu me sinto desorientada e suja, perdida e insignificante. Começo a entender o que leva os novos órfãos a se juntarem às gangues de rua.

Estamos aqui há dois dias. Dois dias em que o anjo não morreu nem se recuperou. Ele só fica ali, suando. Tenho certeza de que está morrendo. Se não estivesse, já teria despertado, não teria?

Encontro um kit de primeiros socorros debaixo da pia, mas os band-aids e a maioria dos outros suprimentos na verdade não servem para nada, exceto para cortes de papel. Vasculho a caixa, leio os rótulos das embalagens. Tem um frasco de aspirina. Aspirina não costuma baixar a febre e acabar com a dor de cabeça? Leio o rótulo e confirmo minhas suspeitas.

Não tenho ideia se a aspirina vai funcionar em um anjo, ou se a febre tem alguma coisa a ver com as feridas. Até onde eu sei, essa também poderia ser sua temperatura normal. Só porque ele parece humano não significa que seja.

Volto para a sala com a aspirina e um copo d'água. O anjo está deitado de bruços no sofá preto. Tentei colocar um cobertor sobre seu corpo na primeira noite, mas ele o chutou todas as vezes. Assim, só a calça, as botas e as bandagens o envolvem. Pensei em tirar a calça e as botas quando limpei seu sangue no chuveiro, mas decidi que meu papel aqui não era deixá-lo confortável.

Seu cabelo preto está emplastrado na testa. Tento fazê-lo engolir alguns comprimidos e beber um pouco de água, mas não consigo mantê-lo acordado por tempo suficiente para fazer nada. Ele só fica ali deitado, como um pedaço de pedra ardente, sem nenhuma reação.

— Se não engolir essa água, vou te deixar aqui para morrer sozinho.

Suas costas enfaixadas se movem para cima e para baixo serenamente, assim como vem fazendo nos últimos dois dias.

Nesse meio-tempo, saí quatro vezes à procura da minha mãe, só que não fui longe, sempre com medo de que o anjo despertasse enquanto eu estivesse fora e eu perdesse a chance de encontrar Paige antes que ele morresse sob minha responsabilidade. Mulheres loucas às vezes conseguem se defender sozinhas nas ruas; já meninas em cadeiras de rodas nunca. Por isso que todas as vezes eu interrompia a busca pela mamãe e voltava correndo, aliviada e frustrada de encontrar o anjo ainda inconsciente.

Faz dois dias que fico sentada comendo macarrão instantâneo, enquanto minha irmã...

Não suporto pensar no que está acontecendo com ela. O que os anjos podem querer com uma criança humana? Não pode ser escravidão. Ela não anda. Fujo desses pensamentos. Não vou pensar no que pode estar acontecendo, no que pode acontecer ou no que já pode ter acontecido. Preciso me focar em encontrá-la.

A raiva e a frustração tomam conta de mim. Tudo o que eu quero é fazer birra como uma criança de dois anos. Sou tomada pelo forte desejo de arremessar meu copo d'água na parede, derrubar as estantes de livros e gritar até a cabeça doer. A vontade é tão grande que minha mão começa a tremer e o copo se mexe, ameaçando derramar a água.

No entanto, em vez de arremessar o copo na parede, jogo água no anjo. Quero esmigalhar o copo em seguida, mas me contenho.

— Acorda, maldito. Acorda! O que eles estão fazendo com a minha irmã? O que querem com ela? Onde diabos ela está? — grito a plenos pulmões, ciente de que posso atrair as gangues de rua, mas não me importo.

Por fim, chuto o sofá.

Para minha completa surpresa, os olhos turvos se abrem. São de um azul profundo e me fuzilam.

— Dá para diminuir o volume? Estou tentando dormir. — Sua voz é rouca e cheia de dor, mas, de alguma forma, ele ainda consegue injetar certo nível de arrogância.

Caio de joelhos para olhá-lo no rosto.

— Para onde foram os outros anjos? Para onde levaram a minha irmã?

Ele fecha os olhos deliberadamente.

Dou-lhe um tapa nas costas com toda a força, bem onde os curativos estão ensanguentados.

Seus olhos se abrem, seus dentes rangem. Ele silva por entre os dentes, mas não grita de dor. Uau, ele parece irritado. Resisto ao impulso de dar um passo atrás.

— Você não me assusta — digo em minha voz mais fria, tentando conter o medo. — Você está fraco demais para ficar em pé, está perdendo praticamente todo o sangue. Se não fosse por mim, já estaria morto. Me fala para onde a levaram.

— Ela está morta — o anjo diz de modo totalmente conclusivo, depois fecha os olhos como se voltasse a dormir.

Eu poderia jurar que meu coração parou de bater por um minuto. Meus dedos parecem estar congelando. Então minha respiração volta com um espasmo doloroso.

— Você está mentindo. Você está mentindo!

Ele não responde. Pego o cobertor velho que deixei sobre a mesa.

— Olha para mim! — Desenrolo o cobertor no chão. As asas decepadas rolam de dentro dele. Fechadas, exibem apenas um pedaço da envergadura. Parece que as penas quase sumiram. Quando caem do cobertor, elas se abrem parcialmente, e a plumagem delicada se ergue como se alongasse depois de uma longa soneca.

Imagino que o horror em seus olhos seria exatamente igual ao de um humano ao ver as próprias pernas amputadas rolando de um cobertor puído. Sei que minha crueldade é imperdoável, mas não posso me dar ao luxo de ser agradável, não se eu quiser ver Paige viva outra vez.

— Reconhece isso aqui? — Mal reconheço minha própria voz. É fria e dura. A voz de um mercenário. A voz de um torturador.

As asas perderam o brilho. Ainda há um toque de reflexos dourados nas penas cor de neve, mas algumas plumas se quebraram e apontam para ângulos estranhos. Além disso, o sangue respingado por toda parte secou, deixando as penas grudadas e murchas.

— Se me ajudar a encontrar minha irmã, vai poder ter isso de volta. Guardei para você.

— Obrigado — ele resmunga, examinando as asas. — Vão ficar ótimas na minha parede. — Um tom mordaz tinge sua voz, mas tem algo diferente ali também. Uma pontada de esperança, talvez.

— Antes de você e seus amigos destruírem o nosso mundo, existiam médicos que religavam um dedo ou a mão que uma pessoa tivesse perdido. — Não menciono nada sobre a refrigeração ou a necessidade habitual de reimplantar a parte do corpo em poucas horas depois de ter sido cortada. É provável que ele morra mesmo assim e nada disso importe.

O músculo tenso em sua mandíbula ainda se destaca no rosto frio, mas os olhos se aquecem de leve, como se ele não pudesse deixar de pensar nas possibilidades.

— Não fui eu que cortei isso aqui de você — digo. — Mas posso te ajudar a conseguir as asas de volta, se me ajudar a encontrar a minha irmã.

Como resposta, ele fecha os olhos e parece adormecer.

Ele respira profunda e fortemente, assim como uma pessoa em sono pesado. Mas ele não se recupera como um ser humano. Quando o arrastei para cá, seu rosto estava preto, azul e inchado. Agora, depois de quase dois dias inteiros de sono, a face voltou ao normal. A cavidade das costelas quebradas desapareceu. Os hematomas ao redor das bochechas e dos olhos se foram, e os inúmeros cortes e marcas nas mãos, ombros e peito estão completamente curados.

As únicas coisas que ainda não cicatrizaram são as feridas nas partes onde ficavam as asas. Não sei dizer se melhoraram sob as bandagens, mas, como ainda estão sangrando, não devem estar muito melhores do que há dois dias.

Faço uma pausa, pensando em minhas opções. Se não posso convencê-lo com chantagem, vou ter de usar a tortura. Estou determinada a fazer o que for preciso para manter minha família viva, mas não sei se posso ir tão longe.

Mas ele não precisa saber disso.

Agora que está acordado, é melhor garantir que posso mantê-lo sob controle. Saio para ver se consigo encontrar alguma coisa para amarrá-lo.

7

QUANDO SAIO DO ESCRITÓRIO, vejo que mexeram no morto da recepção. Desde a última vez em que o vi, ele parece ter perdido toda a dignidade.

Alguém deu um jeito para que uma das mãos ficasse apoiada no quadril, e a outra, no cabelo. Seu cabelo longo e desgrenhado estava espetado, como se tivesse sido eletrocutado, e a boca foi toda borrada de batom. Seus olhos estão bem, e linhas pretas irradiam das órbitas como raios de sol. No meio do peito, uma faca de cozinha que, uma hora atrás, não estava lá está espetada como um mastro. Alguém apunhalou um cadáver por razões que apenas os loucos podem imaginar.

Minha mãe me encontrou.

O estado dela não é tão bom como alguns poderiam pensar. A intensidade de seus surtos aumenta e diminui sem nenhum motivo ou roteiro previsível. Claro, não ajuda nada que ela esteja sem os remédios. Quando está tudo bem, as pessoas não imaginam que existe algo de errado com ela. Nesses dias, a culpa pela minha raiva e pela minha frustração em relação a ela me corrói. Nos dias ruins, pode acontecer de eu sair do quarto e encontrar um cadáver transformado em brinquedo no chão.

Para ser sincera, ela nunca brincou com cadáveres antes, pelo menos não que eu tenha visto. Antes que o mundo desmoronasse, ela sempre esteve no limite e, muitas vezes, vários passos além dele. Mas o fato de o meu pai ter ido embora, e depois o início dos ataques, tornou tudo mais intenso. Qualquer parte racional que a estivesse impedindo de mergulhar na escuridão simplesmente se dissolveu.

Penso em enterrar o corpo, mas uma parte fria da minha mente me diz que essa ainda é a melhor barreira que eu poderia ter. Qualquer pessoa em sã consciência que olhasse através das portas de vidro sairia correndo para muito, muito longe. Agora fazemos constantemente o jogo do "sou mais louco e mais assustador que você". E, nesse jogo, minha mãe é a nossa arma secreta.

Ando cautelosamente em direção aos banheiros, onde o chuveiro está ligado. Minha mãe cantarola uma melodia assustadora. Acho que ela inventou. Ela costumava cantar para a gente quando estava meio surtada. Uma melodia sem palavras, triste e nostálgica ao mesmo tempo. Pode ser que em algum momento houvesse letra, porque, cada vez que a ouço, ela evoca um pôr do sol sobre o oceano, um castelo antigo e uma linda princesa que se joga das muralhas do castelo e cai na arrebentação lá embaixo.

Estou do lado de fora do banheiro e a ouço. Associo a canção à minha mãe voltando de uma fase particularmente louca. Geralmente ela cantarolava para nós enquanto cuidava de algum ferimento ou corte que ela mesma tinha causado.

Minha mãe sempre se mostrava gentil e sinceramente arrependida nessas horas. Acho que era mais ou menos um pedido de desculpas. Nunca o suficiente, claro, mas era sua maneira de se voltar para a luz, de nos fazer saber que ela estava emergindo da escuridão, rumo a uma zona cinzenta.

Ela cantarolou sem parar depois do "acidente" de Paige. Nunca conseguimos descobrir exatamente o que aconteceu. Nossa mãe estava com Paige em casa naquele dia, e só elas vão saber a verdadeira história. A mamãe chorou durante meses depois disso, culpando a si mesma. Eu também a culpei. Como não poderia?

— Mãe? — chamo através da porta fechada do banheiro.

— Penryn! — ela grita em meio ao ruído da água caindo.

— Você está bem?

— Estou. E você? Viu a Paige? Não consigo encontrá-la em lugar nenhum.

— Nós vamos encontrá-la, tudo bem? Como você me achou?

— Ah, simplesmente achei. — Minha mãe não costuma mentir, mas tem o hábito de ser vaga e evasiva.

— Como você me encontrou, mãe?

A água do chuveiro corre solta por um tempo antes de ela responder.

— Um demônio me contou. — Sua voz é cheia de relutância, cheia de vergonha. No mundo em que vivemos, eu poderia até considerar acreditar nela, só que ninguém além da minha mãe vê e ouve os demônios de que ela fala.

— Foi legal da parte dele — respondo. Os demônios geralmente levavam a culpa pelas coisas ruins e loucas que a minha mãe fazia. E raramente recebiam crédito por terem feito alguma coisa boa.

— Eu tive que prometer que ia fazer uma coisa para ele. — Uma resposta honesta. E um aviso.

Minha mãe é mais forte do que parece e, quando tem a vantagem do elemento surpresa, pode causar sérios danos. Ela passou a vida toda analisando suas defesas: como atacar sorrateiramente um agressor, como se esconder Daquilo Que Vigia, como banir o monstro de volta para o inferno antes que ele roube a alma das filhas.

Considero as possibilidades, encostada na porta do banheiro. Seja lá o que ela tenha prometido ao demônio é desagradável. E muito possivelmente doloroso. A única pergunta é quem vai causar dor em quem.

— Só vou pegar algumas coisas e me esconder no escritório — digo. — Acho que vou ficar lá um ou dois dias, mas não se preocupe, tá?

— Tá.

— Não quero que você entre no escritório. Mas não saia do prédio, está bem? Tem água e comida na cozinha. — Penso em falar para ela tomar cuidado, mas é claro que isso é ridículo. Faz décadas que ela toma cuidado com as pessoas e com os monstros que tentam matá-la. Depois dos ataques, ela finalmente os encontrou.

— Penryn?

— Fala.

— Não esquece de usar as estrelas. — Ela se refere aos asteriscos amarelos que costurou em nossas roupas. Como eu posso *não* usá-las está além da minha compreensão. São tudo o que temos.

— Tá bom, mãe.

Apesar do comentário sobre a estrela, ela parece lúcida. Talvez não seja a coisa mais saudável depois de profanar um cadáver.

NÃO SOU TÃO INDEFESA QUANTO uma adolescente comum.

Quando Paige tinha dois anos, meu pai e eu voltamos para casa e a encontramos ferida e aleijada. Minha mãe estava sobre ela, em choque profundo. Nunca descobrimos exatamente o que aconteceu ou quanto tempo ela ficou ali, paralisada em cima da Paige. Minha mãe chorou e arrancou quase todos os cabelos sem dizer uma só palavra durante semanas.

Quando finalmente saiu daquele estado, a primeira coisa que disse foi que eu precisava fazer aulas de defesa pessoal. Ela queria que eu aprendesse a lutar. Simplesmente me levou para uma academia de artes marciais e pagou adiantado, em dinheiro, por cinco anos de treinamento.

Ela conversou com o *sensei* e descobriu que havia tipos diferentes de artes marciais — tae kwon do para lutar a curta distância, jiu-jítsu para enfrentamento próximo e pessoal, e esgrima para luta com faca. Ela rodou a cidade toda me matriculando em todo tipo de aula. Tiro, arco e flecha, cursos de sobrevivência, gatka em acampamentos sikh, defesa pessoal para mulheres... Qualquer coisa que encontrasse.

Quando meu pai descobriu isso alguns dias depois, ela já havia gastado milhares de dólares que não tínhamos. Meu pai, já roxo de preocupação por causa das contas médicas da pobre Paige, perdeu toda a cor quando descobriu o que a mamãe tinha feito.

Depois daquele impulso maníaco, parece que ela esqueceu o fato de que me matriculara em alguma coisa. A única vez que me perguntou a respeito foi alguns anos depois, quando descobri sua coleção de artigos de jornal. Eu via minha mãe recortar algumas coisas de vez em quando, mas nunca me perguntei o que era aquilo. Ela guardou os recortes em um álbum de fotografias antigo e cor-de-rosa que dizia "Primeiro álbum do bebê". Um dia, ele estava aberto sobre a mesa, me convidando a dar uma olhada.

A manchete em negrito cuidadosamente colada na página aberta informava: "Mãe assassina diz que foi o demônio quem mandou".

Virei a página. "Mãe joga crianças na lagoa e fica vendo se afogarem."

A próxima: "Esqueletos infantis encontrados no quintal de uma mulher".

Em uma das reportagens, um menino de seis anos foi encontrado a meio metro da porta da frente. A mãe o esfaqueou uma dezena de vezes, depois subiu e fez o mesmo com a filha mais nova.

A reportagem citava um parente que dizia que a mãe tinha tentado desesperadamente deixar as crianças na casa da irmã algumas horas antes do massacre, mas a irmã tinha que ir para o trabalho e não pôde ficar com os sobrinhos. O parente disse que parecia que a mãe estava com medo do que poderia acontecer, como se pressentisse o perigo. Ele mencionou que, depois, quando a mãe saiu do surto e percebeu o que tinha feito, ela quase se despedaçou por causa do horror e da angústia.

Eu só conseguia pensar em como foi para aquela criança. Como ela se esforçou para sair de casa e conseguir ajuda.

Não sei quanto tempo minha mãe ficou ali me observando ler os artigos, antes de perguntar:

— Você ainda faz suas aulas de defesa pessoal?

Assenti com a cabeça.

Ela não disse nada. Apenas passou com tábuas de madeira e livros empilhados nos braços.

Eu os encontrei sobre a tampa do vaso sanitário. Durante duas semanas, ela insistiu que a gente deixasse aquelas coisas daquele jeito, para impedir que os demônios saíssem pelo encanamento. É mais fácil dormir, ela dizia, quando os demônios não ficam sussurrando no ouvido a noite toda.

Nunca perdi uma única sessão de treino.

8

NA COZINHA DO PRÉDIO, pego macarrão instantâneo, barras energéticas, fita adesiva e metade das barras de chocolate. Coloco a sacola no escritório. O barulho não incomoda o anjo, que parece desfrutar o sono dos mortos novamente.

Volto para a cozinha assim que o barulho do chuveiro cessa. Levo rapidamente várias garrafas de água para o escritório. Apesar do alívio por ela ter me encontrado, não quero ver minha mãe. Já é suficiente saber que ela está segura no prédio. Preciso me concentrar em encontrar Paige. Não posso fazer isso muito bem se estiver constantemente preocupada com o que minha mãe está fazendo.

Fazendo um esforço para não olhar para o cadáver na recepção, lembro que minha mãe pode cuidar de si mesma. Sigo sorrateiramente até o escritório, fecho a porta e passo o trinco. Quem quer que tenha sido o antigo dono, devia prezar por sua privacidade. Funciona bem para mim.

Eu me senti segura em relação ao anjo quando ele estava inconsciente, mas, agora que acordou, o fato de estar fraco e ferido não é suficiente para garantir minha integridade. Realmente não conheço a força dos anjos. Como todo mundo, não sei quase nada sobre eles.

Com fita adesiva, prendo seus pulsos e tornozelos atrás das costas, de modo que fique na posição muito desconfortável de porco amarrado. É o melhor que posso fazer. Considero usar o barbante para reforçar a fita, mas ela é firme, e acho que, se ele conseguir se livrar dela, o fio não vai poder fazer muito. Tenho certeza de que ele não tem força suficiente para levantar a cabeça, mas nunca se sabe. No meu nervosismo, uso quase todo o rolo de fita.

Só depois que termino e o encaro é que me dou conta de que ele estava me observando. Toda essa amarração de leitão deve tê-lo despertado. Seus olhos são tão azuis que chegam a ser quase pretos. Dou um passo para trás e engulo a culpa ridícula que vem à tona. Sinto como se tivesse sido pega fazendo algo que não deveria. Mas não há dúvida de que os anjos são nossos inimigos. Nenhuma dúvida de que são *meus* inimigos enquanto estiverem com Paige.

Ele olha para mim com olhos acusadores. Engulo um pedido de desculpas, porque não lhe devo satisfações. Enquanto ele assiste, abro uma de suas asas. Pego a tesoura da gaveta da escrivaninha e a aproximo das penas.

— Para onde eles levaram a minha irmã?

A mais breve das emoções perpassa seus olhos e some tão depressa que não chego a identificá-la.

— Como diabos eu posso saber?

— Porque você é uma dessas criaturas malditas.

— Oh, você me feriu profundamente com esse comentário. — Ele parece entediado, e estou quase envergonhada do meu escasso repertório de insultos. — Você não percebeu que eu não era exatamente parceiro dos outros camaradas?

— Eles não são "camaradas". Não chegam nem perto de humanos. Não são nada além de sacos cheios de vermes mutantes, assim como você. — Em questão de aparência, ele e os outros anjos eram mais próximos de deuses gregos, com feições e posturas divinas. Mas, por dentro, eram vermes, eu estava certa disso.

— Sacos cheios de vermes mutantes? — Ele ergue a sobrancelha perfeitamente arqueada como se eu tivesse acabado de tomar bomba na prova de insultos verbais.

Em resposta, corto várias penas das asas com um golpe cruel da tesoura. Uma penugem branca como neve flutua suavemente e cai sobre minhas botas. Em vez de satisfação, sinto uma onda de desconforto ao ver a expressão no rosto dele. Seu olhar fulminante me lembra de que ele foi vencido pelos inimigos, em desvantagem numérica de cinco para um, e que quase ganhou. Mesmo amarrado e sem asas, ele me lança um olhar intimidador.

— Tente fazer isso de novo e te divido ao meio antes que perceba.

— Palavras fortes para um cara amarrado que nem um peru. O que você vai fazer? Sacudir o corpo como se fosse uma tartaruga virada para me cortar ao meio?

— A logística de acabar com você é fácil. A única questão é quando.

— Tá bom. Se você conseguisse fazer isso, já teria feito.

— Talvez você seja uma distração — ele diz com uma autoconfiança suprema, como se estivesse no controle da situação. — Como um macaquinho atrevido com uma tesoura na mão. — Ele relaxa e apoia o queixo no sofá.

Uma descarga de raiva aquece minhas bochechas.

— Você acha que isso é um jogo? Acha que não estaria morto se não fosse pela minha irmã? — praticamente grito essa parte. Com um golpe feroz, corto mais algumas penas. A antiga perfeição delicada da asa agora está esfarrapada e despontada nas beiradas.

Ele vira a cabeça de novo, e os músculos no pescoço ficam tão rígidos e tensos que começo a me perguntar se ele é mesmo tão fraco. Os músculos dos braços se flexionam, e fico preocupada se a fita ao redor de seus pulsos e tornozelos será forte o suficiente para suportar.

— Penryn? — A voz de minha mãe flutua porta adentro. — Está tudo bem aí?

Olho para me certificar de que a porta está trancada.

Quando olho de volta para o sofá, o anjo se foi; sobraram apenas restos de fita adesiva onde ele deveria estar.

Sinto o hálito em meu pescoço quando a tesoura é tirada da minha mão.

— Estou bem, mãe — digo, surpreendentemente calma. Tê-la por perto só vai colocá-la em risco. Dizer para correr provavelmente vai fazê-la surtar. A única certeza é a de que a resposta dela vai ser imprevisível.

Vindo de trás, um braço muito musculoso desliza ao redor da minha garganta e começa a apertar.

Agarro o braço em meu pescoço e abaixo o queixo com força, tentando transferir a pressão do seu braço para o meu queixo em vez de deixá-la na minha garganta. Tenho uns vinte segundos para sair dessa antes que meu cérebro se apague ou que minha traqueia seja esmagada.

Eu me agacho ao máximo. Em seguida, impulsiono o corpo para trás, e nós dois batemos com força na parede. O impacto é mais duro do que se o anjo tivesse o peso de um homem normal.

Ouço um gemido e o ruído de alguns porta-retratos se quebrando, e sei que os ferimentos nas costas dele devem estar gritando depois do impacto nos cacos afiados de vidro.

— Que barulho é esse? — minha mãe pergunta.

O braço aperta violentamente a minha garganta, e chego à conclusão de que o termo "anjo da misericórdia" é um paradoxo impossível. Não desperdiço energia lutando contra o estrangulamento; em vez disso, me preparo para outra batida na parede. O mínimo que posso fazer enquanto ele me apaga é causar muita dor.

Dessa vez, seu gemido é mais audível. Eu ficaria muito satisfeita, se não fosse pelo fato de a minha cabeça estar leve e eu enxergar pontos pretos.

Mais uma batida e manchas escuras florescem por toda a minha visão.

Quando percebo a vista escurecer, ele me solta. Caio de joelhos, ofegante, tentando fazer o ar entrar em minha garganta ferida. Minha cabeça pesa um bocado e preciso de um grande esforço para não desabar no chão.

— Penryn Young, abra essa porta imediatamente! — A maçaneta se mexe várias vezes. Minha mãe deve ter me chamado todo esse tempo, mas eu não havia registrado o som.

O anjo solta um grito agonizante. Ele passa por mim engatinhando, e eu vejo por quê. Suas costas estão sangrando através dos curativos e dos pontos, que parecem perfurações. Lanço um olhar para trás e vejo a parede. Dois pregos enormes que serviam para pendurar o pôster do Yosemite despontam e deles escorre sangue.

O anjo não é o único em más condições. Não consigo tomar uma lufada de ar sem dobrar o corpo num acesso de tosse.

— Penryn? Você está bem? — Minha mãe soa preocupada. O que ela pensa que está acontecendo aqui dentro, eu só posso imaginar.

— Sim — respondo num grasnido. — Está tudo bem.

O anjo engatinha para o sofá e deita de bruços com outro grunhido. Desfiro um sorriso diabólico.

— Você — ele diz com um olhar enviesado — não merece salvação.

— Como se você pudesse me salvar — respondo, rouca. — Por que eu ia querer ir para o céu, hein? Quando ele está abarrotado de assassinos e sequestradores como você e seus amigos?

— Quem disse que meu lugar é no céu? — A verdade é que o rosnado sórdido que ele me dá pertence mais a um diabo do que a um ser divino. Ele macula a imagem demoníaca com uma careta de dor.

— Penryn? Com quem você está falando? — Agora minha mãe soa quase desesperada.

— É só o meu demônio interior, mãe. Não se preocupe. Ele é um fracote.

Fraco ou não, nós dois sabemos que ele teria me matado se quisesse. Mas também não vou lhe oferecer a satisfação de saber que eu estava com medo.

— Ah. — De repente ela parece calma, como se minha resposta explicasse tudo. — Está bem. Não os subestime. E não faça promessas que não pode cumprir. — Percebo pelo tom da sua voz, que fica mais distante, que ela se convenceu e está se afastando.

O olhar perplexo que o anjo lança para a porta me faz rir. Ele olha na minha direção de um jeito "você é mais esquisita que a sua mãe".

— Aqui. — Atiro para ele um rolo de bandagens. — Provavelmente você vai querer colocar pressão em cima.

Ele pega com destreza ao mesmo tempo em que fecha os olhos.

— E como é que eu vou alcançar as minhas costas?

— Não é problema meu.

Ele relaxa a mão com um suspiro, e os curativos rolam no chão, formando um caminho no tapete.

— Você não vai dormir de novo, vai?

Sua única resposta é um "hum" abafado, e logo sua respiração fica pesada e regular como a de um homem em sono profundo.

Droga.

Fico parada, olhando para ele. Esse é obviamente algum tipo de sono reparador, levando em conta os ferimentos que sararam. Se ele não estivesse tão gravemente ferido e exausto, não há dúvida de que teria acabado com a minha raça, mesmo que escolhesse não me matar. Mas ainda me irrita que ele me veja como uma ameaça pequena, a ponto de dormir na minha presença.

A fita adesiva foi uma má ideia que só fazia sentido quando eu achava que ele era fraco como papel molhado. Agora que já sei das coisas, quais são minhas opções?

Vasculho as gavetas da cozinha do escritório e o almoxarifado e continuo de mãos vazias. Mas só até eu achar uma bolsa de ginástica debaixo da mesa e encontrar um antigo cadeado de bicicleta, do tipo com correntes pesadas envoltas em plástico, com uma chave na fechadura. Uma boa corrente à moda antiga é no mínimo interessante.

Não há nada no escritório onde eu possa acorrentar o anjo, por isso uso um carrinho de metal ao lado da copiadora. Tiro as pilhas de papel de cima dele e o empurro até a sala. Minha mãe não está em parte alguma, e só posso supor que esteja me dando a gentileza profissional de me deixar lidar com meu "demônio interior" em particular.

Empurro o carrinho ao lado do homem adormecido — quer dizer, do anjo adormecido. Com cuidado para não o acordar, passo o metal bem justo nos dois pulsos, depois dou várias voltas nas pernas do carrinho até usar toda a extensão da corrente. Em seguida fecho a trava com um *clique* satisfatório.

A corrente pode subir e descer pela perna do carrinho, mas está bem presa. Essa ideia é ainda melhor do que eu tinha imaginado, porque posso movimentar meu prisioneiro de um lado para o outro sem que ele fuja. Aonde quer que ele vá, o carrinho vai junto.

Enrolo as asas no cobertor e guardo em um dos grandes arquivos de metal ao lado da cozinha. Quase me sinto uma ladra de túmulos ao tirar os arquivos da gaveta e jogá-los por cima do balcão. Passo os dedos pelas pilhas. Cada um desses arquivos costumava significar algo. Um lar, uma patente, uma empresa. Os sonhos de alguém deixados para juntar poeira num escritório abandonado.

De volta à realidade, solto a chave do cadeado na gaveta onde guardei a espada do anjo na primeira noite.

Dou uma corridinha até o saguão e entro na sala contígua. O anjo ainda está adormecido ou em coma, não sei direito. Tranco a porta e me enrolo na cadeira do diretor.

O rosto bonito fica borrado à medida que minhas pálpebras ficam mais pesadas. Não durmo há dois dias, pois tive medo de perder a única chance que eu teria se o anjo acordasse e morresse na minha frente. Dormindo, ele parece um príncipe encantado ensanguentado e acorrentado num calabouço. Quando eu era pequena, sempre pensei que seria a Cinderela, mas acho que isso faz de mim a bruxa má.

Se bem que a Cinderela não vivia em um mundo pós-apocalíptico invadido por anjos vingadores.

SEI QUE ALGO ESTÁ ERRADO antes de acordar. No crepúsculo entre a vigília e o sono, ouço vidro se quebrar. Estou muito alerta antes de o som desaparecer.

Uma mão grande aperta minha boca.

O anjo me pede silêncio com um sussurro mais leve que o ar. A primeira coisa que vejo sob a tênue luz da lua é o carrinho metálico. O anjo deve ter pulado do sofá e vindo com o carrinho até aqui na fração de segundo que levou para o vidro se quebrar.

Tomo consciência de que, nesse instante, o anjo e eu estamos do mesmo lado, então, qualquer que seja o outro, é uma ameaça para nós dois.

9

DEBAIXO DA PORTA, a luz oscila de um lado para o outro na penumbra.

As luzes fluorescentes estavam acesas quando peguei no sono, mas agora está escuro e apenas o luar entra pelas janelas. A luz se move no vão embaixo da porta como um facho de lanterna. Ou é um intruso, ou minha mãe acendeu uma lanterna quando as luzes se apagaram. Um sinal concreto de que tem gente em casa.

Mas ela tem consciência dos riscos e está longe de ser estúpida. Além do mais, seu tipo de paranoia faz com que ela tema os predadores sobrenaturais mais do que os naturais. Por isso às vezes iluminar a escuridão para afastar o mal é mais importante para ela do que evitar ser detectada por meros mortais. Sorte a minha.

Mesmo acorrentado e puxando um carrinho de metal, o anjo se move como um gato na direção da porta.

Manchas escuras escorrem pelas ataduras brancas como um teste de borrão de tinta nas costas. Ele pode ser forte o bastante para arrebentar um rolo de fita adesiva, mas ainda está ferido e sangrando. Qual é a intensidade da sua força? O suficiente para enfrentar meia dúzia de marginais desesperados a ponto de vagar pela noite?

De repente eu gostaria de não o ter acorrentado. É uma boa aposta que, seja lá quem for o intruso, ele não está sozinho, não à noite.

— Oláááá — uma voz masculina brinca na escuridão. — Tem alguém em casa?

O saguão é acarpetado, e não consigo saber ao certo quantos deles estão ali até as coisas começarem a quebrar em várias direções. Parece que são pelo menos três.

Onde está minha mãe? Será que ela teve tempo de correr e se esconder?

Observo a janela. Não vai ser fácil quebrá-la, mas, se a gangue conseguiu, eu também consigo. Com certeza é grande o bastante para eu pular e sair. Agradeço a qualquer alma bondosa que tenha restado no mundo por estarmos no térreo.

Empurro o vidro, testando a resistência. Levaria tempo para quebrar. Além disso, se eu batesse na janela repetidas vezes, o ruído ecoaria por todo o edifício.

Lá fora, os membros da gangue chamam uns aos outros. Eles vaiam e gritam, esmagam e quebram. Estão fazendo uma cena para nós, se certificando de que a gente esteja bem assustado quando nos encontrarem. Pelo som das coisas, há pelo menos seis pessoas.

Olho de novo para o anjo. Ele está ouvindo, deve estar avaliando as possibilidades. Ferido e acorrentado a um carrinho de metal, suas chances de fugir correndo de uma gangue são próximas de zero.

Em contrapartida, se a gangue for atraída pelo ruído da janela se quebrando, eles ficariam completamente ocupados assim que vissem o anjo: a mina de ouro para os mineiros sortudos. Minha mãe e eu poderíamos fugir durante o caos. Mas e depois? O anjo não pode me dizer onde encontrar Paige se estiver morto.

Talvez a quadrilha só vá quebrar algumas coisas, atacar a comida na cozinha e sair.

Um grito de mulher atravessa a noite.

Minha mãe.

Vozes masculinas gritam e provocam. A julgar pelo som, parecem entretidos, do jeito que soaria uma matilha de cães se encurralasse um gato.

Pego uma cadeira e bato com tudo na janela. Faz um estrondo enorme, mas não quebra. Quero distraí-los o máximo que puder, na esperança de que o ruído os faça esquecer a minha mãe. Bato de novo. E de novo. Tento desesperadamente quebrar a janela.

Ela berra novamente. Gritos vêm em minha direção.

O anjo pega o carrinho e o arremessa contra a janela. Cacos de vidro explodem em todas as direções. Eu me encolho, mas lá no fundo minha mente sabe que o anjo se mexeu e usou o corpo para impedir que os cacos me atingissem.

Algo bate com força na porta trancada do escritório. A porta sacode, mas continua travada.

Pego o carrinho e o ergo até o parapeito da janela, na tentativa de ajudar o anjo a sair.

A porta se escancara, se soltando da parede com as dobradiças quebradas.

O anjo me lança um olhar rápido e duro, e diz:

— Corre.

Salto para fora da janela.

Pouso no chão e saio em disparada. Corro em torno do prédio à procura de uma entrada dos fundos ou de uma janela. Minha mente está a todo vapor com os pensamentos do que pode estar acontecendo com a mamãe, com o anjo, com Paige. Tenho um ímpeto quase irresistível de me esconder atrás de um arbusto e me enrolar feito uma bola. Fechar os olhos, os ouvidos, desligar o cérebro e simplesmente ficar ali até tudo passar.

Afasto as imagens horríveis e apavorantes para um lugar profundo da minha mente que tem ficado mais cheio a cada dia. Em breve, as coisas que mando para lá vão explodir e atingir o resto do meu ser. Talvez seja o dia em que a filha se torna como a mãe. Até lá, ainda tenho o controle.

Não preciso ir muito longe para achar uma janela quebrada. Considerando quantas vezes eu bati na minha e não consegui quebrá-la, odeio pensar como o cara que acabou com essa devia estar agitado, o que me encoraja a me esgueirar de volta para dentro do prédio.

Corro de escritório em escritório, de baia em baia, meio que sussurrando e gritando pela minha mãe.

Encontro um homem deitado no corredor que leva à cozinha. Seu peito está nu; a camisa, rasgada. Seis facas de manteiga estão fincadas em seu corpo formando um padrão circular. Alguém desenhou um pentagrama usando batom rosa-bebê em volta das facas. Há sangue borbulhando dos ferimentos de cada uma delas. O homem está com os olhos arregalados, em choque, e encara o estrago em seu peito, como se fosse incapaz de acreditar que aquilo tem qualquer coisa a ver com ele.

Minha mãe está a salvo.

Depois de ver o que ela fez com esse cara, não posso deixar de me perguntar se isso é bom. Ela não acertou o coração de propósito, e assim ele vai sangrar até morrer.

Se estivéssemos de volta ao velho mundo, ao Mundo Antes, eu teria chamado uma ambulância, mesmo que ele tivesse atacado minha mãe. Os médicos o teriam socorrido, e ele teria todo o tempo necessário para se recuperar dentro da cadeia. Mas infelizmente para todos nós, este é o Mundo Depois.

Dou a volta em torno do homem e o deixo para a morte lenta que o aguarda.

De canto de olho, capto um vislumbre de vulto feminino saindo por uma porta lateral. O vulto me olha antes que a porta se feche. Minha mãe acena freneticamente, me chamando para acompanhá-la. Eu devia me juntar a ela. Dou dois passos em sua direção, mas é impossível ignorar os grunhidos e o quebra-quebra da luta colossal na outra extremidade do prédio.

O anjo está cercado por um bando de maltrapilhos, de aparência assassina.

Devem ser pelo menos dez. Três deles estão esparramados de qualquer jeito, fora do círculo da luta, inconscientes ou mortos. Mais dois estão tomando uma surra do anjo, que sacode o carrinho como se fosse um cetro gigante. Mas, mesmo daqui onde estou, mesmo sob a fraca luz da lua que penetra as portas de vidro, consigo ver as manchas vermelhas que escorrem das ataduras. Aquele carrinho deve pesar quase cinquenta quilos. A exaustão do anjo é visível, e os outros investem contra ele para o golpe final.

Já treinei com diversos oponentes no *dojo*. No verão passado, fui auxiliar de um curso de defesa pessoal avançada chamado "múltiplos agressores". Ainda assim, nunca lutei com mais de três de cada vez. E nenhum dos meus adversários pretendia realmente me matar. Não sou idiota a ponto de achar que consigo enfrentar sete caras desesperados com a ajuda de um anjo aleijado. Meu coração tenta pular para fora do peito só de pensar nisso.

Minha mãe acena para mim de novo, me chamando para a liberdade.

Algo se quebra na outra ponta do saguão e em seguida surge um gemido de dor. A cada golpe sofrido pelo anjo, sinto Paige escapar de mim.

Aceno para minha mãe ir embora, balbuciando a palavra "vá".

Ela acena de novo, dessa vez mais enfática.

Nego com a cabeça e faço um gesto para ela fugir.

Ela desliza escuridão adentro e desaparece atrás da porta, que se fecha.

Volto rapidamente para o armário ao lado da cozinha. Considero rapidamente os prós e contras de usar a espada do anjo e decido não usar. Eu poderia fazer picadinho de alguém com ela, mas, sem treinamento, tenho certeza de que a arma seria arrancada de mim em segundos.

Então, em vez disso, pego as asas e a chave das correntes. Enfio a chave no bolso da calça jeans e abro as asas rapidamente. Minha única esperança é de que o medo da gangue e o desejo de autopreservação estejam do meu lado. Antes que meu cérebro pegue no tranco e me diga que a ideia é perigosa e idiota, disparo até o corredor escuro, onde o luar tem força suficiente para projetar minha silhueta, mas não é claro demais para mostrar muitos detalhes.

A gangue encurralou o anjo.

Ele não deixa barato, mas os agressores perceberam que ele está ferido — para não dizer acorrentado a um estranho carrinho pesado — e não vão desistir agora que estão sentindo o cheiro do sangue.

Cruzo os braços atrás de mim e seguro as asas nas costas. Elas oscilam, sem muito equilíbrio. É como segurar um mastro com os braços torcidos. Espero até conseguir deixá-las estáveis e dou um passo à frente.

Em um desejo desesperado de que as asas fiquem com a aparência certa nas sombras, chuto uma mesinha de canto sobre a qual há um vaso surpreendentemente intacto. O súbito acidente atrai a atenção.

Por um segundo, todos ficam em silêncio olhando para minha silhueta escura. Por tudo o que há de mais sagrado, espero que eu esteja parecendo um Anjo da Morte. Se a iluminação aqui fosse boa, eles veriam uma adolescente magrela tentando segurar asas enormes nas costas. Mas está escuro, e torço para que estejam vendo a única coisa que faria o sangue deles congelar.

— O que temos aqui? — pergunto, tentando parecer sarcástica. — Miguel, Gabriel, venham ver isso — chamo atrás de mim, como se houvesse mais anjos comigo. Esses são os dois únicos nomes de anjo que me vêm à mente. — Agora esses macacos pensam que podem atacar um de nós.

Os homens ficam paralisados. Todos olham para mim.

Nesse momento, prendo a respiração, e mil possibilidades giram por toda a sala, como se estivessem numa roleta.

Então uma coisa muito ruim acontece.

Minha asa direita balança e, em seguida, desliza um pouco para baixo. Na pressa para arrumá-la, vacilo para segurá-la melhor, mas isso só atrai mais atenção para o problema e para a asa, que não para de se mexer.

No longo segundo antes de todos entenderem o que acabou de acontecer, vejo o anjo revirar os olhos para o céu, como faria um adolescente diante de uma cena patética. Algumas pessoas simplesmente não têm senso de gratidão.

O anjo é o primeiro a quebrar o silêncio. Ele ergue o carrinho e o arremessa nos três caras da frente, derrubando-os como uma bola de boliche.

Outros três vêm atrás de mim.

Deixo as asas caírem e corro. O truque para enfrentar vários agressores é evitar lutar com todos ao mesmo tempo. Ao contrário dos filmes, eles não esperam em fila para chutar o nosso traseiro; querem atacar todos juntos, como uma matilha de lobos.

Eu me esquivo até meu oponente mais próximo ficar no caminho dos outros dois. Leva apenas um segundo para cercarem o amigo, mas é tempo suficiente para eu chutar forte sua virilha. Ele se dobra, e, embora eu esteja morrendo de vontade de lhe dar uma joelhada no rosto, seus amigos têm preferência.

Eu me afasto um pouco e os outros formam uma fila atrás dele. Chuto os pés do cara ferido e ele desaba sobre meu agressor número dois. Meu terceiro oponente se lança sobre mim e rolamos no chão numa disputa para ver quem fica em posição de vantagem.

Acabo por baixo dele. Ele deve pesar uns cinquenta quilos a mais que eu, mas eu pratiquei essa posição em combate inúmeras vezes.

Homens costumam lutar de um jeito diferente com mulheres. A maioria das lutas entre homens e mulheres começa com o homem atacando por trás e termina com os dois no chão, a mulher posicionada embaixo. Por isso, uma boa lutadora precisa saber lutar de costas.

À medida que nos enfrentamos, encolho a perna debaixo dele para criar uma alavanca. Com o apoio, eu o jogo para o lado com um giro de quadril.

Ele cai de costas, e, antes que possa se orientar novamente, piso forte com o calcanhar em sua virilha.

Fico em pé num segundo e chuto sua cabeça tão forte que ela bate no chão duas vezes.

— Maneiro. — O anjo vê a luta sob a luz do luar, atrás do carrinho ensanguentado.

Nossos intrusos o cercam. Eles gemem, e alguns estão tão imóveis que não é possível saber se estão vivos. O anjo balança a cabeça satisfeito, e me permito um sermão interno quando me dou conta de que estou feliz com a aprovação dele.

Um oponente se levanta cambaleando e corre desesperado em direção à porta. Em seguida, mais três se levantam e saem sem olhar para trás. Os demais ficam ali no chão, ofegantes.

Ouço uma risada fraca e percebo que é o anjo.

— Você ficou ridícula com essas asas — ele diz. Seu lábio está sangrando, assim como um corte acima do olho. Mas parece relaxado com o sorriso que lhe ilumina o rosto.

Com as mãos trêmulas, pego a chave do cadeado de bicicleta do bolso e a jogo em sua direção. Ele consegue apanhá-la, mesmo estando acorrentado.

— Vamos sair daqui — digo, com a voz menos trêmula do que a sensação que aquela descarga de adrenalina da luta me causou. O anjo se liberta, se alonga e estala os pulsos. Depois arranca uma jaqueta jeans de um dos feridos e a joga para mim. Agradecida, eu a visto, mesmo que seja umas dez vezes maior que a minha numeração.

Ele volta para o escritório enquanto enrolo rapidamente suas asas no cobertor. Corro até o arquivo para pegar a espada e encontro o anjo no saguão, voltando da sala com minha mochila. Amarro o cobertor nela, tentando não apertar forte demais, e em seguida a coloco nos ombros. Queria ter uma dessas para ele, mas ele não conseguiria carregá-la com as costas machucadas.

Quando vê a espada, seu rosto se ilumina em um sorriso glorioso, como se o objeto fosse um amigo perdido há muito tempo, em vez de uma peça bonita de metal. Seu olhar de pura alegria faz com que minha respiração cesse por um momento. É um olhar que pensei que nunca mais veria no rosto de alguém. Eu me sinto mais leve só de estar perto dele.

— Você estava com a minha espada o tempo todo?

— Agora é a *minha* espada. — Minha voz sai mais dura do que a situação exige. Sua felicidade é tão humana que por um instante esqueci quem ele realmente é. Cravo as unhas na palma da mão para me lembrar de nunca mais deixar meus pensamentos tão soltos.

— Sua espada? Vai sonhando — ele responde. Quero que pare de parecer tão humano, droga. — Você tem ideia de como ela tem sido leal a mim ao longo de todos esses anos?

— Ela? Você não é dessas pessoas que dão nome a carros e canecas de café, né? É um objeto inanimado. Se liga.

Ele faz menção de pegar a espada e dou um passo para trás, não disposta a entregá-la.

— O que você vai fazer, lutar comigo para ficar com ela? — ele pergunta, parecendo prestes a rir.

— O que você vai fazer com isso?

Ele suspira, aparentando cansaço.

— Usar como muleta, o que acha?

Por um momento, uma decisão paira no ar. A verdade é que ele não precisa da espada para me derrotar, agora que está livre e andando com as próprias pernas. Ele poderia simplesmente pegá-la, e nós dois sabemos disso.

— Eu salvei a sua vida — digo.

Ele arqueia a sobrancelha.

— Há controvérsias.

— Duas vezes.

Ele finalmente deixa cair a mão com a qual estava tentando alcançar a espada.

— Você não vai devolver minha espada, não é?

Pego a cadeira de rodas de Paige e enfio a espada no bolso do encosto. Enquanto ele continuar cansado para discutir, é melhor eu manter o controle. Ou ele realmente está esgotado, ou decidiu me deixar levar a espada como uma pequena escudeira. Do jeito como ele olha para a espada com um meio sorriso, suponho que seja a segunda opção.

Viro a cadeira de Paige e a empurro.

— Acho que não vou mais precisar dessa cadeira — diz o anjo, parecendo tão exausto que aposto que ele não recusaria se eu me oferecesse para empurrá-lo.

— Não é para você. É para a minha irmã.

Ele fica em silêncio enquanto caminhamos pela noite, e sei que ele pensa que Paige nunca mais vai ver aquela cadeira de rodas outra vez.

Ele que vá para o inferno.

10

O VALE DO SILÍCIO FICA NAS COLINAS, a cerca de meia hora de carro partindo da floresta. Também fica a uns quarenta e cinco minutos de San Francisco, se pegarmos a rodovia. Imagino que as estradas vão estar lotadas de carros abandonados e pessoas desesperadas, então seguimos para as colinas, onde há menos pessoas e mais lugares para se esconder.

Até algumas semanas atrás, os ricos viviam nas colinas mais baixas, em casas térreas de três quartos, de alguns milhões de dólares, ou ainda em mansões de contos de fadas, de algumas dezenas de milhões de dólares. Ficamos longe dessas, pois, segundo a minha lógica, provavelmente atraem o tipo errado de visitantes. Então escolhemos uma casinha de hóspedes atrás de uma das propriedades. Uma que não seja chique demais e que não vá chamar a atenção.

O anjo apenas me segue sem fazer comentários, o que para mim está ótimo. Ele não disse muito desde que deixamos o prédio comercial. Foi uma noite longa, e ele já mal consegue ficar em pé quando chegamos na casa, um pouquinho antes de cair uma tempestade.

É estranho. De certa forma, ele tem uma força surpreendente. Foi espancado, mutilado, está sangrando há dias, e, mesmo assim, ainda consegue enfrentar vários homens ao mesmo tempo. Nunca parece ter frio, apesar de estar sem camisa e sem casaco. Mas caminhar parece exigir demais dele.

Quando finalmente nos sentamos no chalé e a chuva começa a cair, ele tira as botas. Seus pés estão repletos de bolhas, em carne viva. São rosados e vulneráveis como se não fossem muito usados. Talvez não sejam. Se eu tivesse asas, provavelmente passaria a maior parte do tempo voando também.

Procuro na mochila e encontro o pequeno kit de primeiros socorros. Dentro dele tem alguns itens para bolhas. São como curativos adesivos, mas maiores e mais resistentes. Entrego os pacotes ao anjo, que abre um deles e fica olhando como se nunca tivesse visto nada parecido.

Ele primeiro olha para o lado bege, um tom mais claro que sua pele, depois para o lado acolchoado, então de volta para o bege. Coloca o curativo sobre o olho, como se fosse um pirata, e faz uma careta.

Meus lábios se comprimem em um meio sorriso, mesmo que eu ache difícil acreditar que ainda consigo sorrir. Pego o curativo da mão dele.

— Aqui, eu te mostro como usar. Me deixa dar uma olhada no seu pé.

— Esse é um pedido muito íntimo no mundo dos anjos. Geralmente é preciso um jantar, um vinho e uma conversa estimulante para eu te mostrar os meus pés.

Isso exige uma resposta espirituosa.

— E daí? — respondo.

Tudo bem, eu não vou receber o Troféu Mulher Espirituosa do Ano.

— Quer que eu te mostre como se usa isso ou não? — Meu tom é rude. É o melhor que consigo nesse momento.

Ele estende os pés. Manchas vermelhas inflamadas gritam por atenção nos calcanhares e nos polegares. Um pé está com uma bolha estourada no calcanhar.

Olho para meu escasso suprimento de curativos para bolhas. Vou ter que usar tudo no pé dele e esperar que o meu aguente. A vozinha da minha consciência se manifesta de novo enquanto coloco os adesivos delicadamente ao redor da bolha estourada: *Ele não vai ficar com você por mais do que alguns dias. Por que desperdiçar curativos preciosos com ele?*

O anjo tira um caco de vidro do ombro. Fez isso o tempo todo durante nossa caminhada, mas não para de encontrar mais. Se ele não tivesse ido na minha frente quando quebrou a janela, eu também estaria cheia de cacos de vidro. Tenho quase certeza de que ele não me protegeu de propósito, mas a gratidão é mais forte do que eu.

Com cuidado, absorvo o pus e o sangue com gaze esterilizada, embora eu saiba que, se for para ele ter uma infecção, vai ser nos ferimentos profundos das costas, não nas bolhas dos pés. O pensamento das asas perdidas deixa minhas mãos mais gentis do que seriam de outra forma.

— Qual é o seu nome? — pergunto.

Eu não preciso saber. Na verdade, não *quero* saber. Dar um nome a ele faz parecer que, de alguma forma, estamos do mesmo lado, o que nunca vai ser verdade. É como reconhecer que poderíamos nos tornar amigos. Mas é impossível. É inútil fazer amizade com o carrasco.

— Raffe.

Só perguntei o nome para distraí-lo de pensar em ter de usar os pés em vez das asas. Mas, agora que sei o nome dele, parece certo.

— Ra-ffe — repito devagar. — Gostei do som disso.

Seus olhos se suavizam quando ele sorri, embora a expressão não perca a aparência pétrea. Por alguma razão, ele faz o meu rosto esquentar.

Pigarreio para quebrar a tensão.

— Raffe soa parecido com *raw feet*. Em inglês significa "pés em carne viva". Coincidência? — O comentário provoca um sorriso no anjo. Quando ele sorri, parece alguém que a gente gostaria de conhecer. Um cara com uma beleza de outro mundo, com quem uma garota sonharia.

Só que ele não é um cara. E literalmente é de outro mundo. Sem falar que essa garota já superou essa coisa de sonhos, se não envolver comida, abrigo e segurança familiar.

Esfrego o dedo com firmeza ao redor do adesivo para me certificar de que não vai se desprender. Ele respira fundo e não sei dizer se de dor ou prazer. Tomo cuidado em manter os olhos baixos, concentrados na tarefa.

— Então, não vai perguntar o meu nome? — Eu merecia um tapa. Parece que estou flertando. Mas não estou, claro. Nem poderia. Pelo menos consegui controlar o tom para não parecer uma boba alegre.

— Eu já sei o seu nome. — Então ele imita perfeitamente a voz da minha mãe: — Penryn Young, abra essa porta imediatamente!

— Essa foi muito boa. Você falou igualzinho.

— Você já deve ter ouvido o velho ditado de que existe poder em saber o verdadeiro nome de alguém.

— É verdade?

— Pode ser. Especialmente entre as espécies.

— Então por que acabou de me dizer o seu?

Ele se inclina para trás e dá de ombros de um jeito descompromissado.

— Então do que eles te chamam, se não sabem o seu nome?

Há uma breve pausa antes da resposta.

— A Ira de Deus.

Com um movimento lento e controlado para não tremer, afasto a mão de seu pé. Então percebo que, se alguém nos visse, poderia parecer que estou fazendo uma reverência. Ele está sentado numa cadeira, enquanto eu me ajoelho aos pés dele, com os olhos voltados para baixo. Eu me levanto rapidamente para olhá-lo de cima. Respiro fundo, endireito os ombros e o encaro fixamente.

— Não tenho medo de você, nem da sua espécie, nem do seu deus.

Parte de mim se encolhe temendo o raio que tenho certeza que vai cair. Mas isso não acontece. Não ouço nem o trovão dramático lá fora na tempestade. Mas isso não diminui nem um pouco meu pavor. Sou uma formiga no campo de batalha dos deuses. Não há espaço para orgulho ou ego, apenas o suficiente para sobreviver. Mas não consigo me conter. Quem eles pensam que são? Podemos ser formigas, mas esse campo é a nossa casa e temos todo o direito de viver aqui.

Sua expressão muda um pouco antes de ficar séria em seus modos divinos. Não sei o que isso significa, mas minha declaração insana exerce algum tipo de efeito sobre ele, mesmo que seja apenas diversão.

— Não tenho dúvidas disso, Penryn. — Ele diz meu nome como se provasse algo novo, rolando o som na língua para ver se gosta. Há uma intimidade na forma como diz isso que me faz quase contorcer.

Jogo os outros curativo no colo dele.

— Agora você já sabe usar. Bem-vindo ao meu mundo.

Eu me viro, enfatizando minha falta de medo. Pelo menos é o que digo a mim mesma. Aproveito que estou de costas para ele e deixo as mãos tremerem um pouco quando vasculho a mochila em busca de algo para comer.

— Por que vocês estão aqui? — pergunto, procurando pela comida. — Quer dizer, é óbvio que não estão aqui para uma conversa amigável, mas por que querem se livrar de nós? O que fizemos para merecer o extermínio?

Ele dá de ombros.

— Sei lá.

Eu o encaro, boquiaberta.

— Ei, não sou eu que mando — diz Raffe. — Se eu fosse bom em marketing, lhe contaria uma história vazia que parecesse profunda. Mas a verdade é que todos nós estamos só perambulando por aí no escuro. Às vezes a gente tropeça em alguma coisa terrível.

— Só isso? Não pode ser tão simples assim. — Não sei o que quero ouvir, mas certamente não é isso.

— É sempre simples assim.

Ele soa mais como um soldado experiente do que qualquer anjo de que já ouvi falar. Mas uma coisa é certa: não vou conseguir muitas respostas dele.

O jantar é macarrão instantâneo e algumas barras energéticas. De sobremesa temos chocolates que peguei do escritório. Queria que pudéssemos acender a lareira, mas a fumaça da chaminé seria um sinal claro de que a casa está ocupada. O mesmo com as luzes. Tenho umas lanternas na bolsa, mas, quando lembro que deve ter sido a lanterna da minha mãe que atraiu a gangue, mastigamos macarrão seco e barrinhas doces na escuridão.

Ele devora sua porção tão depressa que não consigo deixar de olhar. Não sei quando foi a última vez que ele comeu, mas com certeza não ingeriu nada durante esses dois dias, desde que o conheci. Também suponho que sua cura extraordinária consome muitas calorias. Não temos muito, mas ofereço metade da minha parte. Se ele estivesse acordado nos dois últimos dias, eu teria que tê-lo alimentado com muito mais do que isso.

Fico com a mão estendida oferecendo a comida por tempo suficiente para criar um clima estranho entre nós.

— Você não quer? — pergunto.

— Depende de por que você está me dando isso.

Encolho os ombros.

— Às vezes, enquanto perambulamos no escuro, tropeçamos em algo bom.

Ele me observa por outro segundo antes de aceitar a comida.

— Mas não pense que você vai ganhar minha porção de chocolate. — Sei que eu deveria economizar o doce, mas não posso deixar de comer mais do que o planejado. A textura de cera e a explosão de doçura na boca trazem um raro conforto, impossível de recusar. Se bem que eu não vou deixar a gente comer mais da metade do suprimento. Enfio o resto lá no fundo da mochila para evitar a tentação.

Meu anseio por doces deve transparecer no rosto, porque o anjo pergunta:

— Por que você simplesmente não come? Amanhã podemos comer outra coisa.

— É para a Paige. — Fecho o zíper da mochila em caráter definitivo, ignorando o olhar pensativo de Raffe.

Gostaria de saber onde está minha mãe agora. Sempre suspeitei que ela fosse mais inteligente que o meu pai, mesmo que seja ele quem tenha mestrado em engenharia. Mas toda a esperteza animal dela não vai ajudá-la quando seus instintos loucos exigirem atenção. Alguns dos piores momentos da minha vida aconteceram por causa dela. Mesmo assim, é mais forte do que eu: espero que ela tenha encontrado um lugar seco para se proteger da chuva e algo para comer no jantar.

Vasculho a mochila e encontro a última embalagem de isopor do macarrão seco. Ando até a porta e a deixo do lado de fora.

— O que você está fazendo?

Penso em lhe explicar sobre minha mãe, mas decido não o fazer.

— Nada.

— Por que você está deixando comida do lado de fora, na chuva?

Como ele sabe que era comida? Está escuro demais para ver o copo de macarrão.

— Você enxerga bem no escuro?

Há uma breve pausa, como se ele considerasse negar que enxerga no escuro.

— Quase tão bem quanto de dia.

Arquivo a informação. Esse detalhe pode ter acabado de salvar a minha vida. Quem sabe o que eu faria quando encontrasse os outros anjos? Talvez tentasse me esconder no escuro depois de ter entrado no ninho deles. Teria sido uma péssima hora para descobrir que os anjos enxergam tão bem assim na escuridão.

— Então, por que deixou aquele valioso alimento lá fora?

— É para o caso de a minha mãe estar lá.

— Ela simplesmente não entraria?

— Talvez sim, talvez não.

Ele balança a cabeça como se entendesse, o que naturalmente não é verdade. Para ele, talvez todos os seres humanos se comportem como loucos.

— Por que você não traz a comida para dentro e eu te digo quando ela estiver chegando?

— E como você vai saber se ela está chegando?

— Eu vou ouvir — ele diz. — Se a chuva não fizer muito barulho.

— E você ouve muito bem?

— O quê?

— Ha-ha — digo ironicamente. — Saber esse tipo de coisa pode fazer mesmo uma grande diferença nas minhas chances de resgatar minha irmã.

— Você nem sabe onde ela está, ou se está viva. — Ele diz isso com muita naturalidade, como se falasse sobre o clima.

— Mas eu sei onde você está, e sei que vai voltar para os outros anjos, mesmo que seja só para se vingar.

— Ah, então é assim? Já que você não conseguiu tirar as informações de mim quando eu estava fraco e indefeso, seu grande plano agora é me seguir de volta até o ninho de víboras e resgatar sua irmã? Você sabe que esse plano é praticamente tão bom quanto você tentar assustar aqueles caras se fingindo de anjo.

— Uma garota tem que saber improvisar quando a situação muda.

— A situação mudou além do seu controle. Você só vai conseguir se matar se seguir por esse caminho. Então aceite meu conselho e fuja.

— Você não entende. A questão não é tomar decisões ótimas e lógicas. Não tenho escolha. Paige é só uma garotinha indefesa. E ela é minha irmã. A única coisa em discussão aqui é *como* eu vou resgatá-la, não se eu vou tentar ou deixar de tentar.

Ele se inclina para trás e me lança um olhar avaliador.

— Eu gostaria de saber o que vai te matar mais rápido: a lealdade ou a teimosia.

— Nenhuma das duas coisas, se você me ajudar.

— E por que eu faria isso?

— Eu salvei a sua vida. Duas vezes. Você me deve uma. Em algumas sociedades, você seria meu escravo para sempre.

É difícil ver sua expressão no escuro, mas sua voz soa ao mesmo tempo cética e irônica.

— É verdade, você me arrastou daquela rua quando eu estava ferido. E, em situações normais, isso pode se qualificar como salvar a minha vida, mas, já que a sua intenção era me raptar para me interrogar, acho que isso não conta. E, se você está se referindo à tentativa fracassada de "resgate" durante a luta com aqueles homens, eu tenho que te lembrar que, se você não tivesse me feito bater com as costas naqueles pregos enormes da parede e depois não tivesse me acorrentado a um carrinho, eu nunca teria ficado naquela posição, para começo de conversa. — Ele ri. — Não consigo acreditar que aqueles idiotas quase caíram, achando que você era um anjo.

— Eles não caíram.

— Só porque você estragou tudo. Quase caí na gargalhada quando te vi.

— Teria sido muito engraçado, se a nossa vida não estivesse em jogo. Sua voz fica sóbria.

— Então você sabe que poderia ter morrido?

— Assim como você.

O vento sussurra lá fora, fazendo as folhas farfalharem. Abro a porta e pego a embalagem de macarrão. Eu poderia muito bem acreditar que ele ouviria minha mãe se ela aparecesse. É melhor a gente não correr o risco de alguém ver a comida e entrar no chalé.

Pego um moletom da mochila e o coloco sobre o que eu já estou vestindo. A temperatura está caindo rápido. Então finalmente faço a pergunta de cuja resposta eu temo:

— O que eles querem com as crianças?

— Mais de uma foi levada?

— Eu vi as gangues de rua levá-las. Imaginei que não quisessem a Paige por causa das pernas. Mas agora me pergunto se eles as estão vendendo para os anjos.

— Não sei o que eles estão fazendo com as crianças. Sua irmã é a primeira de quem ouvi falar. — Sua voz calma me arrepia.

A chuva bate nas janelas, e o vento faz um galho raspar no vidro.

— Por que os outros anjos estavam te atacando?

— É falta de educação perguntar à vítima da violência o que ela fez para ser atacada.

— Você me entendeu.

Ele dá de ombros sob a luz fraca.

— Os anjos são criaturas violentas.

— Percebe-se. Eu achava que eles fossem todos doces e gentis.

— Por que você pensaria assim? Mesmo na sua Bíblia, somos os arautos da desgraça, dispostos e capazes de destruir cidades inteiras. Só porque algumas vezes avisamos um ou dois de vocês com antecedência não significa que somos altruístas.

Tenho mais perguntas, mas preciso estabelecer uma coisa primeiro.

— Você precisa de mim.

Ele solta uma risada sarcástica.

— Explique melhor.

— Você precisa voltar para os seus amigos para ver se consegue costurar suas asas de volta. Vi na sua cara quando falei isso no escritório.

Você acha que pode, mas tem que andar para chegar lá. Você nunca viajou por terra antes, não é? Precisa de um guia, alguém que possa encontrar comida, água e abrigo seguro.

— Você chama isso de comida? — O luar mostra Raffe jogando o copo de isopor vazio numa lata de lixo. Está muito escuro para vê-lo acertar a lixeira do outro lado da sala, mas, pelo som, foi uma cesta de três pontos.

— Está vendo? Essa você vai ter de relevar. Temos todos os tipos de coisas que você nunca imaginaria que são comida. Além disso, você precisa de alguém que tire a suspeita das suas costas. Ninguém vai suspeitar que você é um anjo, se estiver viajando com uma humana. Me leve com você. Eu te ajudo a chegar em casa, se você me ajudar a encontrar a minha irmã.

— Então você quer que eu leve um Cavalo de Troia para o ninho da águia?

— Até parece. Não estou aqui para salvar o mundo, só para salvar a minha irmã, o que é responsabilidade mais do que suficiente para mim. Além do mais, com o que você está preocupado? Que euzinha aqui seja uma ameaça para o povo angelical?

— E se ela não estiver lá?

Tenho de engolir o nó seco na garganta antes de conseguir responder.

— Então vou deixar de ser problema seu.

A sombra mais escura de seu corpo se enrola no sofá.

— Vamos dormir um pouco enquanto ainda está escuro lá fora.

— Isso não é um "não", certo?

— Também não é um "sim". Agora me deixa dormir.

— E isso é outra coisa. É mais fácil ficar de vigia à noite, quando estamos em dois.

— Mas é mais fácil dormir quando tem apenas um. — Ele pega uma almofada do sofá e a coloca sobre a orelha. Depois se remexe mais uma vez e se acomoda. Sua respiração vai ficando cada vez mais pesada e regular, como se já estivesse dormindo.

Suspiro e caminho de volta para o quarto. O ar fica mais frio à medida que me aproximo do cômodo, e começo a pensar duas vezes sobre dormir ali dentro.

Assim que abro a porta, vejo por que está tão frio no chalé. A janela está quebrada e uma cascata de chuva cai sobre a cama. Estou tão cansada que poderia simplesmente dormir no chão. Pego um cobertor dobrado de dentro da cômoda. Está frio, porém seco. Fecho a porta do quarto para manter o vento ali e volto para a sala na ponta dos pés. Eu me deito no sofá em frente ao anjo, enrolada no cobertor.

Ele parece dormir confortavelmente. Ainda está sem camisa, do mesmo jeito que o vi pela primeira vez. Os curativos devem oferecer um pouco de calor, mas não muito. Será que ele sente frio? Deve ser gelado voar tão alto no céu. Talvez os anjos sejam capacitados para suportar temperaturas frias, assim como são leves para voar.

Mas tudo isso é um palpite, e, provavelmente, uma justificativa para me fazer sentir melhor depois de ter pegado para mim o único cobertor do chalé. Essa noite estamos sem eletricidade, o que significa sem aquecimento. A região da baía raramente congela, mas às vezes faz bastante frio à noite. Hoje parece ser uma dessas vezes.

Pego no sono ouvindo o ritmo da respiração constante de Raffe e o tamborilar da chuva nas janelas.

SONHO QUE ESTOU NADANDO NA ANTÁRTIDA, cercada por icebergs. As torres glaciais são majestosas e mortalmente lindas.

Ouço Paige me chamar. Ela está se debatendo na água, tossindo, mal conseguindo se manter na superfície. Contando apenas com os braços para remar, sei que ela não vai conseguir nadar por muito tempo. Nado em sua direção, desesperada para alcançá-la, mas o frio congelante retarda meus movimentos e quase perco a força por causa dos tremores. Paige me chama. Está muito longe para que eu veja seu rosto, mas posso ouvir as lágrimas em sua voz.

— Estou chegando! — tento gritar para ela. — Está tudo bem, chego aí já, já. — Mas minha voz sai num sussurro rouco que mal alcança meus próprios ouvidos. A frustração se infiltra em meu peito. Não posso sequer confortá-la com garantias.

De repente, ouço o motor de um barco. Ele vem cortando entre o gelo flutuante e avança na minha direção. Minha mãe está pilotando.

Com a mão livre, ela lança itens preciosos de sobrevivência, fazendo-os espirrar a água gélida. Latas de sopa e de feijão, coletes salva-vidas e cobertores, até mesmo sapatos e curativos para bolhas caem pela lateral do barco, afundando entre o gelo flutuante.

— Você devia comer seus ovos, querida — diz minha mãe.

Paige me chama ao longe.

— Estou indo — grito em resposta, mas apenas um sussurro entrecortado sai da minha boca. Tento nadar até ela, mas meus músculos estão tão gelados que só consigo me debater e tremer a caminho do barco da minha mãe.

— Silêncio, shhh — uma voz calma sussurra em meu ouvido.

Sinto alguém puxar as almofadas do sofá das minhas costas. Depois o calor me envolve. Músculos firmes me abraçam onde antes estavam as almofadas. Tenho uma lembrança sonolenta de braços masculinos me enlaçando, a pele macia como pluma, os músculos como aço aveludado. Espantando o pesadelo e o gelo das minhas veias.

— Shhh — sussurra uma voz rouca em meu ouvido.

Relaxo num casulo de calor e deixo o som da chuva me embalar de volta ao sono.

O CALOR SE FOI, mas não estou mais tremendo. Estou encolhida sozinha, tentando apreciar o calor deixado nas almofadas por um corpo que não está mais aqui.

Quando abro os olhos, a luz da manhã me faz desejar que eu não tivesse feito isso. Raffe está no sofá dele, me observando com seus olhos azul-escuros. Engulo em seco, de repente me sentindo estranha e desgrenhada. Ótimo. O mundo acabou, minha mãe está lá fora com as gangues, mais louca do que nunca, minha irmã foi sequestrada por anjos vingativos, e eu estou preocupada que o meu cabelo esteja oleoso e meu hálito esteja ruim.

Eu me levanto abruptamente e jogo o cobertor de lado com mais força que o necessário. Pego meus artigos de higiene e sigo para um dos dois banheiros.

— Bom dia para você também — ele diz de um jeito arrastado e preguiçoso. Estou com a mão na maçaneta da porta do banheiro quando ele solta: — Caso esteja se perguntando, a resposta é sim.

Paro, com medo de olhar para trás.

— Sim? — Sim, era ele me abraçando durante a noite? Sim, ele sabe que eu gostei?

— Sim, você pode vir comigo — diz, como se já estivesse arrependido. — Vou te levar ao ninho da águia.

11

AINDA TEM ÁGUA CORRENTE NO CHALÉ, mas não é quente. Penso em tomar uma chuveirada mesmo assim, pois não sei quanto tempo vai demorar até que eu possa tomar um banho decente, mas o pensamento daquela água glacial caindo em mim com toda a força me faz hesitar.

Decido então me lavar com um paninho. Pelo menos assim evito congelar.

Como previ, a água está supergelada e me faz lembrar partes do meu sonho da noite passada e, inevitavelmente, como me senti aquecida aconchegada nos braços dele. Deve ter sido apenas um tipo de comportamento angelical motivado pela minha tremedeira, do mesmo jeito que pinguins se amontoam quando está frio. O que mais poderia ser?

Só que não quero e não sei pensar a respeito disso, razão pela qual jogo esse pensamento naquele lugar escuro e entulhado da mente que está ameaçando explodir a qualquer momento.

Quando saio do banheiro, parece que Raffe acabou de tomar banho. Está vestindo a calça preta e calçando as botas. Os curativos se foram. O cabelo molhado balança diante dos olhos quando ele se ajoelha no piso de madeira em frente ao cobertor aberto, onde estão suas asas, estendidas.

Ele penteia as penas, afofando as que estão amassadas e tirando as quebradas. De certa forma, acho que está se arrumando. Seu toque é delicado e reverente, embora sua expressão seja dura e ilegível como pedra. As partes pontudas que sobraram depois que eu picotei a asa estão feias e maltratadas.

Sinto um impulso ridículo de pedir desculpas. Pelo que exatamente eu deveria me desculpar? Pelo povo dele ter atacado e destruído nosso mundo? Por serem violentos a ponto de decepar as asas de um dos seus e deixá-lo ser retalhado pelos selvagens nativos? Se somos tão selvagens assim, é só porque eles nos fizeram desse jeito. Portanto não lamento nada, lembro a mim mesma. Esmagar as asas do inimigo em um cobertor puído não é motivo pelo qual tenho de me desculpar.

Só que, de alguma forma, ainda fico de cabeça baixa e caminho de leve, como se estivesse arrependida, mesmo que não diga nada.

Dou a volta para que Raffe não veja minha postura de quem pede desculpas, e suas costas nuas surgem em minha plena visão. Parou de sangrar. O resto dele agora parece perfeitamente saudável: sem hematomas, sem inchaços ou cortes, exceto onde ficavam as asas.

Os ferimentos são como fibras de carne crua em suas costas. Uma carne irregular onde a lâmina retalhou tendões e músculos. Não gosto de pensar nisso, mas acho que o outro anjo atingiu suas articulações, partindo ossos. Acho que eu deveria ter fechado os ferimentos e dado pontos, mas achei que ele fosse morrer.

— Será que eu deveria, tipo, tentar suturar seus ferimentos? — pergunto, com esperanças de que a resposta seja "não". Sou bem durona, mas costurar porções de carne desafia os limites da minha zona de conforto, para dizer o mínimo.

— Não — ele diz sem erguer os olhos da tarefa. — Vão acabar cicatrizando sozinhos.

— Por que ainda não cicatrizaram? Quer dizer, o resto do seu corpo sarou num piscar de olhos.

— Feridas provocadas por espadas angelicais demoram mais para cicatrizar. Se algum dia você for matar um anjo, corte-o com uma espada angelical.

— Você está mentindo. Por que me contaria isso?

— Talvez eu não tenha medo de você.

— Talvez devesse ter.

— Minha espada nunca me machucaria. E minha espada é a única que você consegue brandir. — Ele puxa cuidadosamente outra pena quebrada e a coloca sobre o cobertor.

— Como assim?

— Você precisa de permissão para usar uma espada angelical. Vai pesar uma tonelada se tentar empunhá-la sem permissão.

— Mas você nunca me deu permissão.

— Você não precisa da permissão do anjo. É a espada que permite. E algumas ficam irritadas só com a pergunta.

— Ah, tá.

Ele passa a mão sobre as penas, tateando em busca das quebradas. Por que ele não parece estar brincando?

— Eu nunca pedi permissão e consegui erguer a espada sem nenhum problema.

— Isso é porque você queria jogá-la para mim para eu me defender. Pelo visto, ela interpretou como permissão pedida e concedida.

— O quê? O negócio leu a minha mente?

— Suas intenções, pelo menos. Ela faz isso às vezes.

— Hum, tá bom. — Deixei passar. Já ouvi muitas coisas malucas na vida, e a gente só tem que aprender a seguir em frente sem desafiar diretamente a pessoa que está vomitando as esquisitices. Questionar esse tipo de coisa é uma tarefa inútil e às vezes perigosa. Pelo menos é assim com a minha mãe, mas devo dizer que o Raffe fantasia mais do que ela. — Então... quer que eu enfaixe suas costas?

— Por quê?

— Para tentar evitar uma infecção — respondo, vasculhando a mochila em busca do kit de primeiros socorros.

— Infecção não deve ser um problema.

— Você não pega infecção?

— Devo ser resistente aos germes de vocês.

As palavras "devo" e "de vocês" chamam minha atenção. Não sabemos quase nada sobre os anjos. Qualquer informação a respeito deles pode nos dar uma vantagem. Isto é, assim que nos reorganizarmos.

Então me dou conta de que eu posso estar na vantajosa posição de coletar algumas informações sobre eles. Apesar do que os líderes de gangues nos fazem acreditar, as partes de anjos sempre são levadas dos mortos ou moribundos, tenho certeza. Eu não sei o que faria com informações sobre os anjos. Mas não faria mal a ninguém ter certo conhecimento.

Diga isso a Adão e Eva.

Ignoro a voz de advertência em minha mente.

— Então... vocês são imunes ou algo assim? — Tento parecer casual, como se a resposta não significasse nada para mim.

— De qualquer forma, deve ser uma boa ideia me enfaixar — ele diz, me enviando um sinal claro de que sabe que estou tentando pescar informações. — Eu provavelmente posso passar por humano se meus ferimentos estiverem cobertos. — Ele puxa uma pena quebrada e relutantemente a coloca sobre a pilha que não para de crescer.

Uso o restante dos itens de primeiros socorros para fazer curativos em seus ferimentos. A pele é como aço coberto de seda. Sou um pouco mais firme do que precisaria ser, porque assim minhas mãos ficam estáveis.

— Tenta não se mexer muito para não sangrar de novo. A bandagem não é muito grossa e o sangue vai encharcá-la bem depressa.

— Sem problemas — ele diz. — Não deve ser muito difícil ficar quieto quando estivermos correndo para salvar nossa vida.

— Estou falando sério. É nosso último curativo. Você tem que fazer durar.

— Alguma chance de acharmos mais?

— Talvez. — Nossa melhor chance é encontrar kits de primeiros socorros nas casas, já que as lojas foram saqueadas ou tomadas pelas gangues.

Enchemos minha garrafa de água. Não tive muito tempo de abastecer a mochila com suprimentos no escritório. Os itens que carreguei comigo são uma seleção de várias coisas. Solto um suspiro, desejando ter tido tempo de pegar mais comida. Sem contar a única embalagem de macarrão instantâneo, não temos mais nada a não ser um punhado de chocolatinhos que guardei para a Paige. Dividimos o macarrão, o que dá praticamente duas colheradas para cada um. Quando deixamos o chalé, já transcorreu meia manhã. Então chegamos a uma casa.

Tenho muitas expectativas de encontrar uma cozinha abastecida, mas uma olhada nos armários abertos na vastidão de granito e aço inoxidável me diz que temos de vasculhar entre as sobras. Pessoas ricas viveram aqui, mas nem mesmo elas tinham dinheiro suficiente para comprar comida quando as coisas ficaram ruins. Ou elas comeram tudo o que puderam antes de fazer as malas e caírem na estrada, ou levaram muita coisa junto. Gaveta após gaveta, armário após armário, não há nada, exceto migalhas.

— Isso é de comer? — Raffe está na entrada da cozinha, sob um arco mediterrâneo. Ele poderia facilmente estar em casa num lugar como esse. Sua postura tem a graça fluida de um aristocrata acostumado ao ambiente abastado. Embora o saco meio vazio de comida de gato que esteja segurando estrague um pouco a imagem.

Mergulho a mão na embalagem e pego alguns pedacinhos de ração vermelha e amarela. Ponho na boca. Crocante, com um leve sabor de peixe. Finjo que são biscoitos enquanto mastigo e engulo.

— Não é exatamente alta gastronomia, mas provavelmente não vai nos matar.

É o melhor que podemos fazer no quesito "comida", mas encontramos mais coisas na garagem. Uma mochila que funciona como bolsa de viagem, o que é demais, já que por enquanto o Raffe não consegue carregar nada nas costas, mas pode ser que consiga depois. Dois sacos de dormir de meninos, enrolados e prontos para levar. Nenhuma barraca, mas há lanternas com pilhas extras. Uma reluzente faca de acampamento mais cara do que qualquer uma que já consegui comprar. Dou a minha para o Raffe e fico com essa para mim.

Já que minhas roupas estão sujas, simplesmente as troco por outras limpas, tiradas dos armários. Também pego algumas roupas extras e casacos. Encontro um moletom que serve bem no Raffe. Também o faço trocar a calça preta chamativa e as botas de cadarço por jeans e botas de caminhada comuns.

Felizmente, há três quartos abastecidos com vários tamanhos de roupas masculinas. Um dia morou aqui uma família com dois filhos adolescentes, mas agora o único sinal deles está nos armários e na garagem. O que mais me preocupa é se as botas de caminhada vão servir bem no Raffe. As bolhas já cicatrizaram, mas, mesmo com sua capacidade incrível de recuperação, não podemos deixar que ele arrebente os pés todos os dias.

Digo a mim mesma que me preocupo porque não posso deixar que ele me atrase se estiver mancando e me recuso a pensar mais a respeito disso.

— Você quase parece humano vestido assim — comento.

Na verdade, ele parece um lindo campeão do Olimpo, um exemplo supremo de ser humano. Quero dizer, um anjo que pertence a uma legião que quer erradicar a humanidade não deveria parecer, digamos, perverso e alienígena?

— Se você não sangrar no local das asas, pode passar por humano. Ah, e não deixe ninguém te pegar. Eles vão saber que tem coisa errada com você assim que perceberem como você é leve.

— Vou me certificar de não deixar nenhuma mulher me carregar nos braços. — Ele se vira e deixa a cozinha antes que eu entenda o que fazer a respeito desse comentário. Senso de humor é mais uma coisa que não acho que anjos devam ter. O fato de o senso de humor dele ser brega torna tudo ainda mais estranho.

JÁ É FIM DA MANHÃ QUANDO SAÍMOS DA CASA. Estamos em uma pequena rua sem saída que começa na Page Mill Road. A via está escura e escorregadia por causa do dilúvio da noite passada. O céu está pesado com nuvens cinzentas irregulares, mas, se tivermos sorte, devemos estar nas colinas, debaixo de um teto aquecido, quando a chuva começar de novo.

Nossas mochilas estão na cadeira de Paige e, se eu fechar os olhos, quase consigo fingir que a estou empurrando. Quando dou por mim, estou cantarolando o que achei que fosse uma melodia sem sentido. Paro quando percebo que é a música que minha mãe usa para se desculpar.

Coloco um pé na frente do outro, tentando ignorar o peso leve demais da cadeira de rodas e o anjo sem asas que caminha ao meu lado.

Vejo um monte de carros espalhados pela rua até que chegamos à entrada da rodovia. Depois disso, há apenas alguns carros apontando para o topo da colina. Nos primeiros dias, todo mundo tentava entrar na rodovia para conseguir ir embora. Não sei dizer para qual direção estavam seguindo. Acho que não foram para lado nenhum, pois a rua está entupida de carros nos dois sentidos.

Não demora muito para vermos o primeiro corpo.

12

UMA FAMÍLIA DEITADA NUMA PISCINA DE SANGUE.

Um homem, uma mulher, uma menina de mais ou menos dez anos. A criança está na entrada do bosque, e os adultos no meio da rodovia. Ou a criança correu para o mato quando os pais foram atacados, ou se escondeu e foi pega quando saiu.

Não estão mortos há muito tempo. Sei disso porque o sangue nas roupas esfarrapadas ainda é vermelho-vivo. Tenho que engolir em seco e me esforçar para manter a ração de gato no estômago.

As cabeças estão intactas. Felizmente o cabelo da menina está espalhado sobre o rosto. Os corpos, no entanto, estão em péssimas condições. Por um lado, partes do tronco foram mastigadas até os ossos e ainda há nacos de carne presos a eles. Por outro, alguns braços e pernas estão faltando. Não tenho coragem de me aproximar para ver melhor, mas Raffe tem.

— Marcas de dente — ele diz ao se ajoelhar no asfalto, diante do corpo do homem.

— De que tipo de animal você está falando?

Ele senta perto dos corpos, refletindo sobre a minha pergunta.

— Do tipo com duas pernas e dentes afiados.

Meu estômago se contorce.

— O que você está dizendo? Que são humanos?

— Talvez. Estranhamente afiados, mas têm formato humano.

— Não pode ser. — Mas sei que pode. Humanos farão o que for preciso para sobreviver. Mesmo assim não explica muito. — É muito desperdício. Se a pessoa está desesperada a ponto de ser canibal, não dá apenas algumas mordidas e vai embora. — Só que mais do que algumas mordidas foram arrancadas desses corpos. Agora que me forço realmente a olhar, vejo que estão meio comidos. Mas por que deixar metade para trás?

Raffe dá uma olhada onde a perna da criança deveria estar.

— Os membros foram arrancados bem nas articulações.

— Chega — digo, recuando dois passos. Verifico os arredores. Estamos em um descampado e me sinto tão tensa quanto um rato olhando para um céu cheio de falcões.

— Bom — ele diz ao se levantar, olhando para as árvores. — Vamos esperar que quem quer que tenha feito isso ainda esteja no controle da área.

— Por quê?

— Porque não vão estar com fome.

O comentário não faz com que eu me sinta melhor.

— Você é doente, sabia?

— Eu? Não foi o meu povo que fez isso.

— Como você sabe? Seus dentes são iguais aos nossos.

— Mas o meu povo não está desesperado. — Ele diz isso como se os anjos não tivessem nada a ver com o nosso desespero. — Nem são loucos.

É quando vejo o ovo quebrado.

Está na beira da estrada, perto da menina; a gema marrom e a clara esbranquiçada. O cheiro horrível de enxofre atinge meu nariz. É o fedor que empesteou minhas roupas, meu travesseiro e meu cabelo nos últimos dois anos, somado ao vício da minha mãe em ovos podres. Ao lado dele está um pequeno buquê de ervas silvestres. Alecrim e sálvia. Ou minha mãe achou que eram bonitinhos, ou sua insanidade assumiu um senso de humor muito negro.

Não significa nada, apenas que ela passou por aqui. Só isso. Ela não poderia matar uma família inteira.

Mas poderia pegar uma criança de dez anos saindo do esconderijo depois que os pais foram mortos.

Ela esteve aqui e passou pelos corpos, assim como nós. Só isso. Sério, é só isso.

— Penryn?

Percebo que Raffe estava falando comigo.

— O quê?

— Eles podem ser crianças?

— O que podem ser crianças?

— Quem fez os ataques — ele diz lentamente. É óbvio que perdi uma parte da conversa. — Como eu disse, as marcas de mordidas parecem muito pequenas para um adulto.

— Devem ser animais.

— Animais com dentes chatos?

— É — respondo com mais convicção do que na verdade sinto. — Faz mais sentido do que uma criança tentando acabar com uma família inteira.

— Mas não mais sentido do que uma gangue de crianças ferozes atacando essas pessoas. — Tento lançar um olhar dizendo que ele é louco, mas tenho a impressão de que só consegui parecer assustada. Meu cérebro está repleto de imagens do que pode ter acontecido aqui.

Raffe diz algo sobre evitar a estrada e subir a colina pela floresta. Concordo com um movimento de cabeça, sem ouvir realmente os detalhes, e o sigo em meio às árvores.

13

GERALMENTE AS ÁRVORES DA CALIFÓRNIA ficam verdes o ano todo, mas há bastante folhas caídas cobrindo a floresta. É impossível evitar o ruído de folhas secas a cada passo. Não sei o que acontece em outras partes do mundo, mas, pelo menos em nossas colinas, estou convencida de que a história toda de caçadores habilidosos andando em silêncio entre as árvores é um mito. Primeiro porque, durante o outono, é impossível não andar sobre folhas secas. Isso sem falar de esquilos e cervos, pássaros e lagartos, que fazem tanto barulho que até parecem animais muito maiores.

A boa notícia é que as chuvas encharcaram as folhas, abafando o som. A má é que não consigo manobrar a cadeira de rodas por uma encosta molhada.

Folhas mortas se engancham nas rodas durante meu esforço para empurrá-la. Para aliviar o peso, amarro a espada na mochila e a carrego nas costas. Jogo a outra mochila para Raffe carregar. Ainda assim, a cadeira derrapa e escorrega nas folhas, enquanto tento empurrá-la na diagonal. Nosso progresso passa a ser lento. Raffe não oferece ajuda, mas também não dá sugestões sarcásticas.

Acabamos chegando a um caminho livre que parece seguir mais ou menos na direção que desejamos. O terreno é regular na trilha e há muito menos folhagem sobre ela. Mas a chuva transformou a trilha de terra num rio de lama. Não sei se a cadeira vai funcionar bem na lama, mas prefiro que ela siga em boas condições. Por isso, eu a dobro e passo a carregá-la. Funciona por algum tempo, de um jeito meio estranho e desconfortável. O máximo que já carreguei a cadeira antes foi por um lance ou dois de escada.

Rapidamente percebo que não vou conseguir continuar a trilha se insistir em carregar uma cadeira de rodas. Mesmo se o Raffe se oferecesse para ajudar — o que ele não faz —, não chegaríamos muito longe empurrando uma geringonça de metal e plástico.

Finalmente decido abri-la e colocá-la no chão. Ela afunda quando a lama suga as rodas com avidez. Apenas alguns metros e a cadeira atola completamente a ponto de as rodas não girarem mais.

Pego um graveto e tiro o máximo da lama que consigo. Tento fazer a mesma coisa mais algumas vezes. A cada vez, a lama gruda mais rápido. Com o movimento, é mais argila que lama. Num dado momento, bastam alguns giros e a cadeira está emperrada de vez.

Fico ao lado dela, as lágrimas queimando meus olhos. Como posso salvar Paige sem a cadeira?

Preciso pensar em alguma coisa, nem que eu tenha que carregar minha irmã nos braços. O importante é que eu a encontre. Mesmo assim fico ali mais um minuto, cabisbaixa, me sentindo derrotada.

— Você ainda tem o chocolate dela — diz Raffe, com uma voz gentil. — O resto é só logística.

Não levanto os olhos para ele porque as lágrimas ainda não cessaram. Passo os dedos no assento de couro numa despedida e me afasto da cadeira de Paige.

CAMINHAMOS POR CERCA DE UMA HORA antes de Raffe sussurrar:

— Choramingar ajuda mesmo os humanos a se sentir melhor? — Estamos sussurrando desde que vimos as vítimas na estrada.

— Não estou choramingando — respondo em outro sussurro.

— Claro que não. Uma garota como você, andando com um semideus guerreiro como eu. Existe motivo para choramingar? Deixar uma cadeira de rodas para trás não devia nem ter importância, se comparado a isso.

Quase tropeço num galho caído.

— Você só pode estar brincando comigo.

— Eu nunca brinco sobre meu status de semideus guerreiro.

— Ai. Meu. Deus. — Baixo a voz, me esquecendo de sussurrar. — Você não passa de um pássaro arrogante. Tá bom, e daí se você tem músculos? Pode ficar com eles, mas quer saber de uma coisa? Um pássaro não é mais que um lagarto um pouquinho mais desenvolvido. É isso que você é.

Ele ri.

— Evolução. — Raffe se aproxima de mim, como se para contar um segredo. — Vou te fazer entender que sou perfeito desse jeito desde o começo dos tempos. — Ele está tão perto que sinto seu hálito acariciar minha orelha.

— Ah, fala sério. Seu ego está ficando grande demais para essa floresta. Logo, logo você vai ficar preso tentando passar entre duas árvores. E aí eu é que vou ter que te resgatar. — Lanço-lhe um olhar cansado. — *De novo.*

Aperto o passo, tentando desencorajar uma resposta sarcástica que sei que está a caminho.

Mas não vem. Será que ele está me deixando dar a última palavra?

Quando olho para trás, Raffe tem um sorriso convencido no rosto. É quando eu percebo que fui manipulada para me sentir melhor. Teimosa, tento resistir, mas já é tarde demais.

Realmente estou me sentindo um pouquinho melhor.

DO MAPA, EU LEMBRO QUE Skyline Boulevard é uma artéria que corre entre os bosques e chega ao sul de San Francisco ou aos arredores. Em relação à nossa localização, a Skyline está colina acima. Embora Raffe não tenha dito onde fica o ninho da águia, ele me disse que precisamos seguir para o norte. Isso significa atravessar San Francisco. Então, se subirmos a colina e depois seguirmos a Skyline para dentro da cidade, vamos poder ficar mais tempo longe das áreas muito populosas.

Tenho muitas perguntas para fazer ao Raffe, agora que me dei conta de que devo reunir o máximo de informações possível sobre os anjos, mas, no momento, os canibais são prioridade, por isso conversamos pouquíssimo, e, ainda assim, em um tom de voz muito baixo.

Pensei que levaríamos o dia todo para chegar à Skyline, mas a alcançamos no meio da tarde. Isso é bom, pois acho que não vou aguentar outra refeição com comida de gato. Temos bastante tempo para vasculhar as casas da Skyline e encontrar o jantar antes que escureça. As casas não são nada próximas umas das outras como no subúrbio, mas estão espaçadas de modo regular ao longo da rua. A maioria se esconde atrás de sequoias, o que é ótimo para a busca furtiva de provisões.

Fico me perguntando quanto tempo devemos esperar pela minha mãe e como é que vamos conseguir encontrá-la de novo. Ela sabia que tinha de subir as colinas, mas não tínhamos planos depois disso. Como em tudo na vida agora, só posso ter esperanças de que o melhor aconteça.

A Skyline é uma rodovia linda que percorre o topo da cordilheira e divide o Vale do Silício e o oceano. É uma estrada de duas mãos que oferece, de um lado, vislumbres do vale, e, do outro, do oceano. Depois dos ataques, é a única estrada pela qual andei que, mesmo deserta, não passa uma sensação *ruim*. Flanqueada por sequoias e eucaliptos fragrantes, essa estrada pareceria mais estranha se tivesse tráfego.

No entanto, pouco depois de alcançarmos a Skyline, vemos carros empilhados atravessados na via, bloqueando qualquer tráfego possível. Obviamente isso não foi acidente. Os carros estão parados perpendicularmente na rodovia e enfileirados um após o outro para garantir que, caso alguém decida tentar atravessá-los, não consiga, imagino. Existe uma comunidade aqui e estranhos não são bem-vindos.

O anjo que agora parece humano capta a visão. Ele inclina a cabeça como um cachorro que ouve alguma coisa ao longe. Discretamente indica algo com o queixo, adiante e à esquerda da estrada.

— Eles estão ali, vigiando a gente — sussurra.

Tudo o que vejo é uma estrada vazia entre as sequoias.

— Como você sabe?

— Estou ouvindo.

— A que distância? — sussurro. *A que distância eles estão e até onde você consegue ouvir?*

Ele me olha como se soubesse o que estou pensando. Não é possível que Raffe possa ler mentes além de ter uma audição incrível, é? Ele dá de ombros, depois se vira e volta para debaixo da cobertura das árvores.

Para testar, eu o chamo de tudo quanto é nome em pensamento. Como ele não reage, imagino um monte de imagens para ver se consigo fazê-lo me olhar estranho. De alguma forma, meus pensamentos vagueiam para o jeito como ele me abraçou ontem durante a noite, quando sonhei que estava congelando na água. Minha imaginação me faz acordar naquele sofá e me virar para ele. Raffe está tão perto que sua respiração acaricia minha bochecha quando me viro.

Paro. Penso em bananas, laranjas e morangos, morrendo de vergonha de que ele possa, na verdade, saber o que estou pensando. Mas ele continua através da floresta, sem dar sinais de que pode ouvir minha mente. É uma boa notícia. A má notícia é que ele também não sabe o que *eles* estão pensando. Diferentemente dele, eu não ouço, não vejo e não sinto cheiro de nada que possa indicar que alguém esteja à espreita para nos fazer uma emboscada.

— O que você ouviu? — sussurro.

Ele se vira e sussurra de volta:

— Duas pessoas falando baixinho.

Depois disso, fico de boca fechada e apenas o sigo.

As árvores aqui são todas sequoias. Não há folhas no solo da floresta para esmagarmos conforme vamos andando. Em vez disso, a floresta nos dá exatamente o que precisamos: um tapete de folhas em forma de agulhas macias que abafa nossos passos.

Quero perguntar se as vozes que ele ouviu estão vindo em nossa direção, mas tenho medo de falar sem necessidade. Podemos tentar dar a volta no território deles, mas precisamos continuar seguindo mais ou menos na mesma direção se quisermos chegar a San Francisco.

Quando descemos a colina, Raffe aperta o passo a quase uma corrida. Vou atrás cegamente, imaginando que ele ouve alguma coisa que eu não ouço. Então escuto também.

Cães.

Pelo som dos latidos, estão vindo direto até nós.

14

CORREMOS EM DISPARADA, derrapando nas folhas quase tanto quanto correndo por cima delas. Será que essas pessoas têm cachorros? Ou é uma matilha selvagem? Se são selvagens, subir numa árvore nos manteria seguros até que se afastem. Mas, se forem de alguém... O pensamento me deixa confusa. Eles precisariam de comida para se manter e alimentar os cachorros. Quem tem esse tipo de riqueza e como conseguiu?

Uma imagem da família canibalizada volta à memória, e meu cérebro desliga por um instante enquanto meus instintos assumem o controle.

Pelo ruído dos cães, é claro que estão nos alcançando. A estrada agora ficou muito para trás, por isso não podemos mergulhar dentro de um carro. Uma árvore vai ter que servir.

Olho freneticamente pela floresta, em busca de uma árvore que dê para escalar. Não tem nenhuma no meu campo de visão. As sequoias surgem altas e eretas diante de nós, com seus galhos abertos perpendicularmente muito acima do solo. Eu teria que ter no mínimo o dobro da minha altura para alcançar o galho mais baixo de qualquer uma dessas árvores.

Raffe pula, tentando alcançar uma. Embora ele salte muito mais alto do que um homem normal, ainda não é suficiente. Frustrado, ele soca um tronco. É provável que nunca tenha precisado pular antes. Por que pular quando se pode voar?

— Suba nos meus ombros — ele diz.

Não sei que plano ele tem, mas o barulho dos cães está ficando mais alto. Não sei dizer quantos cães há, mas não são um ou dois; é uma matilha.

Ele pega minha cintura e me levanta. Raffe é forte o bastante para me erguer até eu ficar em pé sobre os seus ombros. Mal posso alcançar o galho mais baixo desse jeito, mas dá para agarrar um quando tomo impulso. Espero que o galho fininho consiga aguentar meu peso.

Ele coloca as mãos embaixo dos meus pés, dando apoio e me impulsionando para cima até que eu esteja segura em cima do galho, que balança um pouco, mas suporta o meu peso. Procuro em volta um galho que eu possa quebrar e estender para o Raffe para ajudá-lo a subir.

Mas, antes que eu possa fazer alguma coisa, ele sai correndo. Quase grito seu nome, mas me contenho. A última coisa de que precisamos é que eu entregue nossa posição.

Eu o observo desaparecer colina abaixo. Frustrada, agora é a minha vez de socar a árvore. O que ele está fazendo? Se tivesse ficado por perto, talvez eu pudesse ter dado um jeito de puxá-lo até aqui. Eu poderia pelo menos tê-lo ajudado a espantar os cachorros jogando coisas neles daqui de cima. Não tenho armas de fogo, mas, dessa altura, qualquer coisa que eu jogasse seria uma arma.

Ele correu para distrair os cachorros e assim me deixar segura? Fez isso para me proteger?

Dou outro soco no tronco.

Uma matilha de seis cachorros vem rosnando perto da árvore. Dois farejam o tronco e os demais saem correndo atrás de Raffe. Leva apenas um segundo para os dois que ficaram para trás seguirem até o bando.

Meu galho se inclina um pouco em direção ao solo. Os troncos são tão esparsos e finos por aqui que tudo o que alguém precisa é olhar para cima para me ver. Os ramos mais baixos têm apenas folhas nas pontas, por isso há pouca cobertura vegetal perto do tronco. Levanto os braços até outro galho e começo a subir. Os ramos começam a ficar mais fortes e mais grossos à medida que subo. É um longo caminho até um que tenha folhas suficientes para me dar alguma cobertura.

Quando um cachorro solta um ganido de dor, sei que alcançaram Raffe. Eu me encolho e fico agarrada à árvore, tentando imaginar o que está acontecendo.

Abaixo de mim, alguma coisa grande bate na vegetação rasteira. Descubro que são vários homens robustos. Cinco. Estão camuflados e carregam rifles como se soubessem usá-los.

Um deles faz um gesto e os demais vão embora. Eles não passam a impressão de serem caçadores de fim de semana que atiram em coelhos com uma das mãos e bebem cerveja com a outra. Parecem organizados. Treinados. Mortíferos. Movimentam-se com tanta facilidade e confiança que parece que já trabalharam juntos antes, que já caçaram juntos antes.

Meu peito se esvazia de todos os sentimentos acalorados sobre o que um grupo paramilitar faria com um anjo prisioneiro. Penso em gritar com eles, distraí-los e dar uma chance a Raffe de fugir. Mas os cães ainda estão rosnando e latindo. O anjo está lutando pela vida e, se eu gritar, vou distraí-lo e fazer com que sejamos capturados.

Para todos os efeitos, se eu morrer, Paige também morre. E eu não quero morrer por causa de anjo nenhum, não importa as coisas malucas que ele faça e que, acidentalmente, também salvem a minha pele. Será que ele teria subido nos meus ombros para chegar até aqui?

No fundo, eu sei a resposta. Se ele tivesse simplesmente tentando se salvar, ele teria sido mais rápido que eu ao primeiro sinal de perigo. Como diz o velho ditado, ele não precisa ser mais rápido que um urso, só precisa ser mais rápido do que eu. E isso ele consegue fazer facilmente.

O rosnado feroz de um cachorro avançando me faz encolher. Os homens não vão descobrir que Raffe não é humano a menos que tirem sua camisa ou que os ferimentos nas costas se abram e comecem a sangrar. No entanto, se ele for retalhado pelos cães, seus machucados vão cicatrizar completamente em um dia, o que será sua sentença de morte se os homens o mantiverem por esse tempo. É claro que, se forem canibais, nada disso vai importar.

Não sei o que fazer. Preciso ajudar Raffe, mas também preciso continuar viva e não fazer nada idiota. Só quero me encolher e tapar os ouvidos.

Um comando brusco silencia os cachorros. Os homens encontraram Raffe. Não consigo ouvir o que estão dizendo, apenas que estão falando. Não é surpresa que o tom não soe amigável. Não se diz muita coisa, e não ouço Raffe falar nada.

Alguns minutos depois, os cães passam pela minha árvore. Os mesmos dois cães diligentes farejam o tronco abaixo de mim antes de correrem para alcançar o resto da matilha. Depois chegam os homens.

O que fez o gesto antes lidera o grupo. Raffe caminha atrás dele.

Suas mãos estão amarradas atrás das costas, e o rosto e a perna sangram. Ele observa o caminho à frente, com cuidado para não olhar para mim. Dois homens caminham ao seu lado, segurando-lhe os braços, como se esperassem erguê-lo a qualquer momento para arrastá-lo colina acima. Os outros dois seguem segurando os rifles e olhando em volta à procura de algo onde atirar. Um deles carrega a bolsa de Raffe.

O cobertor azul com as asas não está em parte alguma. Da última vez que o vi, Raffe estava com elas amarradas à bolsa. Será que deu tempo de ele esconder as asas antes que os cães o alcançassem? Nesse caso, isso o faria ganhar mais algumas horas de vida.

Ele está vivo. Repito isso em minha cabeça para impedir que outros pensamentos mais perturbadores me dominem. Não posso fazer nada se estiver paralisada, pensando no que pode estar acontecendo com Raffe, Paige ou minha mãe nesse momento.

Limpo a mente. Esqueça os planos. Não tenho informações suficientes para formular um. Meus instintos vão ter de servir.

E meus instintos me dizem que Raffe é meu. Eu o encontrei primeiro. Se aqueles babuínos cheios de testosterona querem um pedaço dele, vão ter de esperar até que Raffe me leve ao ninho da águia.

Quando não consigo ouvir mais os homens, desço do galho. É um longo caminho e tenho o cuidado de colocar os pés nos lugares certos antes de descer. A última coisa que preciso é de um tornozelo quebrado. As folhas amortecem minha queda e aterrisso sem problemas.

Desço a colina e corro para onde Raffe correu. Em cerca de cinco minutos, estou com as asas enroladas no cobertor. Ele deve tê-lo jogado numa moita enquanto corria, porque está parcialmente escondido na vegetação rasteira. Eu o amarro na mochila e corro atrás dos homens.

15

OS CÃES SÃO UM PROBLEMA. Vou precisar bolar um plano. Posso seguir os homens escondida, mas não vou poder me esconder dos cachorros. Continuo correndo mesmo assim. Tenho de me preocupar com uma coisa de cada vez. Sou tomada por um medo surpreendentemente forte de que nem vou chegar a encontrá-los, por isso apresso o passo e começo a correr.

Estou praticamente sem fôlego quando os vejo. Estou ofegando tão forte que fico espantada por não me ouvirem.

Eles se aproximam do que, à primeira vista, parece um conjunto de prédios muito velhos. Mas, olhando com mais atenção, vejo que os prédios estão ótimos. Só parecem arruinados porque há galhos apoiados nas paredes e trançados em uma rede sobre o complexo. Os galhos foram posicionados com cuidado para parecer que caíram naturalmente. Aposto que, de cima, o lugar parece igualzinho ao resto da floresta e que nem dá para ver os prédios.

Escondidas debaixo das sequoias e apoiadas ao redor dos edifícios, surgem as metralhadoras, todas apontadas para o céu.

Esse acampamento não tem cara de que gosta de anjos.

Raffe e os cinco caçadores são recebidos por mais homens camuflados. Também há mulheres, mas não estão todas uniformizadas. Algumas não parecem pertencer ao lugar. Algumas espreitam nas sombras, parecendo sujas e amedrontadas.

Tenho sorte, pois um dos caras prende os cachorros no canil. Vários ainda latem, por isso, se algum deles latir para mim, ninguém vai notar.

Olho em volta para ter certeza de que ninguém me viu. Tiro a mochila e a escondo no oco de uma árvore. Considero ficar com a espada, mas decido que é melhor não. Apenas os anjos carregam espadas, e a última coisa de que precisamos é que eu os faça chegar a essa conclusão. Coloco as asas embrulhadas ao lado da mochila e marco a localização da árvore mentalmente.

Encontro um bom lugar de onde posso ver o campo e me deitar numa área coberta com folhagem suficiente para me proteger da lama. O frio e a umidade penetram em meu moletom. Jogo algumas folhas sobre mim para tentar afastá-los. Queria ter um daqueles trajes camuflados como os deles. Felizmente meu cabelo castanho-escuro se confunde com o entorno.

Eles jogam Raffe de joelhos no meio do acampamento.

Estou longe demais para ouvir o que estão dizendo, mas percebo que os homens discutem o que fazer com ele. Um se curva e fala com Raffe.

Por favor, por favor, não tirem a camisa dele.

Meus pensamentos desesperados procuram um jeito de resgatá-lo e me manter viva, mas não há nada que eu possa fazer em plena luz do dia, em meio a uma dúzia de caras uniformizados, prontos para disparar. A menos que haja um ataque de anjo para distraí-los, espero que ele ainda esteja vivo e, de alguma forma, acessível quando escurecer.

Seja lá o que Raffe esteja contando para eles, pelo menos por enquanto estão satisfeitos, pois o colocam em pé e o levam para dentro do edifício menor, ao centro. Essas construções não parecem casas; têm mais cara de um complexo circular de prédios. As duas construções que ladeiam aquela para onde Raffe foi levado parecem grandes a ponto de abrigar no mínimo trinta pessoas cada. O prédio ao centro parece abrigar pelo menos metade desse contingente. Meu palpite é que um deles seja dormitório, o outro seja de uso comunitário, e que o menor seja um depósito.

Fico ali deitada, tentando ignorar o frio úmido que emana do solo, desejando que a noite caia depressa. Talvez essas pessoas tenham tanto medo do escuro quanto as gangues de rua do meu bairro. Talvez elas se recolham assim que o sol se ponha.

Depois do que parece um longo tempo — mas provavelmente são só uns vinte minutos —, um rapaz de uniforme passa a alguns passos de distância de mim. Segura um rifle cruzado no peito e faz uma varredura da floresta. Parece pronto para agir. Fico absolutamente quieta, observando o soldado passar. É surpreendente e um imenso alívio que não esteja acompanhado de cães. Por que será que eles não os usam para vigiar o acampamento?

Para o meu desespero, um soldado passa a cada cinco minutos, muito próximo de mim. A patrulha é tão regular que acabo pegando o ritmo e sabendo quando estão chegando.

Cerca de uma hora depois que levaram Raffe para o prédio central, sinto cheiro de carne e cebolas, alho e legumes. O cheiro delicioso faz meu estômago se apertar tanto que parece que vai dar um nó.

Rezo para que não seja o cheiro do Raffe.

Pessoas fazem fila no prédio da direita. Não ouço nada. Eles devem ter uma hora marcada para jantar. Há muito mais gente aqui do que imaginei. Soldados, na maioria homens de uniforme, saem da floresta a passos pesados em grupos de dois, três ou cinco. Vêm de todas as direções, e um par deles quase pisa em mim a caminho do refeitório.

Quando a noite se estende sobre nós e as pessoas desaparecem dentro do prédio da esquerda, estou quase amortecida com o frio que sobe do chão. Combinado ao fato de que não comi nada além de ração para gatos durante o dia todo, não me sinto tão pronta quanto gostaria para um resgate.

Não há luzes em nenhum dos prédios. Esse grupo é cuidadoso, com certeza se esconde bem à noite. O acampamento está em silêncio, exceto pelo som dos grilos, o que é algo bem incrível, considerando quantas pessoas vivem ali. Pelo menos não há gritos vindos do prédio para onde levaram o Raffe.

Espero na escuridão pelo que acho ser uma hora, antes de agir.

Aguardo a patrulha passar. Agora sei que tem outro soldado do outro lado do acampamento. Conto até cem antes de me levantar e correr da forma mais discreta possível em direção aos prédios.

Minhas pernas estão frias e duras como bronze, mas pegam o ritmo bem rápido só de pensar que podem me capturar. Tenho que tomar o caminho mais longo, deslizando pelas sombras projetadas pela lua, ziguezagueando em direção ao edifício central. A tela formada pela copa funciona a meu favor, salpicando toda a área com uma camuflagem que muda o tempo todo.

Eu me espremo na lateral do refeitório. Um guarda anda devagar à minha direita e, ao longe, outro caminha lentamente no outro extremo do complexo. O som dos seus passos é enfadonho e lento, como se estivesse entediado. Um bom sinal. Se tivessem ouvido alguma coisa estranha, os passos seriam mais rápidos, mais urgentes. Pelo menos é o que espero.

Tento ver os fundos do prédio central, à procura de uma porta. No entanto, sob a fraca luz da lua, não sei dizer se há portas ou janelas.

Disparo do meu esconderijo para o prédio onde suponho que o Raffe esteja.

Então paro, esperando ouvir um grito, mas tudo está em silêncio. Eu me esgueiro junto à parede, prendendo a respiração. Não ouço nada nem vejo nenhum movimento. Não existe nada além do meu medo, que me pede para abortar a missão. Mas vou em frente.

Atrás do prédio há quatro janelas e uma porta de fundos. Espio pela janela, mas não vejo nada, exceto escuridão. Resisto à tentação de bater no vidro para ver se consigo uma resposta de Raffe. Não sei quem mais pode estar ali dentro com ele.

Não tenho planos, nem mesmo um idiota, e também nenhuma ideia real de como derrotar quem quer que esteja dentro do prédio. Treinamento de defesa pessoal geralmente não inclui surpreender ninguém por trás e o sufocar depressa até a morte — uma habilidade que viria muito bem a calhar no momento.

Ainda assim, consegui derrotar parceiros de treino muito maiores do que eu, e me apego a isso para me aquecer contra o arrepio de pânico.

Respiro fundo e sussurro o mais baixo possível:

— Raffe?

Se eu tivesse ao menos uma pista de onde ele está, seria muito mais fácil. Mas não ouço nada. Nenhuma batida na janela, nenhuma palavra abafada, nenhuma cadeira se arrastando que me leve até ele. O pensamento horrível de que ele pode estar morto retorna novamente. Sem ele, não tenho como encontrar Paige. Sem ele, estou sozinha. Afasto o pensamento para me distrair dessa linha de raciocínio perigosa.

Então me aproximo da porta com o máximo de cuidado e encosto a orelha nela. Não ouço nada. Tento a maçaneta. Será que está destrancada?

Estou com meu conjunto de arrombar fechaduras no bolso da calça, como de costume. Eu o encontrei no quarto de um adolescente, em minha primeira semana de pilhagem por comida. Não demorou muito para eu perceber que arrombar uma fechadura faz muito menos barulho do que quebrar uma janela. Discrição é tudo quando se tenta evitar gangues de rua. Por isso tenho praticado bastante abrindo trancas nas últimas semanas.

A maçaneta gira suavemente.

Esses caras são arrogantes. Abro só uma frestinha e paro. Não há sons, e deslizo para escuridão adentro. Paro de novo e deixo meus olhos se ajustarem. A única luz vem do luar sarapintado que flui pelas janelas nos fundos da casa.

Agora já estou me acostumando a enxergar na penumbra. Parece ter se tornado meu estilo de vida. Estou num corredor com quatro portas. Uma delas se abre para um banheiro. As outras três estão fechadas. Agarro minha faca como se ela pudesse parar a bala de uma semiautomática. Encosto o ouvido na primeira porta da esquerda e não ouço nada. Ao estender a mão para a maçaneta, ouço uma voz muito baixa sussurrando do outro lado da última porta.

Congelo no lugar. Ando até a última porta e encosto o ouvido nela. Foi minha imaginação ou aquilo soou como "corra, Penryn"?

Abro a porta de leve.

— Por que você nunca me ouve? — Raffe pergunta num sussurro.

Deslizo para dentro e fecho a porta.

— De nada, por te resgatar.

— Você não está me resgatando, está servindo de isca. — Raffe está sentado no meio do cômodo, amarrado a uma cadeira. Há muito sangue seco em seu rosto, que escorreu de um ferimento na testa.

— Eles estão dormindo. — Corro até a cadeira e coloco a faca na corda que prende seus pulsos.

— Não estão, não. — A convicção em sua voz aciona o alarme em minha mente. Mas, antes que eu possa pensar na palavra "armadilha", o facho de uma lanterna me cega.

16

— NÃO POSSO DEIXAR VOCÊ CORTAR ISSO AÍ — diz uma voz grave atrás da lanterna. — Nosso estoque de cordas é limitado.

Alguém arranca a faca da minha mão e me joga de qualquer jeito numa cadeira. A luz da lanterna se apaga, e pisco várias vezes para ajustar minha visão ao escuro novamente. Quando estou conseguindo enxergar de novo, alguém está amarrando minhas mãos atrás das costas.

Há três deles. Um verifica as cordas de Raffe, enquanto o último se inclina na abertura da porta como se estivesse ali apenas para uma visita casual. Tensiono os músculos para tentar deixar as cordas o mais frouxas possível quando o cara de trás me amarra. Meu captor agarra meus pulsos com tanta força que por pouco não me convenço de que não vão se quebrar.

— Desculpa a falta de luz — diz o cara encostado no batente da porta. — Estamos tentando evitar visitantes indesejados. — Tudo a respeito dele, da voz de comando à postura casual, deixam claro que ele é o líder.

— Sou tão desastrada assim? — pergunto.

O líder se abaixa em minha direção para que nos olhemos na altura dos olhos.

— Na verdade, não. Nossos guardas não te viram e receberam ordens para te vigiar. Até que você foi bem. — Há aprovação em sua voz.

Raffe faz um ruído grave na garganta que me faz lembrar o rosnado de um cachorro.

— Você sabia que eu estava aqui? — pergunto.

O cara se levanta e endireita a postura de novo. O luar não é tão claro a ponto de me mostrar detalhes em sua aparência, mas ele é alto e tem ombros largos. O cabelo é curto, em estilo militar, o que faz o cabelo de Raffe parecer desgrenhado e ridículo. O perfil é comum, as linhas do rosto são firmes e definidas.

Ele assente.

— Não tínhamos certeza, mas as coisas na bolsa dele pareciam a metade do que uma dupla carregaria. Tem um fogão de acampamento, mas não tem fósforos, nem bule ou chaleira. Tem duas tigelas, duas colheres, coisas assim. Imaginamos que outra pessoa estivesse carregando a outra metade. Mas, francamente, eu não estava esperando uma tentativa de resgate. E com certeza não de uma garota. Sem querer ofender. Sempre fui um cara moderno. — Ele dá de ombros. — Mas os tempos mudaram. E somos um acampamento cheio de caras. — Ele dá de ombros de novo. — É preciso muita coragem. Ou desespero.

— Você esqueceu a falta de juízo — Raffe solta. — Eu sou o alvo aqui, não ela.

— E por que você acha isso? — pergunta o líder.

— Você precisa de homens como eu para serem soldados — diz o anjo. — Não de uma magrela como ela.

O líder se inclina para trás com os braços cruzados.

— O que te faz pensar que estamos procurando soldados?

— Você usou cinco homens e um bando de cachorros para capturar um cara — Raffe argumenta. — Nesse ritmo, vai precisar de três exércitos para terminar seja lá o que estiver tentando fazer aqui.

O líder anui com a cabeça.

— É óbvio que você tem experiência militar. — Levanto as sobrancelhas ao ouvir isso, querendo saber o que aconteceu quando eles o capturaram. — Nem piscou quando apontamos as armas para você — continua o líder.

— Então talvez ele não seja tão bom quanto acha que é, se já foi capturado antes — diz o guarda de Raffe, mas este não morde a isca.

— Ou talvez seja de operações especiais, treinado para situações piores — diz o líder. Ele para, esperando que Raffe confirme ou negue. Os raios de luar que se infiltram pela janela brilham a ponto de mostrar o líder observando Raffe com a intensidade de um lobo que vigia um coelho. Ou talvez seja um coelho que vigia um lobo. Mas Raffe não diz nada.

O líder se vira para mim.

— Está com fome?

Meu estômago escolhe esse exato momento para roncar alto. Teria sido engraçado em qualquer outra situação.

— Vamos arranjar uma janta para esse pessoal. — Os três homens saem do cômodo.

Testo as cordas ao redor dos pulsos.

— Alto, moreno e amigável. O que mais uma garota poderia querer?

Raffe ri, com desdém.

— Eles ficaram muito mais amigáveis depois que você apareceu. Não me ofereceram comida o dia todo.

— Eles só têm pavio curto ou são caras malvados mesmo?

— Qualquer um que amarre a gente numa cadeira na mira do cano de uma arma é um cara malvado. Será que eu preciso mesmo explicar isso?

Eu me sinto uma garotinha que fez algo idiota.

— Então, o que você está fazendo aqui? — ele pergunta. — Eu me arrisco a ser mastigado por um bando de cachorros para você poder fugir e aí você corre de volta para cá? Sua capacidade de discernimento poderia ter um toque de bom senso.

— Desculpa, vou me certificar de nunca mais fazer isso. — Começo a desejar que eles tivessem nos amordaçado.

— É a coisa mais sensata que já ouvi você dizer.

— E então, quem são esses caras? — A audição poderosa de Raffe sem dúvida lhe possibilitou obter muita informação sobre o que estão tramando.

— Por quê? Você está planejando se alistar?

— Não sou muito dada a me alistar a nada.

A despeito das feições normalmente bonitas, sua aparência sob a luz da lua é um tanto grotesca, com todos aqueles riscos de sangue seco escorridos pelo rosto. Por um instante, eu o enxergo como o clássico anjo caído, prestes a levar nossa alma à danação.

Mas então ele pergunta:

— Você está bem? — Sua voz é surpreendentemente gentil.

— Estou ótima. Você sabe que a gente precisa sair daqui de manhã, não sabe? Eles vão perceber quando amanhecer. — Todo aquele sangue e nada de machucados. Nenhum humano possui ferimentos que cicatrizam tão rápido.

A porta se abre e o cheiro de ensopado quase me deixa louca. Não passei fome desde os ataques, mas também nunca cheguei exatamente a ganhar peso.

O líder puxa uma cadeira ao lado da minha e levanta uma tigela debaixo do meu nariz. Meu estômago ronca assim que o cheiro da carne e dos legumes me atinge.

Ele ergue uma colher cheia e para a meio caminho entre a tigela e minha boca. Tenho de suprimir um grunhido de prazer com a expectativa em nome do decoro. Um soldado com o rosto cheio de espinhas puxa uma cadeira ao lado de Raffe e faz o mesmo com o ensopado dele.

— Qual é o seu nome? — pergunta o líder. Há algo íntimo no modo como ele me faz essa pergunta assim, prestes a me alimentar.

— Meus amigos me chamam de Ira — diz Raffe. — Meus inimigos me chamam de Por Favor Tenha Piedade. Qual é o seu nome, garoto soldado? — O tom zombeteiro de Raffe faz minhas bochechas ficarem coradas sem nenhum motivo.

Mas o líder não se abala.

— Obadias West. Pode me chamar de Obi. — A colher se afasta um pouco do meu rosto.

— Obadias, que bíblico — observa Raffe. — Obadias escondeu os profetas da perseguição. — Ele encara sua própria colher de ensopado suspensa.

— Um especialista em Bíblia — diz Obi. — Que pena que já temos um. — Ele olha para mim. — E o seu nome, qual é?

— Penryn — respondo rapidamente antes que Raffe abra a boca para soltar algo sarcástico. — Penryn Young. — Prefiro não enfrentar nossos captores, ainda mais se estão prestes a nos alimentar.

— Penryn — ele sussurra, como se para tornar o nome seu. Sabe-se lá por quê, estou envergonhada por Raffe estar testemunhando esse momento.

— Quando foi a última vez que você comeu uma refeição de verdade, Penryn? — pergunta Obi, segurando a colher um pouco fora do alcance da minha boca. Engulo a saliva antes de responder.

— Faz um tempo. — Mostro um sorriso encorajador, perguntando-me se ele vai me deixar comer aquela colherada. Ele coloca a comida na própria boca, e eu o observo comê-la. Meu estômago ronca em protesto.

— Me conta, Obi — diz Raffe. — Que tipo de carne é essa?

Olho para cada um dos soldados, de repente sem saber ao certo se estou com fome.

— Vocês teriam que pegar muitos animais para alimentar tanta gente assim — diz Raffe.

— Eu estava prestes a perguntar que tipo de animais vocês têm caçado — diz Obi. — Um cara do seu tamanho deve precisar de muita proteína para manter a massa muscular.

— O que você está querendo dizer? — pergunto. — Não somos nós que estamos atacando as pessoas, se é aí que você quer chegar.

Obi me lança um olhar afiado.

— Como você sabe disso? Eu não disse nada sobre atacar pessoas.

— Ah, não me olhe desse jeito. — Mostro minha melhor expressão de adolescente com nojo. — Não é possível que você ache que eu poderia comer uma pessoa. Isso é totalmente nojento.

— Nós vimos a família — diz Raffe. — Praticamente devorada na rodovia.

— Onde? — pergunta Obi, parecendo surpreso.

— Não muito longe daqui. Tem certeza de que não foi você ou um dos seus homens? — Raffe se mexe na cadeira, como se para lembrar Obi de que ele e seus homens não são exatamente do tipo amigável.

— Nenhum dos meus faria isso, eles não precisam. Temos suprimentos e poder de fogo suficientes para todos daqui. Além disso, eles pegaram dois dos nossos homens na semana passada. Homens treinados com rifles. Por que acha que caçamos vocês? Não costumamos ir atrás de estranhos. Queremos saber quem fez aquilo.

— Não fomos nós — digo.

— Não, eu não acho que foi *você*.

— Também não foi ele, Obi — respondo. O nome dele tem um gosto estranho na minha boca. Diferente, mas não ruim.

— Como posso acreditar nisso?

— Agora temos de provar nossa inocência?

— É um mundo novo.

— O que você é? O xerife da Nova Ordem? Prende primeiro e faz perguntas depois?

— O que vocês fariam se tivessem os encontrado? — pergunta Raffe.

— Poderíamos usar gente, digamos, um pouco menos civilizada do que o resto de nós. Com as devidas precauções, é claro — Obi suspira. É óbvio que ele não gosta da ideia, mas parece resignado a fazer o que precisa.

— Não entendo — falo. — O que vocês fariam com um monte de canibais?

— A gente os colocaria para atacar os anjos, com certeza.

— Isso é loucura — respondo.

— Caso você não tenha notado, o mundo todo enlouqueceu. É hora de se adaptar ou morrer.

— Jogando louco contra louco?

— Jogando seja lá o que a gente tiver que possa confundi-los, distraí-los ou talvez deixá-los com repulsa, se for possível. Qualquer coisa que mantenha a atenção deles longe de nós enquanto nos organizamos — diz Obi.

— Organizar no quê? — pergunta Raffe.

— Num exército forte o bastante para expulsá-los do nosso mundo.

Todo o calor some do meu corpo.

— Vocês estão reunindo um exército de resistência? — Tento desesperadamente não olhar para Raffe. Ando tentando reunir informações sobre os anjos porque pode ser útil. A esperança de uma resistência organizada, entretanto, virou pó em Washington e Nova York.

E aqui está Raffe, no meio de um acampamento rebelde que se esforça, obstinadamente, em se manter secreto para os anjos. Se os anjos ficassem sabendo disso, esmagariam o acampamento em toda sua inocência, e sabe-se lá quanto tempo levaria para outra resistência se organizar.

— Preferimos pensar em nós simplesmente como um exército humano; mas, sim, acho que somos a resistência, já que somos muito mais fracos. No momento, estamos reunindo forças, recrutando e organizando, mas temos um plano maior. Algo que os anjos não vão esquecer tão cedo.

— Vocês vão revidar? — O pensamento me deixa perplexa.

— É claro que sim.

17

— QUE ESTRAGOS VOCÊS PODEM CAUSAR? — pergunta Raffe. Meu estômago fica gelado ao saber que sou a única humana ali que sabe que Raffe é inimigo.

— Estragos suficientes para passar a mensagem — diz o líder da resistência. — Não para os anjos. Não ligamos para o que eles pensam, mas para as pessoas. Fazer todo mundo saber que estamos aqui, que existimos, que, juntos, não vamos ser ignorados.

— Vocês vão atacar os anjos como uma campanha de recrutamento?

— Eles acham que já venceram. O mais importante é que o nosso próprio povo acha isso. Precisamos fazê-los saber que a guerra apenas começou. Este é o nosso lar, a nossa terra. Ninguém pode entrar aqui numa boa e tomar o controle.

Minha mente gira com emoções conflitantes. Quem é o inimigo nesse quarto? De que lado estou? Fito o chão atentamente, desesperada para tentar evitar olhar para Raffe ou Obi.

Se Obi sentir alguma coisa, pode começar a suspeitar de Raffe. Se Raffe sentir alguma coisa, não posso esperar que ele confie em mim. Ai, Deus, se eu irritar o Raffe, ele pode desfazer o nosso acordo e desaparecer para o ninho da águia sem mim.

— Estou com dor de cabeça — choramingo.

Há uma longa pausa, e estou convencida de que Obi está refletindo. Tenho quase certeza de que está prestes a gritar: "Meu Deus, ele é um anjo!"

Mas não grita. Em vez disso, ele se levanta e coloca minha tigela de ensopado na cadeira.

— A gente conversa de manhã — diz Obi, guiando-me até um catre nas sombras, até aquele momento imperceptível para mim. O guarda de Raffe faz a mesma coisa do outro lado do quarto.

Deito sem jeito de lado, com os punhos amarrados atrás das costas. Obi se senta no catre e amarra meus tornozelos. Eu me sinto tentada a fazer uma piada sobre a exigência de um jantar e um filme antes de chegar às sem-vergonhices, mas desisto. A última coisa de que preciso é fazer piadas, enquanto estou sendo mantida prisioneira num acampamento cheio de homens armados, num mundo onde não existem leis.

Ele coloca um travesseiro debaixo da minha cabeça. Enquanto faz isso, tira o cabelo do meu rosto e o ajeita atrás da orelha. Seu toque é quente e suave. Eu deveria estar com medo, mas não estou.

— Você vai ficar bem — diz ele. — Os homens vão receber ordens estritas para serem cavalheiros com você.

Acho que não é necessário ser um leitor de mentes para saber que fico preocupada com esse tipo de coisa.

— Obrigada — digo.

Obi e seu subordinado recolhem as tigelas de ensopado e saem. A fechadura faz um *clique* ao se fechar.

— Obrigada? — pergunta Raffe.

— Cala a boca. Estou exausta. Preciso dormir um pouco.

— O que você precisa é decidir quem está do seu lado e quem não está.

— Você vai contar para eles? — Não quero entrar em detalhes, para o caso de alguém escutar. Espero que ele entenda o que quero dizer. Se Raffe e eu chegarmos ao ninho da águia, ele vai ter informações sobre o ingênuo movimento de resistência. Se ele contar aos outros anjos e eles acabarem com o movimento, vou ser o Judas da minha espécie.

Há uma longa pausa.

Se ele não contar, ele é que vai ser o Judas da sua espécie?

— Por que você veio aqui? — ele pergunta, mudando descaradamente de assunto. — Por que não fugiu, como nós dois sabíamos que você devia fazer?

— Idiota, né?

— Muito.

— Eu só... não consegui.

Quero perguntar por que ele arriscou a vida para salvar a minha quando o povo dele nos mata todos os dias, mas não posso. Não aqui, não agora. Não enquanto alguém pode estar ouvindo.

Ficamos em silêncio, ouvindo os grilos.

Depois de um bom tempo, meio adormecida, eu o ouço sussurrar no escuro:

— Todos estão dormindo, menos os guardas.

Fico instantaneamente em alerta.

— Você tem um plano?

— Claro. Você não? Você é a salvadora. — A lua se moveu, e a luz que entrava pela janela agora é mais tênue, mas ainda brilha o suficiente para que eu consiga ver a sombra mais escura de sua silhueta ao se levantar do catre. Ele vem até mim e começa a me desamarrar.

— Como diabos você fez isso?

— Quando você estiver invadindo o ninho da águia, lembre-se de que cordas não seguram os anjos. — Ele sussurra a última palavra.

Eu tinha esquecido como Raffe é muito mais forte do que um homem.

— Quer dizer que você poderia ter saído esse tempo todo? Você não precisa de mim. Por que não fez isso antes?

— O quê? E perder o prazer de sacudir os cérebros minúsculos deles se perguntando o que aconteceu? — Ele me desamarra depressa e me coloca em pé.

— Ah, entendi. Você pode escapar durante a noite, mas não durante o dia. Você não consegue correr mais do que as balas, consegue?

Como a maioria das pessoas, fui apresentada aos anjos com as repetitivas imagens do arcanjo Gabriel levando um tiro. Será que os anjos não teriam sido menos hostis se não tivéssemos matado seu líder logo de cara? Pelo menos eles acham que Gabriel morreu. Ninguém sabe ao certo, uma vez que o corpo não foi encontrado, pelo menos foi isso que disseram. A legião de homens alados que planam atrás dele se dispersou com a multidão em pânico, desaparecendo rapidamente em meio ao céu enfumaçado. Será que Raffe foi parte daquela legião?

Ele arqueia a sobrancelha para mim, recusando-se claramente a discutir os efeitos de balas em anjos.

Eu lhe dirijo um sorriso de satisfação. *Você não é tão perfeito quanto parece.*

Vou até a porta e encosto o ouvido nela.

— Tem mais alguém no edifício?

— Não.

Tento girar a maçaneta, mas a porta está trancada.

Raffe suspira.

— Eu tinha esperanças de não mostrar muita força nem de levantar suspeitas. — Ele faz menção de pegar a maçaneta, mas eu o impeço.

— Bem, por sorte tenho a solução para nós. — Pego um abridor de fechaduras fininho do meu bolso de trás. O soldado que me revistou antes de me amarrar fez um trabalho rápido. Ele estava procurando armas ou facas volumosas, não pequenos instrumentos.

— O que é isso?

Começo a trabalhar na fechadura. É boa a sensação de surpreendê-lo com um talento que os anjos não têm.

Clique.

— *Voilà.*

— Fala demais, mas é talentosa. Quem diria?

Abro a boca para retrucar com uma resposta inteligente, mas percebo que só estou comprovando o que ele disse, por isso fico quieta, só para provar que eu posso.

Nós nos esgueiramos pelo corredor e paramos na porta dos fundos.

— Você pode ouvir os guardas?

Ele presta atenção brevemente e aponta para duas diagonais diferentes.

Esperamos.

— O que tem aqui? — pergunto, sinalizando as portas fechadas.

— Quem sabe? Suprimentos, talvez?

Começo por uma das portas, pensando em carne de veado ou até mesmo armas.

Ele agarra meu braço e balança a cabeça.

— Não seja gananciosa. Se os pegarmos de surpresa na saída, pode ser que eles simplesmente se esqueçam de nós. É melhor não arrumarmos encrenca.

Ele está certo, é claro. Além disso, quem seria estúpido o suficiente para guardar armas no mesmo lugar onde ficam os prisioneiros? Mas o pensamento de carne de veado me dá água na boca. Ah, eu devia ter negociado aquele ensopado enquanto podia.

Depois de um minuto, Raffe acena com a cabeça. Deslizamos com cuidado e mergulhamos noite adentro.

SAÍMOS CORRENDO. Meu coração dá uma cambalhota no peito, e avanço o mais rápido possível. O ar se condensa quando sai da boca. O cheiro de terra e mato nos atrai para dentro da floresta. As árvores que farfalham ao vento mascaram o som dos nossos passos.

Raffe poderia correr muito mais rápido, mas se mantém próximo.

A lua desaparece atrás das nuvens, e a floresta se torna mais escura. Diminuo o passo assim que caminhamos sob as árvores, para não colidir com uma delas.

Minha respiração está tão pesada que tenho medo de que os guardas ouçam. A descarga de adrenalina da corrida para a liberdade se dissolve e, novamente, me sinto cansada e com medo. Paro com o corpo dobrado para a frente, tentando recobrar o ritmo da respiração. Raffe põe a mão nas minhas costas e faz uma leve pressão nelas, encorajando-me a continuar. Sua respiração não está acelerada.

Ele aponta para dentro da floresta. Nego com a cabeça e aponto para o outro lado do acampamento. Precisamos voltar para buscar suas asas. Minha mochila pode ser substituída; as asas e a espada, não. Ele faz uma pausa, depois concorda. Não sei se ele sabe o que eu pretendo, mas sei que suas asas nunca estão muito longe de sua mente, da mesma forma que Paige nunca está longe da minha.

Damos a volta no acampamento e nos embrenhamos na floresta, sem perder os prédios de vista. Em vários momentos isso fica complicado, pois o luar está muito fraco agora e o campo fica praticamente todo debaixo de folhagens. Tenho de confiar mais na visão noturna do Raffe do que eu gostaria.

Mesmo sabendo que ele enxerga bem, não consigo andar muito sem pisar num galho ou perder o equilíbrio. Demora um longo tempo para me orientar dentro da floresta escura e ainda mais para encontrar minha bagagem.

Bem quando enxergo a árvore onde escondi nossas coisas, ouço o inconfundível clique da trava de segurança de uma arma atrás de mim.

Ergo as mãos antes que o cara diga:

— Parados.

18

— SÓ POR INTERROMPER MINHA NOITE, vocês vão limpar as latrinas. — Obi claramente não é alguém que gosta de acordar cedo e não se incomoda em esconder que preferia dormir a ter de lidar conosco.

— O que você quer com a gente? — pergunto. — Eu te disse que não matamos aquelas pessoas.

Estamos de volta ao ponto de partida: Raffe e eu amarrados nas cadeiras, no quarto que começo a chamar de nosso.

— Agora é mais o que *não* queremos. Não queremos que vocês saiam contando por aí quantos somos, onde estamos, qual é o nosso arsenal. Agora que vocês viram o nosso acampamento, não podemos liberar vocês até partirmos para outro lugar.

— Quanto tempo vai demorar?

— Um tempo. — Obi dá de ombros, indiferente. — Não vamos demorar demais.

— Não temos um tempo.

— Vocês vão ter o tempo que a gente disser que têm — diz Boden, o guarda que nos capturou. Pelo menos é o nome que está em seu uniforme. Poderia, claro, ser apenas um uniforme que ele pegou de um soldado morto e que já tinha um nome nele. — Vocês vão fazer tudo o que o movimento de resistência disser. Se não fosse o movimento, estaríamos todos fadados ao inferno que aqueles angelicais filhos da p...

— Chega, Jim — diz Obi. Há cansaço suficiente em sua voz para me fazer supor que o bom e velho Jim, e talvez vários dos outros soldados, repetiram exatamente essas mesmas frases um milhão de vezes, com o zelo dos recém-convertidos. — É verdade — Obi continua. — Os fundadores da resistência nos advertiram que essa hora chegaria, nos disseram aonde ir para sobreviver, nos alertaram, enquanto o resto do mundo estava desmoronando. Devemos tudo à resistência. É a nossa maior esperança de sobrevivermos a esse massacre.

— Existem mais acampamentos como esse? — pergunto.

— Existem bolsões em todo o mundo. Faz pouco tempo que sabemos sobre eles e estamos tentando nos organizar.

— Ótimo — diz Raffe. — Isso significa que a gente tem que ficar aqui até esquecer que um dia ouvimos falar desse movimento de resistência?

— É isso que vocês têm que espalhar — afirma Obi. — Saber sobre a resistência traz esperança e senso de comunidade. Todos nós podemos nos beneficiar muito com isso.

— Você não está preocupado que, se a notícia se espalhar, os anjos simplesmente destruam isso aqui? — pergunto.

— Aqueles pombos não conseguiriam tirar a gente daqui nem que mandassem todo o bando piando — zomba Boden. Seu rosto está vermelho e ele parece pronto para uma briga. — Deixa só eles tentarem. — Os nós dos dedos esbranquiçados firmes no rifle estão me deixando nervosa.

— Tivemos que deter um bom número de gente aqui desde que os ataques canibais começaram — argumenta Obi. — Vocês foram os únicos que conseguiram fugir. Tem um lugar para vocês dois aqui. Um lugar com comida e amigos, uma vida com sentido e propósito. Nesse momento, estamos arrebentados. Pelo amor de Deus, eles estão nos fazendo comer uns aos outros. Não podemos fazer frente se estivermos nos atacando e nos matando por causa de latas de comida de cachorro.

Sério, ele se inclina em nossa direção.

— Este acampamento é apenas o começo e precisamos de todo mundo que pudermos reunir se for para termos uma chance no inferno de recuperar nosso mundo do domínio dos anjos. Poderíamos usar pessoas como vocês. Pessoas com habilidades e determinação para serem os maiores heróis da humanidade.

Boden ri.

— Eles não podem ser tão bons assim. Esbarraram num enorme obstáculo perto do acampamento como dois pintos de plástico. Que tipo de habilidades eles podem ter?

Eu não faço a menor ideia do que pintos de plástico têm a ver com isso, mas ele tem razão quanto a sermos capturados por um idiota.

NO FIM DAS CONTAS, não recebo a tarefa de limpar latrinas. Apenas Raffe tem a honra. Acabo cuidando da roupa suja, mas não sei se é muito melhor. Nunca trabalhei tanto na vida. A gente sabe que o mundo acabou quando o trabalho manual nos Estados Unidos ficou mais barato do que usar máquinas. Os homens conseguem deixar os jeans e outras roupas pesadas completamente imundos quando estão na floresta. Sem falar do resto.

Tenho mais do que alguns momentos de nojo durante o dia, mas aprendo algumas coisas com as outras mulheres da lavanderia.

Depois de um longo tempo de um silêncio cauteloso, elas começam a conversar. Algumas estão no acampamento há apenas uns dias. Parecem surpresas e desconfiadas de estar sem ferimentos, sem ser molestadas. Falam tão baixo e observam com tanto cuidado os arredores que não consigo relaxar mesmo quando começam a fofocar.

Enquanto nos acabamos de tanto trabalhar, fico sabendo que Obi é o favorito absoluto entre as mulheres. E que Boden e os amigos dele devem ser evitados. Obi está no comando do acampamento, mas não de todo o movimento de resistência. Há rumores, ao menos entre as mulheres, de que ele seria um grande líder mundial dos guerreiros da liberdade.

Adoro a ideia de um líder destinado a nos guiar nos momentos sombrios. Aprecio o romantismo de ser parte de algo bom e certo, e de ser liderada por um grupo de pessoas fadado a ser herói.

Só que essa não é minha luta. Minha luta é trazer minha irmã de volta sã e salva. É manter a mamãe longe de problemas e guiá-la para um lugar seguro. É alimentar e abrigar o que ainda resta da minha família. Até que essas batalhas estejam permanentemente ganhas, não posso me dar o luxo de olhar além delas, para o cenário mais amplo das guerras contra deuses e heróis românticos.

Nesse momento, minha luta é para tirar manchas de lençóis, muitos metros mais altos e largos que eu. Nada tira mais o romance e a grandeza da vida do que esfregar manchas de lençóis.

Uma das mulheres está preocupada com o marido, que ela diz estar "brincando de soldado", ainda que mal tenha saído da cadeira de programador de computador ao longo de vinte anos. Ela também está aflita em relação a seu golden retriever, mantido no canil com o resto dos cães.

Na verdade, muitos dos cães de guarda são apenas animais de estimação das pessoas do acampamento. Estão tentando treiná-los para se tornarem os cães maus e ferozes que perseguiram Raffe, mas, na realidade, não tiveram tempo suficiente para treinar a maioria deles. Além do mais, os animais passaram semanas inteiras brincando e sendo mimados. Pelo jeito, não é tão fácil transformá-los em assassinos terríveis quando preferem lamber pessoas ou perseguir esquilos.

Dolores me garante que o cachorro dela, Checkers, pertence à categoria dos que costumam lamber-até-morrer, e a maioria dos cães está no paraíso dos cachorros na floresta. Balanço a cabeça, expressando mais compreensão do que ela imagina. É por isso que os guardas andam sem cachorros. É difícil patrulhar quando seu parceiro canino se afasta para perseguir roedores e late a noite toda. Graças a Deus pelas pequenas coisas.

Casualmente, tento mudar o rumo da conversa para o que pode estar devorando os refugiados na estrada. Só o que recebo são olhares cautelosos e expressões assustadas. Uma mulher faz o sinal da cruz. Isso sim que é acabar com uma conversa.

Pego uma calça encardida, mergulho na água escura e voltamos ao trabalho em silêncio.

Embora Raffe e eu sejamos prisioneiros aqui, ninguém nos vigia. Isto é, ninguém foi designado para a função. Todos sabem que somos novatos e, por isso, todos ficam de olho em nós.

Para evitar que notem que o ferimento na cabeça de Raffe cicatriza rápido demais, conseguimos colocar dois curativos no topo de sua testa logo de manhã. Estávamos preparados para dizer que ferimentos na cabeça sangram muito, então o corte em si era menor do que parecia ontem à noite, mas ninguém perguntou. Também dei uma espiada nos curativos em seu tronco. Havia sangue no formato das articulações onde se prendiam as asas. Sangue pisado, inconfundível, mas não havia nada que pudéssemos fazer a respeito.

Raffe está cavando uma vala ao longo dos banheiros portáteis, junto com outros homens. Ele é um dos poucos que ainda vestem camisa. Há uma faixa seca ao redor do peito, delineando os curativos, mas ninguém parece se dar conta. Noto a sujeira na camisa dele com um olho profissional e espero que outra pessoa a lave.

O sol reluz em algo brilhante nas paredes que os homens estão construindo ao redor das latrinas. No momento em que percebo a regularidade perfeita das caixas retangulares que estão usando para construí-las, eu reconheço. São computadores de mesa. Os homens estão empilhando computadores e os cimentando para erguer as paredes dos banheiros.

— Isso — diz Dolores ao ver para onde estou olhando. — Meu marido sempre chamou os apetrechos eletrônicos dele de "tijolos" quando ficavam obsoletos.

Eles ficaram bem obsoletos. Computadores eram o ponto alto do nosso poderio tecnológico e agora os usamos como paredes de banheiros, graças aos anjos.

Volto a esfregar uma calça em minha tábua de lavar roupa.

A hora do almoço demora uma eternidade para chegar. Estou prestes a chamar Raffe quando uma mulher de cabelos cor de mel, com suas pernas longas, vai rebolando até ele. Tudo naquele andar, na voz, na inclinação da cabeça, convida os homens a se aproximar um pouco mais. Mudo de direção e sigo para o refeitório, fingindo não notar os dois caminhando juntos para almoçar.

Pego uma tigela de ensopado de carne de veado e um pedaço de pão, e devoro tudo o mais rápido possível. Algumas pessoas resmungam ao meu redor, sobre terem de comer a mesma comida de sempre toda vez, mas eu já comi muito macarrão instantâneo seco e comida de gato para apreciar inteiramente o sabor de carne fresca e legumes enlatados.

Sei pela minha sessão matinal de fofoca que parte da comida vem do saque a casas próximas, mas que a maioria vem de um armazém que a resistência mantém escondido. Pelo jeito, a resistência faz um bom trabalho para prover alimento para o povo.

Assim que termino de comer, procuro Obi. Passei o dia inteiro querendo implorar que ele nos deixe ir embora. Essas pessoas não parecem tão más assim à luz do dia e talvez se compadeçam da minha necessidade urgente de resgatar minha irmã. Claro, não posso impedir que Raffe conte ao inimigo sobre esse acampamento, mas não há motivo para ele contar para ninguém até chegarmos ao ninho da águia. Talvez, a essa altura, o acampamento já tenha mudado de lugar. É uma justificativa patética, mas vai ter de servir.

Encontro Obi cercado de homens que tiram cuidadosamente caixas dos depósitos que eu quase espiei ontem à noite. Há dois homens que carregam com extremo cuidado as caixas em uma caminhonete.

Quando um pega em falso um dos cantos, todos os outros ficam paralisados.

Por alguns instantes, todos olham para o homem que vacilou. Quase consigo sentir o cheiro de seu medo.

Eles trocam olhares, como para confirmar que todos ainda estão ali. Em seguida, continuam seus passos de caranguejo em direção à caminhonete.

Acho que as coisas guardadas no depósito eram mais bombásticas do que carne de veado e armas.

Tento falar com Obi, mas uma arca camuflada bloqueia meu caminho. Quando olho para cima, o guarda que nos pegou ontem à noite, Boden, está me fulminando com o olhar.

— Volte para sua roupa suja, mulher.

— Está brincando comigo? De que século você é?

— Deste. Esta é a nova realidade, docinho. Aceite antes que eu precise enfiar a verdade goela abaixo. — Seus olhos baixam para minha boca de um jeito significativo. — Fundo e com força.

Praticamente sinto o desejo e a violência emanando dele.

Uma agulha de medo espeta meu peito.

— Preciso falar com Obi.

— É, você e todas as mulheres do acampamento. Estou com seu Obi bem aqui. — Ele agarra o volume entre as pernas e balança, como se estivesse dando um aperto de mãos no pinto. Então abaixa o rosto, aproxima-o muito do meu e mexe a língua de um jeito obsceno, a ponto de eu sentir a saliva.

A agulhada de medo perfura meus pulmões, e todo o ar parece escapar de dentro de mim. Mas a raiva que me inunda é um tsunami que toma cada célula do meu corpo.

Esse cara é a personificação do que me fez correr sorrateiramente de carro em carro, parando e me escondendo a cada barulhinho, espreitando as sombras como um animal desesperado, preocupada que alguém como Boden pudesse me pegar, além de minha irmã e minha mãe. Foi por esse tipo de atitude que eles tiveram coragem de roubar minha irmã, uma doce menina indefesa. E é literalmente isso que bloqueia meu caminho para resgatá-la.

— O que você disse? — A garota normalmente civilizada e educada resolve lhe dar uma segunda chance.

— Eu disse...

Dou um murro na cara dele, com toda a força.

Sinto seu nariz quebrar com o golpe e sua língua ser esmagada entre os dentes, espirrando sangue.

Claro, fiquei zangadíssima, mas meus atos não foram totalmente impensados. Geralmente abro a boca sem pensar, mas eu nunca começo uma briga sem antes consultar meu cérebro. Nessa em especial, achei que poderia ganhar assim que fiz o primeiro movimento. Táticas de intimidação como a dele são bem comuns entre os agressores. O oponente menor e mais fraco costuma vacilar e recuar.

Pensei algo mais ou menos assim: ele é trinta centímetros mais alto e mais largo que eu, um soldado treinado; eu sou uma garota. Se eu fosse um homem, as pessoas poderiam nos deixar brigar até o final. No entanto, as pessoas tendem a acreditar que, quando uma menina atinge um cara grande que tem uma arma por perto, deve ser em legítima defesa. Com todos esses machões despontando por aí, dou uns dez segundos antes que alguém venha separar a briga.

Portanto, sem grandes danos, eu venceria a batalha porque: um, chamaria a atenção de Obi, que era o que eu estava tentando fazer em primeiro lugar; dois, eu humilharia o Cérebro de Azeitona ao mostrar para todo mundo o tipo de valentão intimidador de garotas que ele é; três, eu deixaria clara a mensagem de que não é tão fácil assim mexer comigo.

O que não levo em conta é quanto estrago Boden é capaz de fazer em dez segundos.

Ele leva alguns instantes me encarando, chocado, reunindo sua fúria.

Depois acerta um pesado soco no meu maxilar.

E depois joga o corpo para cima de mim.

Aterrisso de costas no chão, tentando desesperadamente recuperar o fôlego diante da dor insana que invade meus pulmões e meu rosto. Quando ele se senta em cima de mim, imagino que tenho apenas dois segundos de sobra. Talvez um soldado cavalheiresco muito rápido ultrapasse minhas expectativas. Talvez Raffe já esteja saltando para tirar o gorila de cima de mim.

Boden agarra a gola do meu moletom com o punho cerrado e ergue o outro para me dar um soco. Tudo bem, eu só preciso sobreviver a esse golpe, então alguém vai vir até nós.

Agarro o mindinho da mão sobre meu moletom e dou uma torcida muito forte, girando-o do lado oposto.

É um fato pouco conhecido que, aonde vai o dedo mindinho, também vão a mão, o punho, o braço e o corpo. Se não for assim, algo vai quebrar ao longo do caminho. Ele acompanha com um solavanco, travando os dentes e girando o corpo para seguir o dedinho.

É quando vislumbro as pessoas ao nosso redor.

Eu estava começando a pensar que esse acampamento tinha os soldados mais lentos da história, mas estava errada. Um número surpreendente de pessoas chegou ao local da briga em tempo recorde. O único problema é que estão agindo como crianças em um pátio de colégio: correndo para assistir em vez de separar a luta.

Minha surpresa me custa caro. Boden atinge meu seio direito com o cotovelo.

A dor intensa quase acaba comigo. Curvo o corpo o melhor que posso, com noventa quilos de músculos em cima de mim, mas isso não me protege do forte tapa que ele me acerta no rosto.

Agora ele está acrescentando insulto à agressão, porque, se eu fosse um homem, ele teria me acertado de punho cerrado. Que maravilha. Se ele simplesmente me estapeia e eu caio, isso só vai provar aos outros que sou alguém que qualquer um pode sair chutando por aí.

Onde está Raffe quando preciso dele? De canto de olho, eu o vejo entre um borrão de rostos, com a expressão totalmente sombria. Ele escreve alguma coisa numa cédula e passa para um cara, que recolhe o dinheiro de todo mundo em volta.

Eu me dou conta do que eles estão fazendo. Estão recolhendo apostas!

Pior, os poucos que estão a meu favor não estão torcendo para eu ganhar; estão gritando para eu durar pelo menos mais um minuto. Pelo visto, ninguém está apostando que vou vencer, apenas quanto tempo vou durar.

Grande cavalheirismo.

19

ENQUANTO ABSORVO A CENA AO REDOR, bloqueio mais dois golpes, com Boden sentado em cima de mim. Meus antebraços estão levando uma surra, e os hematomas estão ganhando mais hematomas.

Sem nenhum resgate à vista, é hora de levar a briga a sério. Ergo os quadris e as pernas do chão feito uma ginasta e envolvo as pernas ao redor do largo pescoço de Boden, enganchando os tornozelos em sua garganta. Balanço o corpo para frente, empurrando as pernas para baixo.

Os olhos de Boden ficam arregalados quando ele é puxado para trás.

Entrelaçados, oscilamos juntos de um lado para o outro, como uma cadeira de balanço. Ele cai de costas, com as pernas abertas em volta da minha cintura. De repente, estou sentada com os tornozelos em volta do seu pescoço.

No instante em que atingimos o chão, bato os punhos em sua virilha.

Agora é ele quem se curva.

Os gritos da multidão silenciam no mesmo instante. O único barulho que ouço é o gemido de Boden. Parece que ele está tendo dificuldade para respirar.

Só para ter certeza de que continue assim, eu me levanto num salto e chuto seu rosto. Eu o acerto tão forte que seu corpo se contorce em direção ao solo.

Então me preparo para chutar novamente, dessa vez no estômago. Quando se é pequeno o suficiente para ter sempre de olhar para todo mundo à sua volta, não existe isso de lutar sujo. Esse é meu novo lema. Acho que vou ficar com ele.

Mas, antes que possa completar o chute, alguém me agarra pelas costas, prendendo meus braços. Meu coração está ribombando de adrenalina, e estou praticamente ofegando em minha necessidade de sangue. Chuto e grito com quem quer que esteja me segurando.

— Calma, calma — diz Obi. — Já chega. — Sua voz é como o roçar de veludo em meus ouvidos, seus braços são como barras de aço ao redor das minhas costas. — Shhh... Relaxa, já acabou... Você ganhou.

Ele me guia para fora do círculo e por entre a multidão, me acalmando, mas seus braços não relaxam à minha volta. Lanço meu olhar mais condenador a Raffe quando nos olhamos. Eu poderia ter sido espancada até virar uma maçaroca e tudo o que ele faria seria perder uma aposta. Ele ainda está com aquele ar sombrio, os músculos tensos, o rosto pálido, como se todo o sangue tivesse sido drenado de seu corpo.

— Onde estão os meus ganhos? — pergunta Raffe. Percebo que ele não está falando comigo, mesmo que ainda esteja olhando para mim. É como se ele quisesse garantir que eu o ouvisse com todos os outros presentes.

— Você não ganhou — diz um cara perto dele, soando alegre. Foi quem recolheu as apostas.

— Como assim? Minha aposta foi a mais próxima do que aconteceu — rosna Raffe. Suas mãos são punhos cerrados quando ele se vira para o cara, parecendo pronto a começar uma briga própria.

— Ei, amigo, você não apostou que ela ia ganhar. Perto não conta...

Suas vozes são levadas pelo vento quando Obi praticamente me arrasta para dentro do refeitório. Não sei o que é pior: o fato de Raffe não ter entrado na briga para me defender ou que ele tenha apostado que eu perderia.

O refeitório é um grande chalé aberto com fileiras de mesas e cadeiras dobráveis. Imagino que levaria menos de meia hora para dobrar tudo e seguir viagem. De tudo o que eu vi, todo o acampamento é projetado para ser desmontado em menos de uma hora.

O lugar está deserto, embora existam bandejas de alimentos pela metade nas mesas. Acho que uma briga é um evento imperdível por aqui. A firmeza de Obi ao meu redor relaxa assim que paro de tentar me desvencilhar. Ele me guia para uma mesa mais próxima da cozinha nos fundos.

— Senta. Eu já volto.

Eu me sento numa cadeira dobrável de metal, ainda tremendo com o choque de adrenalina. Ele volta para a cozinha. Eu respiro fundo para me acalmar e recuperar o autocontrole até ele voltar com um kit de primeiros socorros e um pacote de ervilhas congeladas.

Ele me entrega as ervilhas.

— Coloque isso aqui no queixo. Vai ajudar com o inchaço.

Pego o pacote, olhando para a foto familiar de ervilhas verdes, antes de pressionar com cuidado no maxilar dolorido. O fato de que eles têm energia para manter os alimentos congelados me impressiona mais do que todo o resto do acampamento junto. Existe algo inspirador na capacidade de manter alguns aspectos da civilização quando o resto do mundo está afundando numa idade das trevas.

Obi limpa o sangue e a terra dos meus arranhões. Na maioria são isso mesmo: arranhões.

— Seu acampamento é uma droga — digo. As ervilhas amortecem minha mandíbula, e as palavras saem arrastadas.

— Desculpe por isso. — Ele passa pomada antibiótica nos arranhões das minhas mãos. — Temos tanta tensão e energia aprisionadas aqui que tivemos de acomodar a necessidade que nosso povo tem de extravasar. O truque é deixá-los fazer isso em condições controladas.

— Você chama o que aconteceu lá fora de condição controlada?

Um meio sorriso ilumina seu rosto.

— Tenho certeza de que Boden não pensou assim. — Ele aplica mais pomada sobre os nós dos meus dedos esfolados. — Uma das concessões que fizemos é que, se uma briga começar, ninguém deve interferir até que haja um vencedor ou haja risco de vida. Deixamos as pessoas fazerem apostas sobre o resultado. Alivia a tensão tanto de quem briga quanto de quem assiste.

Belo poder de conservar uma parte da civilização.

— Além disso — diz ele —, ajuda a manter baixo o número de lutas enquanto todo o acampamento faz apostas sobre o resultado. As pessoas levam as lutas a sério quando não tem ninguém para salvá-las, e todo o acampamento fica observando cada movimento seu.

— Então todo mundo sabia dessa regra, menos eu? Que ninguém está autorizado a interferir? — Será que Raffe sabia? Não que isso fosse detê-lo.

— As pessoas podem se juntar à briga se quiserem, mas isso também é um convite para alguém entrar para o outro lado, para manter a luta justa. Os apostadores não gostariam se, de repente, se tornasse algo de um lado só.

As desculpas que estou tentando arranjar para Raffe vão por água abaixo. Ele poderia ter entrado; nós só teríamos de enfrentar mais uma pessoa. Nada que não tenhamos feito antes.

— Desculpe por ninguém ter explicado as regras do parquinho para você. — Ele enfaixa meu cotovelo ferido. — É só que nunca vimos uma mulher entrar numa briga antes. — Ele dá de ombros. — Por essa a gente não esperava.

— Acho que isso significa que vocês perderam a aposta.

Ele sorri de um jeito amargo.

— Só faço grandes apostas que envolvam vidas e o futuro da humanidade. — Seus ombros se curvam, como se o peso sobre eles fosse insuportável. — Falando nisso, você foi bem. Melhor do que todo mundo esperava. A gente podia mesmo usar alguém como você. Existem situações que uma menina como você pode lidar melhor do que um pelotão de homens. — Seu sorriso se torna pueril. — Desde que você não detone um anjo que te deixar irritada.

— É muita coisa para se pensar.

— Podemos trabalhar em cima disso. — Ele se levanta. — Pense a respeito.

— Na verdade, eu estava tentando chegar até você quando aquele gorila entrou no meu caminho. Os anjos levaram a minha irmã. Você precisa me deixar ir para eu poder encontrá-la. Juro que não vou contar a ninguém sobre vocês, sobre a localização, sobre nada. Por favor, só me deixe ir embora.

— Sinto muito sobre sua irmã, mas não posso colocar todos aqui em risco com base na sua palavra. Junte-se a nós, e a gente te ajuda a trazê-la de volta.

— Vai ser tarde demais quando vocês puderem mobilizar seus homens. Ela tem sete anos e usa cadeira de rodas. — As palavras mal passam pelo nó na minha garganta, e não consigo dizer o que nós dois sabemos: que já pode ser tarde demais.

Ele balança a cabeça, parecendo sinceramente tocado pela minha causa.

— Sinto muito. Todo mundo aqui teve de enterrar alguém que ama. Junte-se a nós e juntos vamos fazer esses malditos pagarem.

— Não pretendo enterrar minha irmã. Ela não está morta. — Mastigo as palavras. — Vamos encontrá-la e tirá-la de lá.

— Claro que sim. Não foi isso o que eu quis dizer. — Ele quis e nós dois sabemos. Mas finjo acreditar nas belas palavras. Como já ouvi as mães de outras pessoas contarem para as filhas, a boa educação é uma recompensa por si só. — Logo vamos seguir viagem, e você vai poder ir embora se ainda quiser nos deixar. Espero que não queira.

— Quando é logo?

— Não posso revelar essa informação. Só posso dizer que temos algo importante em andamento. Você deveria ser parte disso. Pela sua irmã, pela humanidade, por todos nós.

Ele é bom. Tenho vontade de me levantar e cumprimentá-lo, cantarolando o hino nacional, mas acho que ele não apreciaria.

É claro que estou torcendo pelos seres humanos, mas já tenho mais responsabilidades do que dou conta. Só quero ser uma garota comum e viver uma vida normal. Minha maior preocupação tinha que ser qual vestido usar para o baile, não como escapar de um acampamento paramilitar para resgatar minha irmã de anjos cruéis. E certamente não deveria ser se vou me juntar ou não a um exército de resistência para conter uma invasão e salvar a humanidade. Conheço meus limites e isso vai muito além deles.

Então apenas balanço a cabeça. Ele pode interpretar o que quiser desse gesto. Eu realmente não esperava que ele me deixasse ir embora, mas eu tinha que tentar.

Assim que ele sai pela porta, a multidão do refeitório volta para dentro como um enxame. Deve estar subentendido, ou ser uma ordem explícita, que, quando Obi fala com um dos que brigaram, todos dão privacidade. Interessante que ele tenha me levado para o refeitório durante o almoço, fazendo todo mundo esperar até termos terminado. Obi enviou uma mensagem clara a todos no acampamento que eu sou alguém que ele notou.

Eu me levanto e saio de queixo erguido. Evito olhar para as pessoas para que não precise falar com ninguém. Saio com meu pacote de ervilhas nas mãos para não atrair atenção para meus ferimentos. Como se as pessoas fossem esquecer que sou uma das que estavam brigando. Se Raffe está entre o pessoal que estava almoçando, não o vejo. Tanto faz. Espero que ele tenha perdido a discussão com o cara das apostas. Ele merece perder.

Mal saí, a caminho da lavanderia, quando dois ruivos saem de trás de um prédio. Se não tivessem sorrisos iguais a de garotos da vizinhança, eu teria pensado que se tratava de uma emboscada.

São gêmeos idênticos. Os dois parecem esfarrapados e exaustos em suas roupas sujas de civis, mas isso não é algo raro hoje em dia. Sem dúvida estou com a mesma aparência. Eles mal saíram da adolescência, são altos e magrelos, e têm olhos travessos.

— Bom trabalho lá, campeã — diz o primeiro rapaz.

— Cara, você realmente colocou o velho Jimmy Boden no lugar dele — diz o segundo, praticamente sorrindo de orelha a orelha. — Não poderia ter acontecido com alguém melhor.

Fico parada, concordando com a cabeça. Mantenho um sorriso educado no rosto e ainda seguro as ervilhas congeladas no maxilar.

— Sou Tweedledee — diz um.

— Sou Tweedledum — diz o outro. — A maioria das pessoas nos chama de Dee-Dum para abreviar, já que não sabem quem é quem.

— Vocês estão brincando, né? — Eles sacodem a cabeça ao mesmo tempo, com sorrisos amigáveis idênticos. Parecem mais dois espantalhos subnutridos do que os gorduchos Tweedledee e Tweedledum que lembro da infância. — Por que vocês se chamariam assim?

Dee dá de ombros.

— Mundo novo, nomes novos. Íamos escolher Gog e Magog.

— A gente usava esses nomes na internet — diz Dum.

— Mas por que partir para a tristeza e a melancolia? — pergunta Dee.

— Era legal ser Gog e Magog quando o mundo era um mar de rosas e tudo era simples — diz Dum. — Mas agora...

— Nem tanto — diz Dee. — Morte e destruição ficaram muito obsoletas.

— Muito comuns.

— Muito na cabeça do povo.

— A gente preferiu ser Tweedledee e Tweedledum.

Concordo com a cabeça. Que outra resposta eu poderia dar?

— Sou Penryn. Em homenagem a uma saída da Interstate 80.

— Legal. — Eles balançam a cabeça como se dissessem que entendem como é ter pais assim.

— Todo mundo está falando sobre você — diz Dum.

Não tenho tanta certeza. Toda a história da briga não saiu exatamente do jeito que eu tinha planejado. Se bem que nada na minha vida saiu como o planejado.

— Ótimo. Se vocês não se importam, vou me esconder agora. — Eu me despeço com a mão no pacote de ervilhas congeladas como se fosse um chapéu, enquanto tento passar entre eles.

— Espera — diz Dee, baixando a voz em um sussurro dramático. — Temos uma proposta de negócios para você.

Paro e espero educadamente. A menos que o propósito inclua me tirar daqui, não há nada que eles possam dizer que me deixe interessada em qualquer tipo de proposta de negócios. Mas, já que não vão sair do meu caminho, não tenho muita opção a não ser ouvir.

— A multidão adorou você — diz Dum.

— Que tal repetir a performance? — pergunta Dee. — Digamos, por trinta por cento do prêmio?

— Do que vocês estão falando? Por que eu arriscaria minha vida por uma miséria de trinta por cento do prêmio? Além do mais, dinheiro não serve para mais nada.

— Ah, não é o dinheiro — diz Dum. — Só usamos dinheiro como atalho para o valor relativo da aposta.

O rosto dele fica animado, como se estivesse genuinamente fascinado pela economia dos jogos de azar pós-apocalípticos.

— Você escreve seu nome e a aposta que deseja fazer em, digamos... uma nota de cinco dólares, e diz ao agente que pretende apostar algo entre um e dez dólares. É o agente quem decide quem ganha o quê e quem oferece o quê. Sabe, tipo... alguém perder um quarto da ração de alimentos e receber tarefas extras por uma semana. Ou, se ele vencer, ganha a porção dele e a de mais alguém, e a outra pessoa esfrega a privada por ele durante uma semana. Entendeu?

— Entendi, e a resposta ainda é não. E também não há nenhuma garantia de que eu vou ganhar.

— Não. — Dee me mostra um sorriso de vendedor de carro velho. — Estamos procurando uma garantia de que você vai perder.

Começo a gargalhar.

— Vocês querem que eu perca de propósito?

— Shhh! — Dee olha ao redor de forma dramática. Estamos nas sombras entre dois edifícios, e ninguém mais parece nos notar.

— Vai ser ótimo — diz Dum, os olhos brilhando com a molecagem. — Depois do que você fez ao Boden, as probabilidades vão estar muito mais a seu favor quando você enfrentar Anita...

— Vocês querem que eu enfrente uma garota? — Cruzo os braços. — Vocês só querem ver uma briga de mulher, não é?

— Não é por nós — diz Dee na defensiva. — Vai ser um presente para todo o acampamento.

— É — acrescenta Dum. — Quem precisa de televisão quando vocês têm toda aquela água e toda aquela espuma de lavar roupa?

— Vai sonhando. — Passo por eles com um esbarrão.

— A gente te ajuda a sair — acrescenta Dee com uma cadência cantada.

Paro. Meu cérebro percorre meia dúzia de cenários baseados no que ele acabou de dizer.

— Conseguimos pegar a chave da sua cela.

— Conseguimos distrair os guardas.

— Conseguimos garantir que ninguém procure você até de manhã.
— Uma luta só, é tudo o que a gente pede.
Eu me viro para olhar para eles.
— Vocês arriscariam ser acusados de traição por uma briga na lama?
— Você não faz ideia de quanto eu arriscaria por uma briga na lama entre duas gostosas — diz Dee.
— Na verdade não é traição — diz Dum. — Obi vai te deixar ir embora, é só uma questão de tempo. Não estamos aqui para fazer prisioneiros humanos. Ele está enfatizando exageradamente o risco que você oferece para nós.
— Por quê? — pergunto.
— Porque ele quer recrutar você e aquele cara. Obi é filho único e não entende — diz Dee. — Ele acha que te manter por perto durante alguns dias vai te fazer mudar de ideia sobre nos deixar.
— Mas a gente sabe a verdade. Alguns dias cantando músicas patrióticas não vão te convencer a abandonar sua irmã — diz Dum.
— Exatamente, irmão — diz Dee.
Eles trocam um soquinho de punhos cerrados.
— Pode crer.
Olho para eles. Esses dois realmente entendem. Eles nunca deixariam um ao outro para trás. Talvez eu tenha verdadeiros aliados.
— Vou ter mesmo que fazer essa luta idiota para conseguir a ajuda de vocês?
— Ah, vai — diz Dee. — Sem dúvida. — Os dois sorriem para mim como garotinhos travessos.
— Como vocês sabem tudo isso? Sobre minha irmã? O que Obi está pensando?
— É nossa função — diz Dum. — Algumas pessoas nos chamam de Dee-Dum. Outras nos chamam de mestres-espiões. — Ele balança as sobrancelhas dramaticamente.
— Está bem, mestres-espiões Dee-Dum, qual foi a aposta do meu amigo na luta? — Não importa, claro, mas quero saber mesmo assim.
— Interessante. — Dee arqueia a sobrancelha como quem sabe das coisas. — De tudo que você poderia perguntar quando descobre que a gente trabalha com informações, você escolhe essa.

Minhas bochechas ficam quentes apesar das ervilhas congeladas no maxilar. Tento não demonstrar que eu desejaria engolir de volta a pergunta.

— Vocês estão no jardim de infância? Me respondam logo.

— Ele apostou que você duraria pelo menos sete minutos no ringue. — Dum esfrega a bochecha sardenta. — Todos nós achamos que ele era louco. — Sete minutos é um tempo muito, muito longo para ser atacada por punhos gigantes.

— Não louco o suficiente — diz Dee. Seu sorriso é infantil de um jeito que anuncia o desastre, que torna quase impossível esquecer que vivemos num mundo que enlouqueceu. — Ele deveria ter apostado que você ia ganhar. Ele teria detonado. Cara, as probabilidades estavam muito contra você.

— Aposto que ele poderia derrubar Boden em dois minutos — diz Dum.

— Está escrito *mauzão* nele inteiro.

— Uns noventa segundos, cravados — diz Dee.

Eu vi Raffe lutar. Minha aposta seria dez segundos, considerando que Boden não tenha um rifle, como na noite em que nos capturou. Mas não vou dizer isso. Não me faz sentir melhor que ele não encare o papel de herói.

— Tirem a gente daqui hoje à noite e negócio fechado — digo.

— Prazo terrivelmente curto — diz Dee.

— Talvez se você prometer que vai rasgar a camisa da Anita... — Dum me dá seu sorriso de garotinho.

— Não abuse da sorte.

Dee ergue um estojinho de couro e o balança para mim como isca.

— Que tal um bônus para rasgar a camisa dela?

Minhas mãos voam para o bolso da calça, onde o kit de abrir cadeados deveria estar. O bolso está vazio e sem volume.

— Ei, isso é meu! — Tento pegá-lo, mas ele desaparece da mão de Dee. Eu nem o vi se mexendo. — Como você fez isso?

— Agora você está vendo — diz Dum, agitando o estojo. Como passou de Dee para Dum, eu não tenho ideia. Eles estão parados lado a lado, mas, ainda assim, eu deveria ter visto alguma coisa. Então some de novo. — Agora não vê mais.

— Devolvam isso para mim agora, seus malditos ladrões. Ou todo o acordo já era.

Dum mostra uma cara de palhaço triste a Dee, que arqueia a sobrancelha numa expressão cômica.

— Tudo bem — Dee suspira e me devolve o kit de abrir cadeados. Dessa vez eu estava olhando, mas não vi o estojo passar de um para outro. — Então vai ser hoje à noite.

Dee-Dum me lançam sorrisos idênticos.

Balanço a cabeça e saio pisando duro antes que eles roubem mais coisas.

20

MINHAS COSTAS ESTÃO MOÍDAS e estalam quando tento ficar com a postura ereta. O sol está se pondo, e meu dia de trabalho está quase no fim. Coloco a mão na lombar e estico o corpo lentamente como uma idosa.

Depois de apenas um dia esfregando roupa na tina, minhas mãos estão inchadas e vermelhas. Já ouvi falar de mãos secas e rachadas, mas nunca soube de verdade o que significava isso até agora. Ainda que somente alguns minutos fora da água, minha palma tem rachaduras que são como se alguém tivesse pegado uma lâmina de barbear e cortado a pele. É desesperador ver a mão toda cortada, seca demais até para sangrar.

Quando as outras lavadeiras me ofereceram um par de luvas de borracha amarelas hoje de manhã, eu recusei, achando que apenas gente velha e fresca precisasse disso. Elas me lançaram um daqueles olhares de senhorita sabe-tudo que meu orgulho não me deixou pedir as luvas na hora do almoço.

Agora, começo a considerar fazer amizade com aquele único resquício de humildade em meu corpo e pedir as luvas. Ainda bem que não está nos meus planos ter de fazer isso de novo amanhã.

Olho em volta, alongando os braços e me perguntando quando essa tal de Anita vai me atacar. Vou ficar muito irritada se ela esperar até meu dia de trabalho terminar. Qual é o sentido de entrar numa briga, se não dá para matar nem que seja uma hora de trabalho duro?

Eu me alongo sem pressa. Levanto os braços acima da cabeça e arqueio as costas o máximo possível.

Meu pescoço dói, minhas costas doem, meus braços e mãos doem, minhas pernas e pés doem, até meus globos oculares doem. Meus músculos estão ao mesmo tempo gritando por causa dos movimentos repetitivos, e rígidos de ficar parada durante horas. Nesse ritmo, não vou ter de perder a luta de propósito, vou perder honestamente.

Finjo não ver os homens que trabalham nas latrinas se aproximarem de nós enquanto alongo as pernas. Há cerca de dez, e Raffe vem atrás do grupo.

Quando estão a poucos passos de distância, começam a despir as roupas imundas. Camisas, calças e meias sujas são jogadas na pilha de roupa para lavar, e outras são atiradas na pilha de lixo. Raffe cavou o fosso em vez de trabalhar na parte verdadeiramente tóxica das latrinas, mas nem todo mundo teve a mesma sorte. Eles saem de perto apenas de cueca samba-canção.

Faço um baita esforço para não olhar na direção de Raffe quando percebo que ele vai ter de tirar a camisa. Ele pode explicar as bandagens debaixo da blusa, mas vai ser impossível explicar as manchas de sangue exatamente onde ficariam as asas.

Estico os braços acima da cabeça, tentando não parecer assustada. Prendo a respiração, esperando que os homens sigam em frente e não notem que Raffe está ficando para trás.

No entanto, em vez de seguirem para os edifícios para tomar banho, eles pegam a mangueira que usamos para encher nossos baldes. Fazem fila para esguichar água uns nos outros. Eu merecia um soco por não ter previsto isso. É claro que eles vão tirar o excesso com a mangueira. Quem ia querer os caras das latrinas entrando direto nos chuveiros compartilhados?

Lanço um olhar furtivo para Raffe. Ele mantém a calma, mas percebo pelo jeito como desabotoa lentamente a camisa que também não tinha pensado nisso.

Ele deve ter achado que poderia sair de fininho assim que os outros entrassem no prédio, já que os chuveiros não poderiam ser usados por todos ao mesmo tempo; só que não há uma boa razão para fugir dessa parte da rotina e nenhuma forma de fazer isso sem ser notado.

Raffe termina de desabotoar a camisa e, em vez de tirá-la, começa a desabotoar a calça. Todos ao redor dele já tiraram a roupa, e ele está começando a chamar atenção. Bem quando estou me perguntando se deveríamos simplesmente sair correndo, a solução do nosso problema tem pernas torneadas e vem rebolando até a gente.

A mulher que foi almoçar com Raffe balança o cabelo cor de mel e olha para ele.

Dee-Dum aparecem como se esperassem a deixa.

— Ah, oi, Anita! — dizem os dois com uma surpresa casual. A voz deles sai um pouco alta demais, como se para se certificarem de que estou ouvindo.

Anita olha feio para eles, como se tivessem acabado de ser mastigados e cuspidos. Eu já vi esse olhar um milhão de vezes nos corredores da escola, lançados por uma garota popular para um nerd, quando ele fica íntimo demais na frente das amigas dela. Ela se vira para Raffe, e seu rosto se derrete em um sorriso radiante. Anita coloca a mão no braço de Raffe quando ele está prestes a tirar a calça.

E essa é toda a desculpa de que eu preciso.

Pego uma camisa ensaboada da água cinzenta e jogo nela.

O arremesso faz um barulho de tecido molhado quando bate em seu rosto e depois gruda no cabelo. Os fios perfeitos viram uma massa emaranhada e pegajosa. O rímel fica todo borrado quando o tecido molhado desliza em direção à blusa. Anita solta um grito estridente que faz todo mundo virar na direção da voz.

— Ah, desculpa — digo numa voz açucarada. — Você não gostou? Achei que era isso que você queria. Quer dizer, por que mais você ia ficar passando a mão no meu homem?

A pequena multidão ao nosso redor cresce a cada segundo. É isso aí, baby. Chega mais. Venham ver o show de horrores. Raffe desaparece em meio à multidão crescente, abotoando a camisa discretamente. E eu que pensei que ele parecia ameaçador na minha última luta.

Os olhos enormes de Anita olham indefesos para Raffe. Ela parece uma gatinha aflita, desnorteada e ofendida. Coitadinha. Começo a pensar duas vezes se vou conseguir continuar com o plano.

Até que ela olha para mim. É incrível a rapidez com que seu rosto muda, dependendo de quem ela está olhando. Ela parece irada. Ao caminhar em minha direção, a raiva se transforma em fúria.

É impressionante como uma mulher bonita pode parecer feroz quando se concentra nisso. Ou é uma baita de uma atriz, ou Dee-Dum tinham um plano duplo quando armaram isso tudo. Aposto que ela ainda não sabe sobre a luta. Por que dividir os lucros quando você pode conseguir vingança? Tenho certeza de que não foi a primeira vez que Anita esnobou Dee-Dum. Não que eu acredite, nem por um segundo, que eles ficaram ofendidos.

— Você acha que qualquer coisa que você faça pode levar um homem como ele a te olhar duas vezes? — Anita arremessa a camisa molhada de volta para mim. — Você teria sorte de fazer um vovô de uma perna só se interessar por você.

Tudo bem. Agora eu consigo seguir com o plano.

Eu me inclino um pouco para garantir que a camisa acerte em mim.

Em seguida, partimos uma para cima da outra em toda nossa glória feminina. Puxões de cabelo, tapas na cara, camisas rasgadas, arranhões. Damos gritinhos como líderes de torcida que caíram num poço de lama.

Enquanto cambaleamos em nossa dança embriagada, topamos com um tanque. Ele desaba e espirra água para todo lado.

Anita tropeça, ainda agarrada a mim, e nós duas vamos para o chão. Nossos corpos se contorcem conforme rolamos na lama ao redor dos tanques.

É difícil parecer digna quando sua cabeça está encostada no ombro porque tem alguém puxando o seu cabelo. É constrangedor. Faço o meu melhor para parecer que estou realmente lutando.

A multidão vai à loucura, torcendo e aplaudindo. Vejo Dee-Dum de relance enquanto rolamos. Eles estão praticamente pulando de alegria.

Como é que alguém consegue perder uma luta dessas? Será que começo a chorar? Caio de cara na lama e deixo Anita me arranhar algumas vezes enquanto fico enrolada feito uma bola? Não faço a menor ideia de como pular fora dessa.

Todos os pensamentos de luta são estilhaçados por um tiro.

Vem de algum lugar além da multidão, mas é perto o suficiente para fazer com que todo mundo fique paralisado e em silêncio.

Mais dois tiros são disparados numa sequência rápida.

Em seguida, um grito ecoa em meio à floresta. Um grito aterrorizado e muito humano.

21

O VENTO SUSSURRA PELA COPA DAS ÁRVORES. Meu sangue bombeia nos ouvidos.

Por alguns instantes, todos olham na penumbra com os olhos arregalados, como se esperassem um pesadelo ganhar vida. Então, como se atendesse a um comando, o caos irrompe na multidão.

Soldados correm para dentro da floresta em direção ao grito, agarrando armas e rifles. Todo mundo começa a falar; alguns, a chorar.

Uns saem correndo para um lado; outros correm em direção diferente. É uma mistura de barulho e confusão, que beira o pânico. Como os cães, essas pessoas não são tão bem treinadas quanto Obi gostaria.

Anita sai de cima de mim, e a parte branca de seus olhos mostra as íris por inteiro. Ela sai correndo atrás da multidão, que foge em debandada para dentro do refeitório. Eu me levanto, dividida entre querer ver o que está acontecendo e me esconder na relativa segurança dos números.

Raffe aparece de repente ao meu lado, sussurrando:

— Onde estão as asas?

— O quê?

— Onde você escondeu?

— Numa árvore.

Ele suspira, obviamente tentando ser paciente.

— Você pode me dizer?

Aponto na direção do grito, onde o último soldado desapareceu.

— Você pode me dizer onde encontrá-las ou precisa me mostrar?

— Vou ter que mostrar.

— Então vamos.

— Agora?

— Consegue pensar numa hora melhor?

Olho em volta. Todos ainda estão atrapalhados para pegar seus pertences e correr para dentro de algum prédio. Ninguém nos olha duas vezes. Ninguém notaria se desaparecêssemos durante o caos.

Claro, também existe seja lá o que estiver causando o pânico.

Meus pensamentos devem transparecer no meu rosto, porque Raffe diz:

— Ou me fala ou me mostra. Tem que ser agora.

O sol se põe depressa e a escuridão aumenta. Minha pele se arrepia com a ideia de perambular pela floresta no escuro com seja lá o que fez um soldado armado gritar desse jeito.

Mas não posso deixar Raffe correr sem mim. Balanço a cabeça numa resposta afirmativa.

Avançamos pelas sombras, cada vez mais escuras, pelo caminho mais próximo até a floresta. Alternamos passos lentos e mais apressados por entre as árvores.

Ouvimos o barulho de consecutivos tiros, uns mais altos que os outros. Várias armas disparam ao mesmo tempo na mata. Talvez essa não seja a melhor saída.

Como se eu já não estivesse assustada o suficiente, gritos ecoam pela noite que se aproxima.

Quando cruzamos o acampamento da resistência e chegamos à árvore-esconderijo, os bosques estão quietos. Nem um farfalhar, nem pássaros, nem esquilos perturbam o silêncio. A luz some depressa, mas ainda é possível ver a carnificina.

Cerca de doze soldados haviam corrido na direção do grito. Agora apenas cinco ainda estão em pé.

O resto está espalhado no chão, como bonecos quebrados e largados por uma criança birrenta. E, assim como bonecos quebrados, há partes do corpo faltando. Um braço, uma perna, uma cabeça. As articulações arrancadas estão estraçalhadas e cobertas de sangue.

Há sangue por toda parte — nas árvores, na terra, nos soldados. A penumbra sugou a cor, fazendo o líquido vermelho parecer óleo caindo dos galhos.

Os soldados que restaram estão em pé num círculo, com os rifles apontando para fora.

Estou intrigada com o ângulo do cano das armas. Não estão apontando para cima ou para a frente, como estariam se houvesse um inimigo a pé ou no ar. Nem estão apontando para o chão, como se os soldados não pretendessem atirar.

Em vez disso, apontam numa diagonal para baixo, como se mirassem em algo na altura da cintura. Pumas? Há pumas nessas montanhas, embora seja raro ver um. Mas pumas não causam esse tipo de massacre. Talvez cães selvagens? Mas, novamente, o massacre não parece natural. Parece um ataque feroz e assassino, em vez de uma caça por comida ou para se defender.

Volta à minha memória a conversa de Raffe sobre crianças terem atacado a família na estrada. Afasto esse pensamento assim que ele surge. Esses soldados armados nunca ficariam tão assustados assim por causa de um bando de crianças, não importa o quão ferozes pareçam.

Tudo a respeito dos sobreviventes parece um horror, como se todo o pânico se resumisse ao medo paralisante — os nós dos dedos esbranquiçados ao redor dos rifles; a forma como os cotovelos estão tensos e junto ao corpo, para impedir que as armas tremam; o modo como se movimentam ombro a ombro, feito um cardume de peixes reunidos perto de um predador.

Nada natural poderia causar esse tipo de medo, que ultrapassa o terror de sofrer danos físicos e atinge aqueles da esfera mental e espiritual. Como o medo de perder a sanidade, de perder a alma.

Minha pele fica toda arrepiada ao observar os soldados. O medo é contagioso. Talvez seja algo que evoluiu dos nossos tempos primitivos, quando nossas chances de sobrevivência eram melhores se absorvêssemos o medo do companheiro sem perder tempo em discuti-lo. Ou talvez eu esteja sentindo algo diretamente. Algo horrível que meu cérebro reptiliano reconhece.

Meu estômago se revira e parece que vou vomitar. Mas me controlo e ignoro o forte enjoo.

Ficamos encolhidos atrás de uma grande árvore. Olho para Raffe, agachado ao meu lado. Ele olha para tudo, menos para os soldados, como se fossem a única coisa na floresta com a qual não precisamos nos preocupar. Eu me sentiria melhor se ele não parecesse tão apreensivo.

O que assusta um anjo que é mais forte, mais rápido e tem sentidos mais aguçados do que os homens?

Os soldados se mexem. O formato do círculo se torna uma lágrima.

Os homens exalam nervosismo ao recuarem de costas lentamente em direção ao acampamento. Seja lá o que tiver atacado parece ter ido embora. Ou, pelo menos, é o que os soldados pensam.

Meus instintos não estão convencidos. Acho também que nem todos os soldados estão convencidos, pois parecem tão apavorados que o menor ruído pode ser o suficiente para abrirem fogo e fazerem balas chover para todo lado na escuridão.

A temperatura está despencando, e minha camiseta molhada gruda em mim como uma camada de gelo. Mesmo assim, o suor escorre das minhas têmporas e se acumula pegajosamente nas minhas axilas. Ver os soldados irem embora é como assistir à porta do porão se fechar e levar consigo a única luz da casa, deixando-me sozinha na escuridão cheia de monstros. Todos os instintos se desesperam para que eu não seja o peixinho solitário separado do cardume.

Olho para Raffe, esperando algum tipo de confirmação. Ele está em alerta total: corpo tenso, olhos atentos na floresta cada vez mais escura, ouvidos apurados como se ouvisse em som estéreo.

— Onde está? — Seu sussurro é tão baixo que leio seus lábios como se estivesse ouvindo suas palavras.

No começo, suponho que ele está falando sobre o monstro que fez tamanho estrago. Mas, antes que eu pergunte, ele quer saber onde as asas estão escondidas. Aponto para longe, além de onde os soldados estavam parados.

Ele corre em silêncio para o outro lado do círculo de destruição, ignorando a carnificina. Eu o sigo na ponta dos pés, desesperada, pois não quero ser deixada para trás na floresta.

É difícil ignorar o que sobrou dos corpos. Não há partes suficientes para compor todos os homens desaparecidos. Espero que alguns deles tenham saído correndo e que seja por isso que haja menos homens do que deveria. Deslizo no sangue no meio do massacre, mas consigo recuperar o equilíbrio antes de cair. A ideia de cair de cara numa pilha de tripas humanas é o suficiente para que eu continue no caminho para alcançar o outro lado.

Raffe está parado no meio das árvores, tentando encontrar alguma com um buraco. Demoramos alguns minutos para ver. Quando ele puxa as asas enroladas no cobertor, sua tensão diminui. Raffe relaxa os ombros e curva a cabeça de forma protetora ao redor do volume.

Ele olha para mim e eu o vejo pronunciar, sem emitir nenhum som, a palavra "obrigado". Parece ser nosso destino repassar o débito que temos um com o outro continuamente.

Queria saber quanto tempo vai demorar antes que seja tarde demais para religar as asas às costas dele. Se fosse uma parte do corpo humano, já teria passado do prazo de validade. Mas o que dizer no caso dos anjos? E, mesmo se os cirurgiões ou magos angelicais conseguirem reatar as asas, eu me pergunto se elas ainda vão ser úteis ou apenas decorativas, assim como os olhos de vidro servem apenas para as pessoas não ficarem chocadas.

Um vento frio sopra no meu cabelo, fazendo-o roçar na nuca como dedos de gelo. A floresta é uma massa de sombras oscilantes. O chicotear das folhas soa como mil serpentes sibilando acima de mim. Levanto o olhar só para garantir que não haja mesmo cobras no alto. Tudo o que vejo são sequoias à espreita, no céu cada vez mais negro.

Raffe toca meu braço. Praticamente dou um salto, mas consigo me manter quieta. Ele entrega minha mochila e fica com as asas e a espada.

Em seguida, indica o acampamento da resistência e caminha em direção a ele, seguindo os soldados. Não entendo por que ele quer voltar para lá quando deveríamos correr no sentido contrário, mas a floresta me deixou tão amedrontada que não estou com vontade de me demorar mais aqui, nem ansiosa para quebrar nosso silêncio. Ponho a mochila nas costas e o sigo.

Fico o mais próximo possível de Raffe, sem ter de explicar por que estou abraçando as costas dele. Chegamos ao limite da floresta.

O acampamento está silencioso sob as sombras esburacadas que o luar projeta entre o dossel do acampamento. Nenhuma luz brilha das janelas, mas, se eu olhar bem, consigo vislumbrar o metal reluzindo sob a luz da lua em algumas delas. Quantos rifles será que eles têm apontados para as janelas, à procura de alvos?

Não invejo Obi por precisar manter a ordem nesses edifícios. Tenho certeza de que o pânico num espaço confinado pode ser bem feio.

Raffe se inclina em minha direção e sussurra tão baixo que mal posso ouvir.

— Vou ficar vigiando para garantir que você entre em segurança. Vá.

Pisco para ele com cara de boba, tentando extrair sentido do que está dizendo.

— E você?

Ele sacode a cabeça. Parece relutante, mesmo levando em conta todo o bem que me faria.

— Você está mais segura lá. E está mais segura sem mim. Se ainda quiser encontrar sua irmã, vá para San Francisco. Lá você vai encontrar o ninho da águia.

Ele está me deixando; me deixando no acampamento de Obi e seguindo para o ninho da águia.

— Não. — *Preciso de você*, quase digo de uma vez. — Eu te salvei. Você me deve essa.

— Escuta. Você está mais segura sozinha do que comigo. Isso não foi um acidente. Esse tipo de fim... — Ele gesticula para o massacre. — Acontece com muita frequência entre meus companheiros. — Ele passa a mão nos cabelos. — Faz muito tempo que tive alguém para me dar cobertura... Eu me enganei ao acreditar... que as coisas podiam ser diferentes. Você entende?

— Não. — É mais uma rejeição ao que ele está me dizendo do que uma resposta à sua pergunta.

Ele me olha nos olhos de um jeito intenso.

Prendo a respiração.

Posso jurar que ele está memorizando a minha imagem, como se sua câmera mental estivesse disparando, me capturando nesse momento. Raffe até respira fundo, como se quisesse se encher com o meu cheiro.

Mas o momento passa quando ele desvia o olhar e me deixa na dúvida se fui eu que imaginei tudo aquilo.

Depois se vira e mergulha na escuridão.

Quando consigo dar um passo, sua silhueta se fundiu por completo nas sombras mais escuras. Quero chamá-lo, mas não me atrevo a fazer esse tipo de barulho.

A escuridão se fecha ao meu redor. Meu coração bate forte no peito, dizendo-me para correr.

Não posso acreditar que ele me deixou. Sozinha no escuro, com um monstro demoníaco.

Cerro os punhos e cravo as unhas na pele para ajudar a recuperar o foco. Não há tempo para sentir pena de mim mesma. Preciso me concentrar em sobreviver para resgatar Paige.

O lugar mais seguro para passar a noite é no acampamento. Mas, se eu correr para lá, eles não vão me deixar sair até que estejam prontos para seguir viagem. Isso pode demorar dias, semanas. Paige não tem semanas. Seja lá o que estiverem fazendo com ela, estão fazendo agora. Já desperdicei tempo demais.

Por outro lado, quais são minhas opções? Correr pela floresta? No escuro? Sozinha? Com um monstro que retalhou meia dúzia de homens armados?

Faço um esforço desesperado para encontrar uma terceira opção, mas continuo sem nada.

Hesitei por tempo demais. Ser encontrada pelo monstro enquanto fico paralisada em minha indecisão é o jeito mais idiota de morrer que consigo pensar. Se correr o bicho pega, se ficar o bicho come.

Tomo coragem para ignorar a sensação terrível que me sobe pelas costas. Respiro fundo e solto o ar devagar, na esperança de me acalmar. Não funciona.

Dou as costas para o acampamento e mergulho na floresta.

22

NÃO RESISTO À NECESSIDADE DE OLHAR em volta para ver se há alguma coisa à espreita atrás de mim com que eu precise me preocupar. Não que um monstro capaz de retalhar soldados armados vá se incomodar em espreitar. Por que será que a gente não evoluiu e criou olhos atrás da cabeça?

Quanto mais me embrenho na floresta, mais firme a escuridão se fecha ao meu redor. Digo a mim mesma que isso não é realmente suicídio. A mata está cheia de criaturas vivas — esquilos, pássaros, cervos, coelhos —, e o monstro não pode matar todas elas. Por isso, minhas chances de estar entre a maioria das criaturas vivas da floresta que vai sobreviver a esta noite são muito boas. Certo?

Vou andando entre a escuridão das árvores por instinto, esperando estar seguindo para o norte. Dentro de pouco tempo, começo a duvidar seriamente para qual direção estou indo. Li em algum lugar que, quando as pessoas são abandonadas à própria sorte, tendem a andar em grandes círculos. E se eu estiver andando para o lado errado?

Dúvidas erodem minha razão, e sinto o pânico borbulhando em meu peito.

Então me repreendo. Agora não é hora de me desesperar. Prometo que vou me permitir entrar em pânico quando estiver sã e salva, escondida numa casa bacana, com uma cozinha equipada, Paige e minha mãe.

Tudo bem, tudo bem. O pensamento traz um tremor aos meus lábios como se eu pudesse sorrir. Talvez eu esteja mesmo ficando louca.

Enxergo ameaça em cada farfalhar, e sombras que se movem em cada pássaro que levanta voo e cada esquilo que sobe num galho.

Depois do que parecem horas de trilha no meio da mata, na escuridão, uma das sombras muda de árvore, feito galhos soprados ao vento. Ela continua se afastando da árvore, se separa de uma grande massa de sombras e depois se funde em outra escuridão muito maior.

Congelo no lugar.

Acho que era um cervo. Mas as pernas da sombra não se movem do jeito certo. Acho que era algo com duas pernas. Ou, mais precisamente, várias coisas de duas pernas.

Meu palpite se prova correto quando as sombras se espalham e me cercam. Detesto estar certa o tempo todo.

Então, o que fica em pé sobre duas pernas, tem cerca de um metro e rosna como uma matilha de cães? É difícil pensar em outra coisa, exceto naqueles corpos retalhados, espalhados no chão da floresta.

Uma sombra corre até mim tão depressa que parece um borrão escuro. Algo bate em meu braço. Recuo um passo, mas, seja lá o que for, sumiu faz tempo.

As outras sombras se mexem. Algumas disparam para frente e para trás, parecendo sombras prestes a entrar em ebulição. Algo bate em meu outro braço antes de eu registrar que mais uma sombra disparou.

Recuo a passos incertos.

Nosso vizinho Justin tinha uma arcada de dentes afiadíssimos de piranha sobre a cornija da lareira. Ele nos contou uma vez que os peixes carnívoros, e algumas vezes os canibais, na verdade são muito tímidos e costumam bater na presa antes de atacar, ganhando confiança, à medida que os companheiros de cardume fazem o mesmo. Isso aqui é tão estranho quanto a descrição dele.

O coral de rosnados aumenta, soando parecido com uma mistura de rosnados animais e grunhidos perturbadoramente humanos.

Outra pancada. Desta vez, uma dor aguda atinge minha coxa, como se eu tivesse sido cortada com navalha. Estremeço quando uma umidade quente começa a se espalhar em volta da dor.

Depois levo duas pancadas consecutivas. É o sangue o motivo de tanto nervosismo?

Mais outra me atinge o pulso. Dessa vez grito no instante em que sinto.

Não foi apenas um corte sem importância. A sombra continua no mesmo lugar, isto é, se posso falar que uma sombra veloz continua no mesmo lugar. A queimação me atinge um segundo depois de eu me dar conta de que fui... mordida? Tenho certeza de que ficaria com menos medo se pudesse ver a aparência deles. Existe algo muito aterrorizante em não poder ver as coisas que estão atacando a gente.

Minha respiração ofegante fica tão alta que parece um grito.

23

CAPTO UM MOVIMENTO DE CANTO DE OLHO. Não tenho tempo nem de me preparar para outro golpe, e Raffe está diante de mim. Seus músculos estão tensos segurando a espada, enquanto ele fica de frente para as sombras borbulhantes. Não ouvi sequer o barulho das folhas. Num segundo ele não está aqui; no outro, está.

— Corra, Penryn.

Não preciso de outro convite, e corro.

Mas não para muito longe, o que provavelmente não é minha jogada mais inteligente. Não posso evitar. Hesito atrás de uma árvore para observar Raffe enfrentar os demônios.

Agora que sei o que procurar, posso dizer que deve ter cerca de meia dúzia deles. Definitivamente correndo sobre dois pés. Definitivamente próximos ao chão, nem todos do mesmo tamanho. Um é pelo menos trinta centímetros mais alto que o menor deles; outro parece bem roliço.

As pequeninas silhuetas poderiam ser humanas ou angelicais, embora não se movimentem como nenhuma das duas categorias. Quando se movem rápido, seus movimentos são fluidos, como se esse fosse seu ritmo natural. Sem a menor dúvida, essas coisas não são humanas. Talvez sejam uma espécie horrenda de anjo. Os querubins não são sempre retratados como crianças?

Raffe pega uma criatura que tenta passar em disparada por ele. Outras duas correm em sua direção, mas param quando veem Raffe fatiar o pequeno demônio.

O bicho guincha algo horrível ao aterrissar no solo da floresta.

Mas os outros não se abalam e tentam desestabilizá-lo. Imagino que não demore muito para começarem a morder, ferroar ou seja lá o que for.

— Raffe, atrás de você!

Pego a rocha mais próxima e levo uma fração de segundo para mirar. Sou boa em acertar o alvo em cheio no lançamento de dardos, mas também em errá-lo completamente. E errar o alvo aqui significa acertar Raffe.

Prendo a respiração, miro na sombra mais próxima e lanço com toda a força.

Em cheio!

A pedra atinge a sombra, fazendo-a parar no lugar. É hilário como o demônio praticamente gira para trás ao cair. Raffe nunca vai precisar saber que eu estava mirando no outro.

Ele brande a espada violentamente e corta o demônio no peito.

— Eu te disse para correr!

Gratidão para quê? Eu me abaixo e pego outra rocha. Ela é irregular e tão grande que mal consigo levantá-la. Acho que é muita pretensão minha, mas eu a arremesso em um dos demônios mesmo assim. Claro, ela cai a trinta centímetros de distância da luta.

Dessa vez, escolho uma pedra menor. Tomo cuidado de ficar fora do alcance do círculo da luta, e os demônios me deixam. Acho que meu arremesso nem cruzou o radar deles. Miro em outra sombra e jogo com toda força.

Atinge Raffe nas costas.

Devo ter acertado seu ferimento, porque ele se curva para frente, vacila dois passos e depois para bem diante de dois demônios. Com a espada muito abaixada, a ponto de fazê-lo tropeçar, ele fica sem equilíbrio diante dos inimigos. Meu coração quase sai pela boca, mas eu me controlo.

Raffe ergue a espada, mas não tem tempo de impedir que eles o mordam.

Ele solta um grito, e meu estômago se comprime com a dor que ele sente.

Então acontece uma coisa estranha. Isto é, mais estranha do que tudo o que vem acontecendo. Os demônios cospem e fazem ruídos de desgosto, como se para tentar se livrar do gosto ruim na boca. Queria ver que aparência eles têm. Tenho certeza de que a expressão deles é de repulsa.

Raffe grita de novo quando um terceiro o morde nas costas. Ele consegue afastá-lo depois de algumas tentativas. A criatura arfa e também cospe ruidosamente.

Em seguida as sombras recuam e se dissolvem em meio à escuridão da floresta.

Antes que eu entenda o que acabou de acontecer, Raffe tem uma atitude surpreendente. Em vez de declarar vitória e sair em segurança, como qualquer sobrevivente sensato faria, ele persegue as criaturas na floresta escura.

— Raffe!

Tudo o que ouço são os gritos dos demônios. Os sons são tão estranhamente humanos que um arrepio percorre minha espinha. Acho que todos os animais soam daquele jeito quando estão morrendo.

Depois, tão rápido como começou, o grito derradeiro desaparece na noite.

Estremeço sozinha na escuridão. Dou alguns passos em direção aos bosques negros onde Raffe desapareceu, e então paro. O que devo fazer agora?

O vento sopra, congelando o suor na minha pele. Após algum tempo, até o vento silencia. Não sei se eu deveria tentar encontrar Raffe ou fugir. Lembro que eu devia estar a caminho para salvar Paige, e, para isso, tenho de estar viva. Começo a tremer dos pés à cabeça, possivelmente como consequência da batalha.

Apuro os ouvidos na intenção de ouvir alguma coisa. Poderia ser até um grunhido de dor do Raffe, pelo menos eu saberia que ele está vivo.

O vento balança a copa das árvores e faz meu cabelo chicotear.

Estou prestes a ceder e entrar na escuridão das árvores para procurá-lo quando o som do esmagar de folhas começa a ficar mais alto. Talvez seja um cervo. Recuo um passo para me afastar do barulho. Talvez os demônios tenham voltado para finalizar a tarefa.

Os galhos fazem barulho ao se partir. Uma sombra no formato do Raffe entra na clareira.

Um alívio toma conta de mim, relaxando músculos que eu não tinha percebido que estavam tensos.

Corro para ele. Quero abraçá-lo, mas ele se afasta. Tenho certeza de que até um homem como ele, isto é, um anjo, pode se sentir confortado num abraço depois de ter corrido para salvar a própria vida. Mas, pelo visto, não se trata do meu abraço.

Para diante dele, sem jeito. No entanto, minha enorme alegria em vê-lo não se esvai totalmente.

— Então... você os pegou?

Ele faz que sim. Pinga sangue de seu cabelo, como se ele tivesse levado uma borrifada. Os braços e a barriga também estão empapados de sangue. A camisa está rasgada no peito, e parece que ele tem alguns machucados. Tenho vontade de fazer uma brincadeira, mas fico na minha.

— Você está bem? — É uma pergunta estúpida, pois não há muito que eu possa fazer por ele se não estiver bem, mas a frase simplesmente sai.

Ele ri, sem humor.

— Sem contar ter sido atingido por uma rocha? Vou sobreviver.

— Desculpa. — Eu me sinto péssima por isso, mas não tem sentido ficar implorando perdão.

— Da próxima vez que você brigar comigo, vou gostar se você simplesmente conversar em vez de recorrer a arremessos de rochas.

— Ah, tudo bem — resmungo. — Você é a civilidade em pessoa.

— É, sou mesmo. Civilizado. — Ele sacode o sangue da mão. — Você está bem?

Faço que sim. Não tem como recuar de um jeito gracioso depois de minha tentativa abortada de abraço, por isso estamos mais próximos do que seria confortável. Acho que ele pensa a mesma coisa, pois passa por mim e entra na clareira. Creio que sua presença era um obstáculo para que o vento chegasse até mim, pois, assim que ele se afasta, sinto frio de repente. Raffe respira fundo, como se para clarear a mente, e solta o ar devagar.

— Que diabos eram aquelas coisas? — pergunto.

— Não sei ao certo. — Ele limpa a espada na camisa.

— Não eram da sua espécie, eram?

— Não. — Ele desliza a espada de novo para dentro da bainha.

— Bom, com certeza não eram da minha. Existe uma terceira opção?

— Sempre existe uma terceira opção.

— Tipo demônios malucos e maléficos? Quer dizer, ainda mais maléficos que os anjos?

— Os anjos não são maus.

— Certo. Cara, como eu poderia esquecer? Ah, espera aí. Talvez eu tenha tirado minha ideia besta de toda aquela manobra de "atacar e destruir" que vocês puseram em prática.

Ele recua de novo para dentro da floresta pelo lado oposto da clareira. Sigo atrás às pressas.

— Por que você perseguiu aquelas coisas? — pergunto. — A gente podia estar a quilômetros de distância antes que eles mudassem de ideia e voltassem atrás de nós.

Ele responde sem se virar para me olhar.

— Eles são coisas que não deveriam existir. Se a gente os deixar fugir, eles vão voltar para nos caçar. Acredita em mim, eu sei.

Ele apressa o passo, e saio numa corridinha logo atrás, quase agarrada a ele. Não quero ficar sozinha no escuro de novo. Ele me lança um olhar de soslaio.

— Nem pense nisso — digo. — Vou grudar em você como uma camisa molhada, pelo menos até o dia raiar. — Resisto a estender os braços e agarrar sua camisa para me guiar no escuro. — Como você chegou até mim tão rápido? — pergunto. Devem ter se passado segundos entre o instante em que gritei e ele apareceu.

Ele continua sua caminhada entre as árvores.

Abro a boca para repetir a pergunta, mas ele fala ao mesmo tempo:

— Eu estava rastreando você.

Paro, surpresa. Ele continua andando, e corro atrás para garantir que esteja apenas a dois passos na minha frente. Todo tipo de pergunta flutua na minha cabeça, mas não faz sentido perguntar nenhuma delas. Mantenho a simplicidade:

— Por quê?

— Eu disse que me certificaria de que você chegasse ao acampamento em segurança.

— Eu não ia voltar ao acampamento.

— Eu notei.

— Você também disse que me levaria ao ninho da águia. Me deixar sozinha na escuridão era a sua ideia de me levar até lá?

— Minha ideia era te encorajar a ser sensata e voltar para o acampamento. Pelo visto, "sensata" não faz parte do seu vocabulário. E do que você está reclamando, hein? Estou aqui, não estou?

É difícil discutir diante desse argumento. Ele salvou mesmo minha vida. Caminhamos em silêncio por algum tempo enquanto rumino essa resposta.

— Seu sangue deve ter um gosto nojento para afastar aquelas coisas — comento.

— Sim, aquilo foi meio estranho, não foi?

— Meio estranho? Aquilo foi a maldita Bizarrolândia.

Ele para e me olha.

— Que língua você está falando?

Abro a boca para dar uma resposta sarcástica, mas ele interrompe:

— Vamos ficar em silêncio, por favor? Podem existir mais por aí.
— Isso cala minha boca.

A exaustão toma conta de mim, provavelmente algum tipo de pós-trauma e tal. Chego à conclusão de que ter companhia no escuro, mesmo que seja a de um anjo, é a melhor coisa que posso esperar da noite de hoje. Além do mais, pela primeira vez desde que comecei essa trilha mal-assombrada através da floresta, não tenho de me preocupar sobre ir na direção certa. Raffe caminha confiante, em linha reta. Ele nunca hesita, ajustando sutilmente nossa rota, aqui e acolá, para dar a volta em algum desfiladeiro ou campina.

Não pergunto se ele, na verdade, sabe aonde está indo. A ilusão de que ele sabe é suficiente para me confortar. Talvez os anjos tenham um senso especial de direção, parecido com o dos pássaros. Eles não sabem sempre para que lado migrar e como voltar para o ninho, mesmo que não consigam vê-lo? Ou talvez seja só meu desespero inventando histórias para me fazerem sentir melhor, como uma versão mental de assobiar no escuro.

Subitamente, eu me sinto tão perdida e indefesa que parece que vou ficar maluca. Depois de horas caminhando pesado no meio da mata, no escuro, começo a me perguntar se possivelmente o Raffe não é um anjo caído me guiando para o inferno. Talvez, quando nós finalmente chegarmos ao ninho da águia, vou me dar conta de que o lugar é, na verdade, uma caverna subterrânea repleta de fogo e enxofre, com gente empalada, tostando. Pelo menos, isso explicaria algumas coisas.

Mal noto quando ele nos leva a uma casa aninhada no bosque. A essa altura, estou me sentindo um zumbi andando. Pisoteamos vidro quebrado. Algum animal sai correndo e desaparece nas sombras. Raffe encontra um quarto. Tira minha mochila e me põe na cama com cuidado.

O mundo desaparece no instante em que minha cabeça toca o travesseiro.

SONHO QUE ESTOU LUTANDO DE NOVO nos tambores da lavanderia. Estamos ensopadas em água cheia de sabão. Meu cabelo está pingando e minhas roupas estão grudadas, como sempre ficam as camisetas molhadas. Anita guincha e puxa meu cabelo.

A multidão está perto demais e mal dá espaço para lutarmos. Os rostos estão contorcidos e zangados. Gritam coisas como "Arranca a camiseta dela!", ou "Rasga o sutiã!". Um cara grita sem parar: "Beija! Beija!"

Rolamos e atingimos um barril, que tomba. Em vez de água suja, sangue borbulhante espirra por toda parte. É morno e escarlate e me encharca. Todos nós paramos e ficamos olhando para o sangue que sai do barril. Uma quantidade incrível flui como um rio interminável.

A roupa suja flutua. Camisas e calças empapadas de sangue, amontoadas; sem os donos, parecem perdidas e sem alma.

Escorpiões do tamanho de ratos de esgoto andam nas ilhas de roupa escarlate. Seus ferrões enormes pingam sangue na ponta. Quando nos veem, eles curvam a cauda e abrem as asas em ameaça. Tenho certeza de que escorpiões não têm asas, mas não tenho tempo de pensar sobre isso, pois alguém grita e aponta para cima.

No horizonte, o céu escurece. Uma nuvem borbulhante e escura mancha o sol poente. Um zumbido baixo como um milhão de asas de inseto preenche o ar.

O vento aperta e rapidamente assume a força de um furacão à medida que a nuvem em ebulição e sua sombra correm em nossa direção. Pessoas correm em pânico, com o rosto perdido e inocente, como se fossem crianças assustadas.

Os escorpiões enchem o ar. Eles se juntam e pegam alguém da multidão. Alguém pequeno, com pernas atrofiadas, que grita:

— Penryn!

— Paige! — Levanto num salto e corro atrás deles. Disparo cegamente em meio ao sangue, que agora está na altura do tornozelo e não para de subir.

Mas, não importa quanto eu corra, não consigo chegar nem perto dela conforme os monstros levam minha irmãzinha para dentro da escuridão que se aproxima.

24

QUANDO ABRO OS OLHOS, a luz sarapintada do sol entra pela janela. Estou sozinha no que já foi um belo quarto com teto alto e janelas em arco. Meu primeiro pensamento é que Raffe me deixou novamente. O pânico reverbera em meu estômago. Se bem que é de dia, e posso me cuidar na luz diurna, não posso? Sei que devo seguir para San Francisco, se é que posso acreditar no Raffe. Dou uma chance de cinquenta por cento.

Saio do quarto na ponta dos pés, pelo corredor, e entro na sala. A cada passo, eu me livro dos remanescentes do pesadelo, deixando-os para trás na escuridão onde é seu lugar.

Raffe está sentado no chão, arrumando as coisas dentro da minha mochila. O sol da manhã acaricia seu cabelo, destacando as mechas cor de mogno e mel escondidas entre o preto. Os músculos dos meus ombros relaxam, e minha tensão se esvai assim que o vejo. Ele levanta o rosto e me vê, seus olhos mais azuis do que nunca, à luz suave.

Olhamos um para o outro, sem dizer nada. Eu me pergunto o que ele enxerga quando me vê ali parada, no fluxo de luz dourada que penetra as janelas.

Desvio o olhar primeiro. Meus olhos percorrem o cômodo num esforço de encontrar alguma outra coisa para olhar e me fixo numa fileira de fotos sobre a cornija da lareira. Vou até lá para evitar ficar sob o olhar dele desse jeito estranho.

Há uma foto de família com a mãe, o pai e os três filhos. Estão numa pista de esqui, todos juntos, e parecem felizes. Outra foto mostra um campo, onde o menino mais velho, vestido com um uniforme de futebol americano, faz um toque espalmado com o pai. Pego uma outra que mostra uma menina com vestido de formatura sorrindo para a câmera com um cara bonitinho de smoking.

A última foto é um close do menino mais novo de cabeça para baixo num galho de árvore. O cabelo está espetado embaixo dele, e o sorriso travesso mostra dois dentes faltando.

A família perfeita numa casa perfeita. Olho em volta para o que parece ter sido uma casa linda. Uma das janelas está quebrada, e a chuva manchou o chão de madeira num grande semicírculo em frente. Não somos os primeiros visitantes aqui, segundo as embalagens de doces espalhadas num dos cantos.

Meus olhos se voltam para Raffe. Ele ainda me observa de um jeito indecifrável.

Coloco a foto de volta no lugar.

— Que horas são?

— Meio da manhã. — Ele volta a mexer na mochila.

— O que você está fazendo?

— Me livrando de coisas que a gente não precisa. Obadias estava certo, devíamos ter feito melhor as malas. — Ele joga uma panela no assoalho de madeira. Quica algumas vezes antes de se acomodar num canto. — Levaram toda a comida, até a última migalha — ele diz. — Mas ainda tem água corrente. — Raffe levanta duas garrafas cheias.

Ele também encontrou uma mochila verde não muito grande. Coloca uma garrafa dentro dela, e a outra na minha.

— Quer tomar café da manhã? — Ele balança um pacote de ração de gato que eu estava carregando na mochila.

Pego um punhado a caminho do banheiro. Estou morrendo de vontade de tomar um banho, mas, no momento, é delicado tirar toda a roupa e me ensaboar, por isso me contento em passar uma toalha por cima das roupas. Pelo menos consigo lavar o rosto e escovar os dentes. Prendo o cabelo para trás num rabo de cavalo e ponho um boné preto por cima.

Vai ser outro dia longo, e, dessa vez, vamos andar debaixo do sol. Meus pés já estão doloridos e cansados. Queria ter dormido sem as botas, mas vejo por que Raffe não se preocupou em tirá-las, e agradeço por isso. Eu não teria ido muito longe sem elas, se tivesse de correr floresta adentro.

Quando saio do banheiro, Raffe já está pronto para sair. Seu cabelo está pingando sobre os ombros, e o rosto está limpo do sangue. Duvido que ele tenha tomado um banho melhor que o meu, mas parece renovado, muito mais renovado do que me sinto.

Não há cicatrizes visíveis ou ferimentos nele em parte alguma. O jeans ensanguentado de ontem foi trocado por uma calça cargo que se acomoda surpreendentemente bem nas curvas de seu corpo. Ele também encontrou uma camiseta de manga comprida que combina com o azul profundo de seus olhos. Está um pouco apertada ao redor dos ombros largos e um pouco folgada no peito, mas ele consegue fazê-la ficar bem.

Pego um moletom e um jeans do armário. Preciso enrolar as mangas da blusa e as pernas da calça, mas elas servem bem ao propósito.

Quando saímos, eu me pergunto como estará minha mãe. Uma parte de mim se preocupa com ela, outra está contente por estar livre dela, mas me sinto totalmente culpada por tê-la negligenciado. Minha mãe é como um fera ferida. Ninguém consegue cuidar direito se não for trancada numa jaula. Ela odiaria, e eu também. Espero que ela fique longe das pessoas, tanto por ela quanto pelos outros.

Raffe imediatamente vira para a direita assim que saímos. Vou atrás, na esperança de que ele saiba aonde está indo. Diferentemente de mim, ele não parece estar tenso, nem mancando. Acho que está se adaptando a andar com as próprias pernas. Não digo nada sobre isso porque não quero lembrá-lo que está andando em vez de voar.

Minha mochila está muito mais leve. Não temos nada para acampar ao ar livre, mas me sinto melhor por saber que posso correr mais rápido. Também me sinto melhor tendo um novo canivete amarrado ao cinto. Raffe o encontrou em algum lugar e me entregou quando estávamos saindo. Também achei algumas facas de carne e as coloquei no meu bolso. Quem quer que morasse ali gostava de carne. As facas são de alta qualidade, todas de metal, de origem alemã. Depois de segurá-las, nunca mais vou querer voltar ao latão serrilhado com cabos de madeira.

O dia está lindo. O céu é de um azul vívido sobre as sequoias, e o ar está frio, mas confortável.

Mas minha tranquilidade não dura muito. Minha mente logo se enche de preocupação com o que se esconde na floresta e com a possibilidade de os homens de Obi estarem nos caçando. Conforme subimos a encosta da colina, vislumbro um vão na mata onde deve estar a estrada, à esquerda.

Raffe para na minha frente. Sigo seus passos e prendo a respiração. Depois eu ouço.

Alguém está chorando. Não é o lamento de alguém que acabou de perder um membro da família. Já ouvi muito esse choro nas últimas semanas para saber como é. Não há choque ou negação nesse som, apenas o sofrimento e a dor de aceitá-lo como o companheiro de uma vida toda.

Raffe e eu no entreolhamos. O que é mais seguro? Ir para a estrada e evitar quem quer que esteja chorando, ou ficar na floresta e arriscar um encontro com essa pessoa? Provavelmente a última opção. Raffe deve achar a mesma coisa, pois se vira e continua seguindo.

Não demora muito para vermos as garotinhas.

Estão penduradas numa árvore. Não pelo pescoço, mas por cordas amarradas embaixo dos braços e ao redor do peito.

Uma menina parece ter mais ou menos a idade de Paige, e a outra, uns dois anos mais. Sete e nove anos, respectivamente. A mão da mais velha ainda está agarrada ao vestido da mais nova, como se tentasse livrá-la do perigo.

Parece que seus vestidos são iguais, ambos listrados. É difícil dizer se a estampa está manchada de sangue. A maior parte do tecido foi totalmente estraçalhada. Seja lá o que tenha devorado as pernas e o tronco das meninas, ficou satisfeito antes de chegar ao peito. Ou era baixo demais para alcançá-lo.

Mas o pior, de longe, são as expressões torturadas. Estavam vivas quando foram devoradas.

Dobro o corpo para frente e, sentindo uma imensa repulsa, vomito toda a ração de gato.

Durante todo o tempo, um homem de meia-idade, de lentes grossas, chora debaixo da árvore onde estão as meninas. É um sujeito magrinho, daqueles que devem ter sofrido um bocado de rejeição no ensino médio. Todo o seu corpo treme com os soluços. Uma mulher com olhos vermelhos está abraçada a ele.

— Foi um acidente — diz ela, esfregando a mão nas costas do homem para acalmá-lo.

— Não foi acidente — diz o homem.

— A gente não pretendia.

— Não significa que está tudo bem.

— Claro que não está tudo bem — diz ela. — Mas vamos conseguir superar. Todos nós.

— Quem é pior? Ele ou nós?

— A culpa não é dele — a mulher fala. — Ele não pôde evitar, é a vítima, não o monstro.

— Precisamos acabar com ele — o homem afirma. Outro soluço lhe escapa da garganta.

— Você abriria mão dele, simples assim? — A expressão da mulher se torna feroz, e ela se afasta.

O homem parece ainda mais desolado agora que não pode se apoiar nela. Mas a raiva o deixa com as costas rígidas. Ele ergue os braços em direção às meninas penduradas.

— Nós demos garotinhas para ele se alimentar!

— Ele só é doente, só isso. Precisamos fazê-lo melhorar.

— Como? — Ele se agacha para olhar intensamente nos olhos dela. — O que vamos fazer? Levá-lo para o hospital?

Ela coloca as mãos no rosto do homem.

— Quando o trouxermos de volta, vamos saber o que fazer. Confie em mim.

Ele vira o rosto.

— Fomos longe demais. Ele não é mais o nosso menino. É um monstro. Todos nós viramos uns monstros.

Ela ergue a mão e dá um tapa no homem. O estalo é alarmante como um tiro.

Eles seguem a discussão, ignorando-nos completamente, como se qualquer perigo que pudéssemos oferecer fosse muito irrelevante se comparado àquilo com que estão lidando e como se não valesse a energia de notar nossa presença. Não sei exatamente do que estão falando, mas suspeitas sinistras espreitam minha mente.

Raffe agarra meu cotovelo e me leva colina abaixo, por entre os loucos e as meninas meio devoradas, penduradas grotescamente na árvore.

Eu me sinto nauseada novamente, mas aguento firme e forço os pés a seguirem Raffe.

Mantenho os olhos no chão, nos pés dele, tentando não pensar no que nos aguarda no topo da colina. Capto um leve odor que faz meu estômago se apertar de um jeito familiar. Olho em volta, tentando localizar o cheiro. É o fedor sulfuroso de ovos podres. O olfato me guia a dois ovos aconchegados nas folhas mortas. Estão rachados em vários lugares, de onde posso ver a gema marrom. A mancha rosa desbotada ainda aparece na casca que alguém pintou há muito tempo.

Olho colina acima. Daqui, tenho uma vista perfeita das meninas penduradas entre as árvores.

Se minha mãe colocou os ovos aqui como um talismã protetor para nós, ou se está brincando com o tipo de fantasia que a velha imprensa teria anunciado com: "Foi o demônio quem mandou", nunca vou saber. As duas são igualmente possíveis agora que ela não toma mais nenhum remédio.

Meu estômago se aperta e me dobro de novo com os espasmos de fome.

Sinto a mão quente no meu ombro, e uma garrafa de água é colocada na minha frente. Tomo um gole, faço bochecho e cuspo. A água cai nos ovos, fazendo-os tombar com a força da minha cusparada. De um ovo vaza uma gema escura pela lateral, como sangue pisado. O outro vai girando pela colina até parar em uma raiz de árvore, com a mancha cor-de-rosa escurecida pela umidade, como se corada pela culpa.

Um braço quente envolve meu ombro e me ajuda a levantar.

— Vem — diz Raffe. — Vamos.

Nós nos afastamos dos ovos e das meninas penduradas.

Apoio o corpo na força dele até perceber o que estou fazendo. Recuo abruptamente. Não posso me dar ao luxo de me apoiar na força de ninguém, muito menos na de um anjo.

Meus ombros ficam frios e vulneráveis assim que o calor dele se vai.

Mordo a bochecha por dentro, dando-me algo mais exigente para sentir.

25

— O QUE VOCÊ ACHA QUE ELES estavam fazendo? — pergunto.

Raffe dá de ombros.

— Acha que eles estavam alimentando os demônios?

— Talvez.

— Por que fariam aquilo?

— Desisti de tentar encontrar sentido nos humanos.

— Não somos todos assim, sabia? — Não sei por que sinto necessidade de justificar nosso comportamento para um anjo.

Ele apenas me lança um olhar compreensivo e continua andando.

— Se vocês já tivessem visto a gente antes do ataque, saberiam — digo, teimosa.

— Eu sei — responde ele, sem nem olhar.

— Como você sabe?

— Eu via tevê.

Solto uma risada, mas então percebo que ele não está brincando.

— Sério?

— Todo mundo não assiste?

Acho que sim. Ficava de graça no ar. Tudo o que eles teriam de fazer era captar o sinal e ficar sabendo tudo sobre nós. A tevê também não era exatamente um manifesto de realidade, mas era um reflexo de nossas maiores esperanças e de nossos piores medos. O que será que os anjos pensam de nós? Se é que pensam em nós.

Queria saber o que Raffe faz no tempo livre, fora ver tevê. É difícil imaginá-lo sentado no sofá depois de um dia difícil de guerra, assistindo a programas de tevê sobre humanos para relaxar. Como é sua vida doméstica?

— Você é casado? — Arrependo-me no mesmo instante de ter feito a pergunta, assim que ela conjura uma imagem de Raffe com uma esposa angélica dolorosamente linda e pequenos querubins correndo entre as colunas gregas de uma propriedade.

Ele para a caminhada e me fulmina com o olhar, como se eu tivesse acabado de dizer algo totalmente fora de propósito.

— Não deixe minha aparência te enganar, Penryn. Não sou humano. As filhas dos homens são proibidas para os anjos.

— E as filhas das mulheres? — Tento um sorriso atrevido, mas ele some.

— É um assunto sério. Você não conhece sua história religiosa?

A maior parte do que sei sobre religião foi ensinada pela minha mãe. Penso em todas as vezes que ela rezou em línguas no meio da noite no meu quarto. Ela vinha tanto durante o meu sono, que eu adquiri o hábito de dormir de costas para a parede para poder vê-la se aproximar, sem que ela soubesse que eu estava acordada.

Ela se sentava no chão ao lado da cama, oscilava o corpo para frente e para trás num estado de transe, agarrada à Bíblia, e falava em línguas durante horas. Os ruídos guturais e sem sentido tinham a cadência de um cântico raivoso. Ou de um feitiço.

Coisa muito assustadora quando a gente está deitada no escuro e, geralmente, dormindo. Basicamente é essa minha educação religiosa.

— Hum, não — respondo. — Não se pode dizer que sei muito sobre história religiosa.

Ele começa a andar de novo.

— Um grupo de anjos chamado vigias estava sobre a Terra para observar os humanos. Ao longo do tempo, eles se sentiram solitários e escolheram esposas humanas, sabendo que não deveriam. Os filhos foram chamados de nefilins. E eram aberrações. Alimentavam-se de humanos, bebiam sangue e aterrorizavam a Terra. Por tudo isso, os vigias foram condenados ao abismo até o dia do Juízo Final.

Ele dá vários passos em silêncio, como se ponderasse sobre me contar mais. Aguardo, na esperança de ouvir o máximo sobre o mundo dos anjos, mesmo que seja história antiga.

O silêncio é pesado. Há mais nessa história do que ele está me contando.

— Então — pressiono. — Resumindo, os anjos não têm permissão para se envolver com os humanos? Senão vão ser castigados?

— Exato.

— Que cruel. — Estou surpresa de ter compaixão pelos anjos, mesmo os das histórias antigas.

— Se você acha que é ruim, devia ver a punição das esposas.

A afirmação é quase como se ele me convidasse a perguntar. Aqui está minha chance de descobrir mais, mas me dou conta de que, na verdade, não quero conhecer a punição de me apaixonar por um anjo. Em vez disso, observo o macarrão instantâneo seco se quebrar debaixo dos meus pés quando andamos.

A SKYLINE BOULEVARD ACABA abruptamente na Highway 92, e seguimos pela Freeway 280, para o norte, uma área antigamente muito povoada ao sul de San Francisco. Essa é a principal artéria de entrada na cidade, por isso não deveria ser surpresa ouvir um caminhão de obras na estrada abaixo de nós. Mas é.

Faz quase um mês que ouvi um carro se movendo. Há muitos carros funcionando, gasolina suficiente, mas não imaginei que ainda existissem ruas livres. Ficamos agachados nos arbustos e verificamos a estrada. O vento penetra meu moletom e solta mechas do meu rabo de cavalo.

Abaixo de nós, um Hummer preto entra e sai de vista, seguindo um caminho liberado entre os carros amontoados. Ele para por um instante. Se ele desligasse o motor, a gente nunca o diferenciaria dos milhares de outros carros abandonados nas ruas; mas, quando ele estava em movimento, pude ver o caminho limpo que ele seguia entre os carros. Agora, porém, vejo que o caminho oscila e até segue em sentido contrário para esconder que é, de fato, um caminho.

Agora que o Hummer parou, o caminho está bloqueado e seria muito difícil ver a trilha, a menos que a pessoa já a conhecesse. O Hummer é apenas mais um em um mar de carros vazios, o caminho é apenas um padrão qualquer de espaços entre um labirinto infinito. Do chão, provavelmente dá para ver o motorista e os passageiros, mas, do ar, não dá para saber. Esses caras estão se camuflando contra os anjos.

— Homens do Obi — diz Raffe, chegando à mesma conclusão que eu. — Inteligente — ele conclui com certo respeito na voz.

É inteligente. As estradas são o caminho mais direto para chegar a qualquer lugar. O Hummer desliga o motor e, efetivamente, desaparece no meio do cenário. Um instante depois, Raffe aponta. Minúsculos pontinhos mancham o céu que, de outra forma, estaria limpo. Os pontos avançam depressa e logo se transformam em um esquadrão de anjos voando numa formação em v. Fazem um rasante pela rodovia como se em busca de presas.

Prendo a respiração e me agacho nos arbustos, me perguntando se Raffe vai tentar chamar a atenção. Percebo mais uma vez como sei pouco sobre os anjos. Não faço a menor ideia se Raffe quer chamar a atenção desse novo grupo. Como ele pode saber se os recém-chegados são hostis?

Se eu conseguir mesmo me infiltrar na toca dos anjos, como vou saber quem levou minha irmã? Se eu soubesse alguma coisa sobre eles, como os nomes, a identificação da unidade, eu teria um ponto de partida. Sem perceber, presumi que os anjos formavam uma pequena comunidade, talvez um pouco maior que o acampamento de Obi. Eu imaginei vagamente que, se eu conseguisse encontrar o ninho da águia, poderia observar e descobrir o que fazer dali em diante.

Pela primeira vez, ocorre-me que tudo isso poderia ser muito maior. Grande o bastante para Raffe não identificar se esses anjos eram amigos ou inimigos. Grande o bastante para existirem facções mortíferas em suas fileiras. Se eu entrasse num acampamento do tamanho de um exército invasor romano, conseguiria simplesmente descobrir onde eles esconderam Paige e ir embora com ela sem me preocupar com mais nada?

Ao meu lado, os músculos de Raffe relaxam, e ele se encolhe ainda mais no chão. Ele decidiu não chamar a atenção dos anjos. Não sei se isso significa que os identificou como hostis, ou se apenas não identificou nada neles.

De qualquer forma, o fato me diz que os anjos inimigos de Raffe são mais ameaçadores que os riscos que ele corre em terra. Se ele encontrasse anjos amigos, eles poderiam carregá-lo para onde quer que ele precisasse ir e obter cuidados médicos muito mais depressa. Por isso, se Raffe deixou a chance passar, a ameaça deve ser séria.

Os anjos dão meia-volta e passam sobre o mar de carros uma vez mais, como se farejassem presas.

Mal consigo avistar o Hummer outra vez, mesmo que eu saiba onde parou. Os homens de Obi sabem muito bem se camuflar.

Que missão será que os faz arriscar serem capturados na estrada? Não podemos ser nós. Não valemos o risco, pelo menos não que eles saibam. Portanto, devem achar que existe alguma coisa importante perto ou na cidade. Talvez uma missão de reconhecimento?

Seja lá o que os anjos estejam procurando, não encontram. Levantam voo e desaparecem no horizonte. O ar que passa depressa por seus ouvidos deve abafar a audição. Talvez seja esse o motivo de o sentido precisar ser tão aguçado.

Solto um longo suspiro. O Hummer lá embaixo finalmente dá a partida e volta a serpentear rumo ao norte, em direção à cidade.

— Como eles sabiam que os anjos estavam vindo? — ele pergunta, quase para si mesmo.

Dou de ombros. Eu poderia arriscar alguns palpites, mas não vejo motivo nenhum para compartilhar com Raffe. Somos macacos velhos, especialmente no que diz respeito à sobrevivência. E o Vale do Silício tem alguns dos macacos mais astutos e inovadores do mundo. Mesmo que eu tenha fugido do acampamento de Obi, sinto uma pontada de orgulho pelo que o nosso lado está fazendo.

Raffe me observa com atenção, e eu me pergunto até que ponto o que estou pensando está estampado em meu rosto.

— Por que você não os chamou? — pergunto.

É a vez dele de encolher os ombros.

— Você podia receber cuidados médicos bem rápido — acrescento.

Ele se levanta do chão e sacode a poeira da roupa.

— Sim. Ou podia me entregar de bandeja nas mãos dos meus inimigos.

Ele começa a andar novamente mais ou menos na mesma direção da estrada. Eu o sigo imediatamente atrás.

— Você os reconheceu? — Tento manter o tom casual. Queria poder simplesmente fazer uma pergunta direta sobre quantos eles são, mas não é algo que ele poderia responder sem trair segredos militares.

Raffe sacode a cabeça, mas não diz nada.

— Não, você não os reconheceu? Ou não, você não conseguiu vê-los direito para reconhecer?

Ele para e fisga o resto de ração de gato na mochila.

— Aqui. Por favor, enfia isso aqui na boca. Pode ficar com a minha parte.

Bela escavação de respostas. Acho que eu nunca vou ser uma mestre-espiã como Tweedledee e Tweedledum.

26

— VOCÊ SABE DIRIGIR UM NEGÓCIO DESSES? — Raffe pergunta, apontando para a estrada.

— Sei — respondo devagar.

— Vamos. — Ele vira e começa a descer a colina, rumo à estrada.

— Hum, não é perigoso?

— É improvável que existam duas unidades voando na mesma direção sem uma hora ou duas de intervalo. Assim que estivermos na estrada, vamos estar mais seguros contra os macacos da rua. Os anjos acham que somos gente do Obi, bem armados e bem alimentados demais para atacar.

— Não somos macacos. — Eu não tinha acabado de pensar que éramos macacos velhos? Então por que dói que ele tenha me chamado de macaco?

Ele me ignora e continua andando.

O que eu esperava? Uma desculpa? Deixo passar e o sigo pela rodovia.

Assim que entramos no asfalto, Raffe agarra meu braço e se abaixa atrás de uma van. Fico agachada ao lado dele, apurando os ouvidos para o que ele ouve. Depois de um minuto, ouço um carro vindo até nós. Outro? Qual é a chance de outro carro calhar de estar na mesma estrada apenas dez minutos depois do primeiro?

É uma caminhonete preta, com capota sobre a caçamba. Seja lá o que estiver ali é grande, volumoso e, de alguma forma, intimidador. Ela se parece muito com a caminhonete que eles encheram de explosivos ontem. Passa roncando ao nosso lado, devagar e cheia de propósito, rumo à cidade.

Uma caravana. É uma caravana bem espaçada, mas aposto o conteúdo da minha mochila que há mais carros na frente e atrás. Eles se espalharam para chamar menos atenção. O Hummer provavelmente sabia sobre os anjos que voavam na direção deles porque receberam a informação dos carros da frente. Mesmo que o primeiro fosse capturado, o resto da caravana ficaria em segurança. Meu respeito pelo grupo de Obi ganha mais um ponto.

Quando o som do motor desaparece, saímos do nosso esconderijo atrás da van e começamos a procurar nosso carro. Eu preferiria dirigir um carro discreto e econômico, que não fizesse muito barulho e não ficasse sem combustível. Mas seria o último carro que os homens de Obi dirigiriam, por isso começamos a procurar entre a grande seleção de SUVs robustos na estrada.

A maioria dos carros não está com a chave no contato. Mesmo no fim do mundo, quando uma caixa de biscoitos salgados vale mais que um Mercedes, pessoas ainda levam as chaves consigo ao abandonarem os carros. Força do hábito, imagino.

Depois de procurar numa meia dúzia, encontramos um SUV preto com janelas escuras e com as chaves no banco do motorista. Ele deve ter tirado as chaves, depois pensou melhor sobre levar o metal inútil com ele na estrada. Tem quase um quarto do tanque cheio. Deve durar pelo menos até chegarmos a San Francisco, considerando que a estrada esteja livre por todo esse caminho. Se bem que não é suficiente para nos levar de volta.

De volta? De volta para onde?

Silencio a voz em minha cabeça e entro no veículo. Raffe sobe no banco do passageiro. O motor pega na primeira tentativa e começamos a serpentear pela 280, seguindo para o norte.

Nunca pensei que andar a trinta quilômetros por hora pudesse ser tão empolgante. Meu coração bate forte enquanto agarro o volante como se fosse voar e sair de controle a qualquer segundo. Não consigo ver todos os obstáculos da estrada e ainda vigiar possíveis agressores. Lanço um rápido olhar para Raffe. Ele faz uma varredura dos arredores, incluindo nos espelhos laterais, e relaxo um pouco.

— Então, aonde estamos indo exatamente? — Não sou uma especialista na planta da cidade, mas já estive lá várias vezes, por isso tenho uma ideia geral de onde ficam os bairros.

— Distrito financeiro. — Ele conhece a área a ponto de identificar os distritos da cidade. Penso brevemente no assunto, mas deixo passar. Suspeito de que ele está por aí há muito mais tempo do que eu para explorar o mundo.

— Acho que a rodovia passa por lá, ou pelo menos perto. Isso considerando que vai estar limpa durante todo o caminho, o que eu duvido.

— Existe ordem perto do ninho da águia. As estradas devem estar livres.

Lanço um olhar afiado para ele.

— Como assim, ordem?

— Vão ter guardas na estrada perto do ninho da águia. Antes de chegarmos lá, temos que nos preparar.

— Preparar? Como?

— Dentro da última casa, encontrei uma coisa para você vestir. E também vou precisar mudar minha aparência. Deixe os detalhes por minha conta. Passar pelos guardas vai ser fácil.

— Ótimo. E depois?

— Depois vai ser a hora da festa no ninho da águia.

— Você é cheio de informações, não é? Eu não vou, a menos que saiba onde estou entrando.

— Então não vá. — O tom não demonstra irritação, mas o significado é claro.

Agarro o volante tão forte que fico surpresa por não o amassar.

Não é segredo que somos apenas aliados temporários. Nenhum de nós está fingindo que essa é uma parceria duradoura. Eu o ajudo a chegar em casa com as asas, ele me ajuda a encontrar minha irmã. Depois disso, vou estar à minha própria sorte. Sei disso. Nunca, nem por um momento, esqueci.

Mas, depois de apenas alguns dias tendo alguém me dando cobertura, o pensamento de ficar sozinha de novo é... solitário.

Arranco a porta aberta de uma caminhonete.

— Achei que você tinha dito que sabia dirigir essa coisa.

Percebo que estava pisando no acelerador. Estamos trançando de um jeito bêbado a pouco mais de sessenta quilômetros por hora. Reduzo para trinta quilômetros por hora e forço meus dedos a relaxarem.

— Deixa que eu dirijo e eu deixo você planejar. — Ainda tenho de respirar fundo quando digo isso. Por todo esse tempo, fiquei zangada com meu pai por me deixar sozinha para tomar todas as decisões. Mas, agora que o Raffe está assumindo a liderança e insistindo que eu o siga cegamente, sinto meu estômago revirar.

Aqui e ali, vemos um pessoal maltrapilho na beira da estrada. Todos se escondem assim que veem nosso carro. A forma como nos encaram, como se escondem, como seus rostos sujos e furtivos nos espiam com curiosidade me traz à mente a palavra odiada: "macaco". Foi nisso que os anjos nos transformaram.

À medida que nos aproximamos da cidade, vemos mais gente. O caminho é menos sinuoso.

Chega um ponto em que a estrada está, na maior parte, livre dos veículos, embora não das pessoas. Todo mundo ainda olha para o nosso carro, mas há menos interesse, como se um carro andando nas ruas seja algo que veem regularmente. Quanto mais perto chegamos do nosso destino, mais pessoas caminham pela estrada. Elas olham em volta, cautelosas, a cada som e movimento, mas estão em terreno aberto.

Assim que entramos na cidade, os danos estão em toda parte. San Francisco está arrasada, a exemplo de muitas outras cidades. Parece um pesadelo pós-apocalíptico ainda em chamas, saído de algum blockbuster hollywoodiano.

Vejo a Bay Bridge de relance. Parece um risco cruzando a água com alguns nacos faltando no meio. Já vi fotos da cidade depois do grande terremoto de 1906. A devastação era tão alarmante que sempre achei difícil imaginar como deve ter sido.

Não preciso mais tentar.

Blocos inteiros viraram escombros carbonizados. As primeiras chuvas de meteoros, terremotos e tsunamis causaram apenas parte do dano. San Francisco era uma cidade que tinha filas e filas de casas e prédios construídos tão próximos uns dos outros que não dava para enfiar uma folha de papel entre eles. Canos de gás explodiram e causaram incêndios que queimaram sem controle. O céu sufocou com fumaça tingida de sangue durante dias.

Agora, tudo o que sobrou são os esqueletos dos arranha-céus, uma ou outra igreja de tijolos, muitos pilares nus.

Uma placa proclama que "Deu amor". É difícil dizer o que ela anunciava, porque está tudo chamuscado em volta das palavras, assim como sobre as duas letras que faltam no meio. Imagino que dizia "Deus é amor". O edifício destruído atrás parece que foi derretido, como se ainda sofresse os efeitos de um incêndio interminável, mesmo agora, debaixo de um estranho céu azul.

— Como isso é possível? — Nem sequer percebo que falei em voz alta até ouvir minha voz sufocada pelas lágrimas. — Como vocês podem ter feito isso?

Minha pergunta soa pessoal e talvez seja. Até onde eu sei, ele pode ter sido pessoalmente responsável pela ruína ao meu redor.

Raffe fica em silêncio pelo resto do caminho.

No meio desse cemitério a céu aberto, alguns blocos do distrito financeiro continuam altos e brilhantes sob o sol. Parecem ter ficado quase completamente intactos. Para meu absoluto espanto, há um acampamento improvisado na área da cidade que costumava ser o bairro de South of Market, nos arredores da parte não danificada do distrito financeiro.

Passo ao largo de outro carro, supondo que está quebrado, até que de repente ele anda com um solavanco. Piso com tudo no freio. O outro motorista me lança um olhar feio ao passar por mim. Parece ter uns dez anos de idade e mal tem altura para enxergar sobre o painel.

O acampamento é pouco mais que uma favela, do tipo que costumávamos ver nos noticiários, onde os refugiados se amontoavam aos milhares depois de um desastre. As pessoas — embora não estejam comendo umas às outras, até onde eu sei — parecem famintas e desesperadas. Tocam as janelas do carro como se tivéssemos riquezas escondidas que pudéssemos compartilhar com elas.

— Pare o carro ali. — Raffe aponta para uma área onde há um monte de veículos empilhados e espalhados no que antes era um estacionamento. Dirijo até lá e estaciono. — Desligue o motor. Tranque as portas e preste atenção até que se esqueçam de nós.

— Eles vão se esquecer de nós? — pergunto, observando alguns rapazes de rua subindo no capô do veículo e se acomodando no calor do nosso carro.

— Muita gente dorme dentro dos carros. É provável que não façam nada até acharem que estamos dormindo.

— Vamos dormir aqui? — A última coisa que tenho vontade de fazer com toda essa adrenalina correndo nas veias é dormir debaixo de vidro, cercado de gente desesperada.

— Não. Vamos trocar de roupa aqui.

Ele estende o corpo para o banco de trás, pega a mochila e tira um vestido escarlate de festa. É tão pequeno que, no começo, penso que é uma echarpe. É o tipo de vestidinho minúsculo e sensual que peguei emprestado uma vez da minha amiga Lisa quando ela me convenceu a ir para a balada. Ela tinha carteiras de identidade falsificadas para nós duas, e teria sido uma noite divertida, se ela não tivesse ficado bêbada, ido embora com um universitário e me deixado sozinha para voltar para casa.

— Para que serve isso? — De alguma forma, não achei que ele tivesse uma balada em mente.

— Veste. E capricha. É nosso bilhete de entrada. — Talvez ele tivesse uma balada em mente.

— Você não vai para casa com uma universitária bêbada, vai?

— Quê?

— Nada não. — Pego o tecido minúsculo, assim como as sandálias de tirinhas combinando e, para minha surpresa, uma meia-calça de seda. Seja lá o que Raffe sabe sobre os humanos, roupas femininas não fazem parte disso. Disparo um olhar afiado para ele, querendo saber onde foi que ele se tornou especialista no assunto. Raffe retribui com outro olhar frio e não me diz nada.

Não tem nenhum lugar onde eu possa trocar de roupa, longe dos olhos bisbilhoteiros dos garotos sem-teto que estão sobre o capô do carro. Engraçado... Ainda penso em homens assim como sem-teto, mesmo que nenhum de nós tenha mais um teto. Provavelmente eram hippies de South of Market antigamente. "Antigamente" é apenas questão de meses.

Por sorte, toda garota sabe como se trocar em público. Ponho o vestido sobre a cabeça e por baixo do moletom. Tiro os braços das mangas do moletom e arrumo de um jeito que a blusa funcione como cortina personalizada. Depois puxo o vestido até as coxas e tiro as botas e o jeans.

A barra não desce tanto quanto eu gostaria, e eu a puxo para tentar ficar mais recatada. Minhas coxas estão muito à mostra, e o último lugar onde eu queria chamar atenção é aqui, cercada por homens sem lei, em circunstâncias desesperadas.

Ansiosa, olho para Raffe, e ele diz:

— É o único jeito. — Percebo que ele também não gosta.

Não quero tirar o moletom porque posso sentir como o vestido é minúsculo. Numa festa em um mundo civilizado, eu poderia ficar confortável com ele. Poderia ficar até animada com sua beleza, embora não tenha ideia se é bonito ou não, já que eu mesma não consigo ver. Percebo, entretanto, que pode ser um número menor do que eu usaria, porque está apertado. Não sei se era para ser tão apertado assim, mas isso só aumenta a sensação de estar nua na frente dos selvagens.

Raffe não se preocupa nem um pouco em tirar a roupa na frente de estranhos. Ele tira a camiseta e a calça cargo para abotoar uma camisa social branca e uma calça preta. Mais do que qualquer coisa, é a sensação de que estou sendo observada que me faz não o observar descaradamente. Não tenho irmãos, e nunca vi um cara tirar a roupa antes. É natural ter o impulso de olhar, não é?

Em vez de olhar para ele, baixo os olhos desolados para os sapatos de tiras. Têm o mesmo tom escarlate do vestido, como se a dona anterior tivesse mandado fazer um para combinar com o outro. Os saltos altos e finos são próprios para acentuar as pernas quando a mulher as cruza.

— Não consigo correr nisso aqui.

— Não vai ser necessário, se tudo sair de acordo com o plano.

— Ótimo. Porque as coisas sempre saem de acordo com o plano.

— Se as coisas derem errado, correr não vai te ajudar.

— Tudo bem. Também não consigo lutar com isso aqui.

— Eu te trouxe aqui. Vou te proteger.

Estou tentada a lembrá-lo que fui eu quem o arrastou da rua como um animal atropelado.

— Esse é mesmo o único jeito?

— É.

Suspiro. Calço as inúteis sandálias de tiras e espero não quebrar o tornozelo tentando andar com elas. Tiro o moletom e baixo o quebra-sol do carro para ter acesso ao espelho. O vestido é tão apertado quanto achei que seria, mas ficou melhor do que eu pensava.

Por outro lado, meu cabelo e meu rosto ficariam melhor num roupão surrado. Passo os dedos entre as mechas de cabelo. Estão oleosas e embaraçadas. Meus lábios estão rachados e descascando, e minhas bochechas estão queimadas de sol. Meu maxilar está da cor de uma manga por causa do hematoma que Boden me causou durante nossa briga. Pelo menos as ervilhas congeladas controlaram o inchaço.

— Aqui — diz ele, abrindo a mochila. — Eu não sabia do que você ia precisar, por isso peguei algumas coisas no armário do banheiro. — Ele tira um casaco de smoking da mochila antes de me passar um pacote.

Eu o observo olhar o casaco e me pergunto o que ele pode estar pensando que o deixa tão sombrio. Depois viro para fuçar no pacote.

Encontro uma escova de cabelo para me pentear. Meu cabelo está tão oleoso que, na verdade, ficou mais fácil de arrumar, embora eu não fique feliz com o resultado. Também tem um creme que passo no rosto, nos lábios, nas mãos e nas pernas. Quero tirar a pele ressecada dos lábios, mas sei por experiência própria que, se eu fizer isso, vai sangrar, portanto deixo como está.

Passo batom e rímel. O batom é um tom de rosa néon e o rímel é azul. Não são minhas cores usuais, mas, combinadas ao vestido apertado, com certeza me deixam vulgar, o que, imagino, é exatamente o que estamos procurando aqui. Não há sombra para os olhos, por isso esfumo um pouquinho de rímel nas pálpebras para ficar mais sexy. Pego um pouco de base e passo no maxilar. Está dolorido, as partes que mais precisam de maquiagem são as mais sensíveis. É melhor que isso valha a pena.

Quando termino, noto que os caras no capô estão me observando passar maquiagem. Olho para Raffe. Ele está ocupado usando uma corda para enrolar uma geringonça estranha que envolve sua mochila, as asas e algumas tiras.

— O que você está fazendo?

— Fazendo um... — Ele ergue os olhos e me vê.

Não sei se ele notou quando tirei o moletom, mas imagino que estava ocupado naquela hora, porque me olha agora com surpresa. Suas pupilas ficam dilatadas. Seus lábios se separam quando ele esquece momentaneamente de controlar a expressão. Posso jurar que ele para de respirar por vários instantes.

— Fazendo parecer que estou com as asas nas costas — ele diz suavemente. As palavras saem baixas e aveludadas, como se ele dissesse algo pessoal e me fizesse um elogio carinhoso.

Mordo o lábio, me concentrando no fato de que na verdade ele acabou de dar uma resposta direta à minha pergunta. Ele não pode fazer nada se tem uma voz sexy hipnotizante.

— Não posso ir aonde preciso se acharem que sou humano. — Ele baixa os olhos e prende uma tira ao redor da base de uma das asas.

Em seguida coloca a mochila vazia com as asas amarradas a ela sobre as costas.

— Me ajuda a vestir o casaco.

Ele cortou duas fendas paralelas para as asas aparecerem.

Certo. O casaco. As asas.

— As asas têm que ficar para fora?

— Não, só garanta que as alças e a mochila estejam cobertas.

As asas parecem presas firmemente na mochila. Arrumo com cuidado a geringonça para as penas de fora cobrirem as cordas. As penas ainda são vibrantes e vivas ao toque, embora pareçam um pouco murchas se comparadas a alguns dias atrás. Resisto ao impulso de alisá-las, mesmo que ele não possa senti-las. As asas se modelam à mochila vazia como se modelariam às costas dele. Para asas de envergadura enorme como essas, é incrível como ficam compactas em suas costas, quando estão fechadas. Certa vez vi um saco de dormir de dois metros e dez se compactar num cubinho e não foi uma mudança de volume tão impressionante quanto essa.

Dou uma franzida no tecido do casaco dos dois lados de fora das asas. As penas brancas como a neve espiam pelas duas fendas no tecido escuro, sem nenhum sinal da mochila ou das alças. O casaco é grande o suficiente para que ele pareça apenas um pouco troncudo. Não tanto a ponto de chamar a atenção, a menos que esteja familiarizado com sua silhueta.

Ele se inclina para frente para não amassar as asas no encosto do assento.

— Como ficou? — Seus ombros belamente largos e a linha suave de suas costas agora estão acentuados pelas asas. Ao redor do pescoço, uma gravata-borboleta prateada com divertidas curvas vermelhas combina com o meu vestido. Também combina com a faixa na cintura. Exceto por uma manchinha de sujeira no queixo, ele parece ter acabado de sair de uma revista de Hollywood.

O formato das suas costas parece certo para um casaco que não foi feito sob medida para asas. Tenho um flash da magnitude das asas brancas como a neve abrindo-se atrás dele quando enfrentou os inimigos, e o vi pela primeira vez. Sinto um pouco do que a perda deve significar para ele.

Faço que sim.

— Ficou bom. A aparência está certa.

Ele ergue os olhos e encontra os meus. Nos dele, vejo um toque de gratidão, de perda, de preocupação.

— Não que... você não parecesse certo antes. Quer dizer, você sempre está... magnífico. — Magnífico? Quase reviro os olhos. Que idiota. Não sei por que eu disse isso. Pigarreio. — Podemos ir?

Ele faz que sim, tentando esconder o sorriso brincalhão, mas eu o vejo em seus olhos.

— Dirija passando por aquele grupo de pessoas e vá até o posto de verificação. — Ele aponta para a esquerda, para o que parece ser um mercado que distribui coisas de graça, com um monte de gente em volta. — Quando os guardas te pararem, diga que você quer ir para o ninho da águia. Fala que você ouviu que às vezes eles deixam mulheres entrarem.

Ele vai para o banco de trás e se agacha nas sombras, depois se cobre com o cobertor velho que usei para guardar as asas.

— Não estou aqui — diz.

— Então... me explica de novo por que você está escondido em vez de simplesmente atravessar o portão comigo?

— Anjos não passam pelo posto de verificação. Eles voam diretamente para o ninho da águia.

— Você não pode dizer que está ferido?

— Você parece uma garotinha exigindo respostas durante uma missão secreta. "Por que o céu é azul, papai? Posso perguntar para aquele homem com a metralhadora onde fica o banheiro?" Se não ficar quieta, vou ter que te dispensar. Você precisa fazer o que eu digo, sem perguntas. Se não gostar, arrume outra pessoa para amolar e convencer a te ajudar.

— Tudo bem, tudo bem. Entendi. Nossa, tem gente que é tão ranzinza.

Dou partida no motor e saio da vaga bem devagar. Os sem-teto resmungam, e um deles bate no capô com o punho fechado ao descer.

27

DIRIJO PELA MULTIDÃO NA Montgomery Street mais devagar do que se eu fosse a pé. Relutantes, as pessoas saem do caminho após me lançar olhares avaliadores. Verifico as portas novamente para garantir que estão trancadas. Não que as travas impedissem alguma coisa, caso quisessem quebrar as janelas.

Por sorte, não somos os únicos de carro ali. Há uma pequena fileira de automóveis esperando no posto de verificação, cercada por uma multidão de gente a pé. Pelo visto, estão todos esperando para entrar. Eu me afasto o máximo possível e paro no final da fila.

Estranhamente, há muitas mulheres querendo entrar. Estão limpas e vestidas como se fossem a uma festa. Mulheres de salto alto e vestidos de seda entre os homens maltrapilhos, e todos se comportam como se fosse normal.

O posto de verificação é uma abertura numa cerca de arame alto que bloqueia as ruas ao redor do distrito financeiro. Com o que sobrou do distrito, não seria muito difícil separá-lo permanentemente pela cerca. Mas essa cerca é temporária, feita de painéis independentes, ligados entre si, mas que não estão acoplados ao asfalto.

Não seria preciso uma grande multidão para empurrá-la e passar por cima. Mesmo assim, a fronteira é respeitada como se fosse eletrificada.

Então vejo que é, de certa forma.

Humanos patrulham a cerca pelo lado de dentro e espetam um bastão de metal sempre que alguém tenta chegar muito perto. Quando alguém é atingido, um zumbido ecoa ao mesmo tempo que brilha uma faísca azul. Eles operam um tipo de bastão elétrico utilizado no manejo de gado para impedir que as pessoas se aproximem. Com seus bastões, todos os homens, à exceção de um, têm cara fechada e não mostram nenhuma emoção enquanto patrulham e, ocasionalmente, espetam.

A mulher com o bastão é a minha mãe.

Bato a cabeça no volante quando a vejo, mas isso não diminui em nada o modo como me sinto.

— O que foi? — pergunta Raffe.

— Minha mãe está aqui.

— Isso é um problema?

— Provavelmente sim. — Sigo em frente alguns metros quando a fila anda.

Minha mãe se envolve mais emocionalmente com a tarefa do que seus colegas. Ela estende o braço ao máximo que a cerca permite para atingir todos que alcança. Em determinado momento, ela até ri quando dispara um choque num homem até ele cambalear para longe do alcance dela. Ela olha para todo mundo como se estivesse gostando de machucar as pessoas.

Ainda que não pareça, reconheço o medo em minha mãe quando a vejo. Se alguém que não a conhece a visse, pensaria que seu entusiasmo vem da maldade, mas é bem provável que ela nem reconheça as vítimas como pessoas.

Provavelmente ela pensa que está presa numa gaiola no inferno, cercada de monstros. Talvez como pagamento por um acordo feito com o diabo. Talvez só porque o mundo conspira contra ela. Minha mãe deve pensar que as pessoas que se aproximam da cerca, na verdade, são monstros disfarçados rondando sua gaiola. Que alguém milagrosamente lhe deu uma arma para manter esses monstros sob controle, então está usando essa chance rara de enfrentar os inimigos.

— Como ela acabou aqui? — pergunto em voz alta.

Suas faces e seu cabelo oleoso estão manchados de terra. As roupas estão rasgadas nos cotovelos e joelhos. Sua aparência é de alguém que dormiu no chão, mas ela parece saudável e alimentada, com as bochechas coradas.

— Todo mundo na estrada acaba aqui se não morre antes.

— Como?

— Não faço ideia. Vocês, humanos, sempre tiveram um tipo de instinto de grupo que parece unir vocês. E esse é o maior rebanho até agora.

— Cidade. Não rebanho. Cidades são para pessoas. Rebanhos são para animais.

Como resposta, ele ri.

Deve ser melhor deixá-la ali do que levá-la comigo para dentro do ninho da águia. É difícil me manter firme com minha mãe por perto, poderia custar a vida de Paige. Não há muito o que fazer para aliviar o tormento quando ela está desse jeito. As pessoas vão acabar aprendendo a ficar longe enquanto ela estiver patrulhando a cerca. Ela está mais segura aqui. Todos estamos mais seguros com ela aqui. Por enquanto.

Minhas justificativas não aliviam a culpa por deixá-la, mas também não consigo pensar numa solução melhor.

Afasto o olhar para longe dela e tento me focar nos arredores. Não posso me distrair se pretendemos continuar vivos.

À frente, a multidão começa a mostrar um padrão. Mulheres e moças jovens, todas vestidas e arrumadas com suas melhores roupas, amontoam-se junto à cerca, na tentativa de chamar a atenção dos guardas. Muitas garotas estão cercadas por pessoas mais velhas. As mulheres geralmente ficam ao lado dos homens, às vezes com os filhos.

Os guardas negam passagem a praticamente todo mundo que pede entrada. De vez em quando, uma mulher ou um grupo de mulheres se recusa a sair do caminho, escolhendo, em vez disso, implorar ou se debulhar em lágrimas. Os anjos parecem não se importar, mas a multidão, sim. A massa as empurra de qualquer jeito num turbilhão, engolindo-as com o movimento e com a aglomeração de corpos para o final da fila.

De vez em quando, os guardas deixam alguma passar. Pelo visto, as pessoas que conseguem entrar são sempre mulheres. Conforme nos aproximamos pouco a pouco do portão, duas são admitidas.

Ambas as mulheres estão com vestidos apertados e saltos altos, como eu. Uma delas entra sem olhar para trás, caminhando confiante para a rua vazia do outro lado do portão. A outra segue hesitante, virando-se para jogar beijos para um homem e duas crianças desmazeladas, agarrados à cerca de arame. Eles se afastam correndo quando um homem com bastão elétrico se aproxima.

Quando essas mulheres recebem permissão para entrar, um grupo na beira da multidão troca objetos. Levo um minuto para entender que estão recolhendo apostas sobre quem vai entrar. Um agente aponta para várias mulheres perto dos guardas, depois aceita itens de quem está ao redor. Os apostadores são, na maioria, homens, mas também há mulheres no grupo. A cada vez que uma mulher recebe permissão para entrar, um dos apostadores se afasta com uma braçada de coisas.

Quero perguntar o que está acontecendo, por que humanos querem entrar no território dos anjos e por que estão acampados aqui fora. No entanto, isso apenas confirmaria o argumento de Raffe sobre o fato de eu agir como uma garotinha, por isso seguro a enxurrada de perguntas, me detendo na única que é relevante do ponto de vista operacional:

— E se eles não nos deixarem passar? — pergunto, tentando não mover os lábios.

— Eles vão deixar — responde Raffe do esconderijo escuro, no assoalho de trás do carro.

— Como você sabe?

— Porque você tem a aparência que eles querem.

— E que aparência é essa?

— Linda. — Sua voz é como uma carícia na escuridão.

Ninguém nunca me disse que sou linda antes. Sempre me preocupei demais com lidar com minha mãe e cuidar de Paige para prestar atenção ao meu visual. Sinto um calor ruborizar minhas bochechas, e espero não parecer uma palhaça quando chegar ao posto de verificação. Se Raffe está certo e essa é a única forma de entrar, preciso parecer deslumbrante se quiser ter chances de ver Paige novamente.

Quando alcanço a frente da fila caótica, várias mulheres acabaram de se jogar sobre os guardas. Mas nenhuma consegue entrar. A caminho da entrada, isso é desanimador, ainda mais levando em conta meu cabelo oleoso.

Eles me olham de um jeito enfadonho. São dois. As asas manchadas parecem pequenas e enrugadas quando comparadas às de Raffe. O rosto de um guarda é ligeiramente manchado de verde, assim como as asas. A palavra "malhado" me vem à mente, como um cavalo. Olhá-los no rosto é uma lembrança devastadora de que eles não são humanos. De que Raffe não é humano.

Malhado acena para que eu saia do carro. Hesito por um segundo e saio devagar. Ele não fez isso com as outras moças nos carros à minha frente.

Puxo a barra do vestido para cobrir o traseiro. Os guardas me olham de cima a baixo. Resisto ao ímpeto de me encolher e cruzar os braços sobre os seios.

Malhado faz um gesto pedindo para eu virar de costas. Eu me sinto uma stripper e quero chutá-los nos dentes, mas faço um giro lento sobre os saltos instáveis. *Paige. Pense em Paige.*

Os guardas trocam um olhar. Desesperada, penso no que eu poderia fazer ou pensar para convencê-los a me deixar entrar. Se Raffe diz que esse é o caminho de entrada, então devo encontrar uma forma de fazê-los me admitir.

Malhado faz um gesto para eu passar.

Fico tão atônita que simplesmente paraliso.

Então, antes que possam mudar de ideia, eu me viro para que, caso neguem com a cabeça, eu não possa ver. Entro de novo no carro do jeito mais casual possível.

Fico arrepiada com a expectativa de um assobio, de um toque no ombro ou de pastores-alemães com o focinho atrás de mim como nos velhos filmes de guerra. Afinal, estamos em guerra, não estamos?

Mas nada disso acontece. Dou a partida e eles acenam para eu prosseguir. E obtenho mais uma informação: os anjos não veem os humanos como ameaça. E daí se alguns macacos entrarem pelas frestas da cerca ou entrarem sorrateiramente em carrinhos de mão ao redor da base do ninho? Que dificuldade eles teriam para nos derrotar e conter os animais intrusos?

— Onde estamos? — Raffe pergunta das sombras atrás de mim.

— No inferno — respondo. Mantenho a velocidade em constantes trinta quilômetros por hora. As ruas estão vazias aqui, e portanto eu poderia acelerar para noventa se quisesse, mas não quero chamar atenção para nós.

— Se essa é sua ideia de inferno, você é muito inocente. Procure um lugar parecido com uma boate. Muitas luzes, muitas mulheres. Vá e estacione lá, mas não perto demais.

Olho em volta para ruas estranhamente desertas. Algumas mulheres que parecem frias e desoladas sob o uivante vento de San Francisco saem andando a passos incertos pela calçada rumo a um destino que só elas conhecem. Continuo dirigindo, olhando para ruas vazias. Depois vejo pessoas se derramando de um prédio alto numa rua lateral.

Conforme me aproximo, vejo uma multidão de mulheres ao redor da entrada de uma boate estilo anos 20. Devem estar congelando em seus minúsculos vestidos de festa, mas se mantêm eretas e atraentes. A entrada tem um arco em clássico estilo art déco, e os anjos que montam guarda na entrada da frente estão vestidos com smokings modificados, com fendas nas costas para dar espaço para as asas.

Estaciono o carro alguns quarteirões adiante. Coloco as chaves no bolso do quebra-sol e deixo minhas botas no assoalho do lado do passageiro, onde posso pegá-las rapidamente, se precisar. Queria poder enfiá-las na minha bolsa de paetês, mas só tem espaço para uma lanterninha minúscula e meu canivete.

Saio do carro. Raffe sai de fininho atrás de mim. Os ventos me encontram assim que piso do lado de fora, sacudindo meu cabelo numa confusão ao redor do rosto. Curvo os braços em volta do corpo, desejando ter um casaco.

Raffe amarra a espada na cintura, parecendo um cavalheiro de smoking à moda antiga.

— Desculpa, mas não posso oferecer meu casaco. Quando chegarmos perto, preciso que você finja que não está sentindo frio, para ninguém ficar se perguntando por que eu não tirei o casaco para te dar.

Duvido que alguém se pergunte por que um anjo não ofereceu o casaco a uma garota, mas deixo passar.

— Como assim, agora você pode ser visto?

Ele me olha cansado, como se eu o deixasse exausto.

— Tudo bem, tudo bem. — Levanto as mãos, rendida. — Você manda, eu obedeço. Só me ajude a encontrar minha irmã. — Faço mímica de fechar um zíper sobre os lábios.

Ele alisa o já liso casaco do smoking. Um gesto de nervosismo? Raffe me oferece o braço. Coloco a mão na curva do cotovelo, e assim caminhamos pela calçada.

No começo, seus músculos estão rígidos e seus olhos vasculham a área sem parar. O que ele está procurando? Será que tem tantos inimigos assim entre seu próprio povo? Depois de alguns passos, porém, ele relaxa. Não sei dizer se é natural ou forçado. De qualquer maneira, nós agora olhamos para o mundo como um casal normal, pronto para a noite.

Conforme nos aproximamos da multidão, vejo mais detalhes. Vários anjos a caminho da festa vestem ternos antiquados no estilo gângster, além de chapéus de feltro e penas vistosas. Correntes longas de relógio de bolso chegam até os joelhos.

— O que é isso? Festa à fantasia? — pergunto.

— É só a moda atual no ninho da águia. — Seu tom soa um pouco afiado, como se não aprovasse.

— O que aconteceu com a regra de não se misturar com as filhas dos homens?

— Excelente pergunta. — Ele trava o maxilar numa linha dura. Acho que não quero estar por perto quando exigir essa resposta de alguém.

— Então quer dizer que gerar filhos com humanas faz vocês serem condenados porque os nefilins são proibidões — comento. — Mas qualquer coisa antes disso é válida?

Ele dá de ombros.

— Pelo visto, eles decidiram que é uma zona cinzenta. Eles podem se queimar. — Depois Raffe acrescenta num sussurro, quase para si mesmo: — Mas o fogo pode ser tentador.

O pensamento de seres sobre-humanos com tentações e defeitos humanos me dá arrepios.

Passamos pela proteção de um prédio para atravessar uma rua, e logo volto a ser assolada sem misericórdia pela ventania. Furacões não chegam nem aos pés das ruas de San Francisco.

— Tente não parecer que está com tanto frio.

Endireito a postura, embora esteja morrendo de vontade de me encolher. Pelo menos minha saia não é comprida a ponto de chicotear ao vento.

A oportunidade de fazer mais perguntas some assim que chegamos perto da multidão. A cena inteira tem uma atmosfera surreal. É como se eu saísse de um campo de refugiados e entrasse num superclube exclusivo com homens vestidos de smokings, mulheres com trajes de gala, charutos caros e joias.

O frio não parece incomodar nenhum dos anjos que, preguiçosamente, sopram fumaça de charuto ao vento. Nem em um milhão de anos eu imaginaria anjos fumando. Esses caras parecem mais gângsteres do que anjos tementes a Deus. Cada um tem pelo menos duas mulheres cobrindo-os de atenções. Alguns têm quatro ou mais reunidas em volta. Dos fragmentos de conversas que ouço enquanto passamos por eles, todas essas mulheres estão tentando ao máximo conseguir a atenção de um anjo.

Raffe passa direto pela enorme multidão e segue para a porta. Há dois anjos montando guarda, mas Raffe os ignora e continua andando. Ele me segura pelo braço, e vou aonde ele me leva. Um dos guardas nos lança um olhar, como se seu sentido de aranha disparasse sinais de alarme a nosso respeito.

Por um momento, tenho certeza de que vai nos parar.

Mas, em vez disso, ele para duas mulheres que tentam entrar. Passamos por elas e as deixamos tentando convencer os guardas de que seu anjo apenas as esqueceu do lado de fora e que está esperando para se encontrar com elas lá dentro. O guarda sacode a cabeça firmemente.

Pelo jeito, o passaporte para entrar no ninho da águia é um anjo. Solto a respiração ao atravessarmos discretamente as portas.

28

DO LADO DE DENTRO, o teto abobadado com pé-direito duplo e os toques de art déco dão a impressão de que o saguão foi feito para receber pessoas bem-nascidas. Uma escadaria sinuosa com revestimento dourado domina o ambiente, criando o cenário perfeito para casais aristocráticos, em trajes de gala e com sotaques refinados. Ironicamente, querubins gorduchos nos observam do afresco no teto.

Na lateral se estende um longo balcão de mármore atrás do qual, em algum momento, possivelmente trabalharam vários recepcionistas. Agora é apenas um lembrete vazio de que, alguns meses atrás, aqui funcionava um hotel elegante. Bem, o lugar não está totalmente vazio. Existe um único atendente parecendo muito pequeno e muito humano entre todo esse mármore e essa graça angelical.

O saguão de entrada está salpicado de pequenos grupos que conversam e dão risada, todos vestidos com roupas de baile. A maior parte das mulheres é humana, exceto por um ou outro anjo que circula pelo espaço. Os homens são uma mistura de humanos e anjos. Os homens humanos são garçons, que carregam bebidas, recolhem copos vazios e guardam os casacos das poucas mulheres que têm sorte de tê-los.

Raffe hesita um instante para dar uma olhada geral no cenário. Margeamos a parede por um longo corredor com chão de mármore e papel de parede aveludado. A luz do saguão e do corredor é mais atmosférica do que prática. Isso deixa uma grande parte das paredes na penumbra, fato que, tenho certeza, não escapa à observação de Raffe. Não posso dizer que estamos entrando no prédio exatamente de modo sorrateiro, mas não estamos chamando atenção.

Um fluxo constante de pessoas entra e sai por duas portas enormes revestidas de couro com detalhes em latão. Caminhamos em direção a elas, quando três anjos a atravessam. São altos, fortes, exibem movimentos graciosos e músculos bem definidos, próprios dos atletas. Não exatamente atletas. *Guerreiros* é a palavra que me vem à mente.

A multidão chega aos ombros de dois deles. O terceiro é mais compacto, de corpo mais flexível, mais como um puma entre ursos. Todos carregam longas espadas presas à cintura. Percebo que, exceto pelo Raffe e pelos guardas, são os primeiros anjos que vejo com espadas.

Raffe baixa a cabeça e sorri para mim, como se eu tivesse acabado de dizer alguma coisa engraçada. Sua cabeça chega tão próximo da minha que acho que ele vai me beijar. Mas, em vez disso, apenas encosta a testa.

Os homens que passam certamente pensariam que Raffe é apenas um rapaz apaixonado. Mas eles não podem ver seu rosto. Apesar do sorriso, a expressão de Raffe é de dor, do tipo que não se resolve com aspirina. À medida que os anjos passam por nós, Raffe vira um pouco o corpo para ficar de costas para eles. Os anjos riem de algo que o puma diz, e Raffe fecha os olhos, entregue a um sentimento amargo que não consigo entender.

Seu rosto está tão próximo que nossa respiração se mistura. Ainda assim, ele está longe, num lugar onde é fustigado por sentimentos profundos e cruéis. Seja lá o que está sentindo, é muito humano. Tenho uma forte compulsão de tentar tirá-lo desse humor, de distraí-lo.

Pouso a mão em sua bochecha. É quente e agradável. Talvez agradável demais. Quando os olhos dele não se abrem, toco meus lábios timidamente nos dele.

A princípio, não obtenho resposta e considero me afastar.

Então seu beijo se torna faminto.

Não é o beijo delicado de um casal no primeiro encontro, nem o beijo de um homem levado pelo simples desejo. Ele me beija com o desespero de um homem moribundo que acredita que a mágica da vida eterna está contida nesse beijo. A ferocidade do aperto de suas mãos na minha cintura e nos meus ombros e a pressão intensa de seus lábios nos meus arrancam meu equilíbrio, e meus pensamentos disparam, descontroladamente.

A pressão alivia, o beijo se torna sensual.

Um formigamento caloroso dispara do toque aveludado de seus lábios e língua, direto para meu âmago. Meu corpo se derrete no dele, e sinto profundamente os músculos rígidos de seu peito contra os meus seios, o deslizar molhado de sua boca na minha.

E então tudo cessa.

Ele se afasta de mim e toma um grande gole de ar, como se emergisse de águas turbulentas. Seus olhos são piscinas profundas em um redemoinho de emoções.

Ele fecha os olhos e quebra a ligação com os meus. Acalma a respiração num sopro controlado de ar.

Quando abre os olhos de novo, eles estão mais pretos que azuis e completamente misteriosos. Seja lá o que está acontecendo atrás desses olhos encobertos, agora é impenetrável. O que vi ali um instante atrás agora está enterrado tão longe que me pergunto se era só minha imaginação. O único indício de que ele sente alguma coisa é que sua respiração está ainda mais rápida que o normal.

— Você devia saber — diz ele. O sussurro é tão baixo que nem os anjos conseguem ouvir entre os ruídos das conversas no corredor. — Que eu nem gosto de você.

Fico rígida em seus braços. Não sei o que eu esperava que Raffe dissesse, mas não era isso.

Diferentemente dele, tenho certeza de que minhas emoções transparecem claramente no rosto. Humilhada, sinto uma delas esquentando as faces.

Ele se afasta de mim casualmente, dá as costas e empurra as portas duplas.

Fico no corredor observando as portas oscilarem para frente e para trás até se acomodarem no lugar.

Um casal atravessa as portas vindo do outro lado. O anjo está com o braço em volta da mulher. Ela exibe um vestido longo prateado de paetês, que abraça seu corpo e reluz a cada movimento. O anjo veste um terno roxo com uma camisa rosa-shocking, cujas golas largas cobrem os ombros. Os dois me encaram ao passar por mim.

Quando um homem de roxo e rosa-shocking te encara, é hora de mudar a aparência. Embora meu vestido vermelho seja justo e curto, não está fora de lugar aqui. Acho que o que despertou a atenção deles deve ter sido minha expressão atônita e humilhada.

Controlo minhas feições e volto para o que espero que seja uma expressão neutra, forçando meus ombros a relaxarem ou, pelo menos, a parecerem relaxados.

Já beijei garotos antes. Às vezes fica estranho depois, mas nunca desse jeito. Sempre achei o beijo gostoso e agradável, como sentir o aroma de rosas ou dar risada num dia de verão. O que acabei de vivenciar com Raffe foi outra história. Foi uma fusão nuclear de amolecer os joelhos, revirar o estômago e formigar as veias, se comparado a outros beijos que já dei.

Respiro muito, muito fundo. Seguro e solto o ar lentamente.

Ele nem gosta de mim.

Deixo o pensamento girar pela cabeça. Qualquer coisa que eu sinta nesse instante é jogada num cofre, trancada a sete chaves para não sair.

Mesmo se ele me quisesse, e daí? O resultado seria o mesmo. Um beco sem saída. Nossa parceria está prestes a se dissolver. Assim que eu encontrar Paige, preciso sair daqui o mais rápido possível. Ele precisa costurar as asas de volta no lugar e lidar com quaisquer inimigos que estejam lhe causando problemas. Depois disso voltaremos a ele retomando a tarefa de destruir meu mundo com seus companheiros, e eu lutando pela sobrevivência com minha família. E é assim que as coisas são. Não há espaço para fantasias adolescentes.

Inspiro profundamente e solto o ar devagar, garantindo que todos os sentimentos estejam sob controle. Tudo o que importa é encontrar Paige. Para fazer isso, preciso trabalhar com Raffe só mais um pouco.

Caminho até as portas duplas e as empurro para encontrá-lo.

29

ASSIM QUE MEU PÉ CRUZA a soleira da porta, o mundo se enche com o rugido do jazz, das risadas e das conversas, seguido de uma baforada de calor e do cheiro pungente de fumaça de charuto, perfume e comida refinada, tudo misturado numa única onda incompreensível de sensações.

Não consigo me livrar do sentimento surreal de fazer uma viagem no tempo. Do lado de fora, pessoas estão morrendo de fome, sem um teto sobre a cabeça, num mundo arrasado por um ataque geral. Aqui dentro, porém, os bons tempos nunca acabaram. Claro, os homens têm asas, mas, fora isso, é como estar num clube dos anos 20. Decoração art déco, homens de smoking, mulheres de vestido longo.

Tudo bem, as roupas não são todas parecidas com as dos anos 20. Há um ou outro traje dos anos 70 ou de uma ficção científica futurista, como numa festa à fantasia, onde alguns dos convidados não entenderam que cara deveria ter um traje dos anos 20. Mas o salão e os móveis são art déco, e a maioria dos anjos está de casaca à moda antiga, de cauda longa.

O salão cintila com relógios de ouro, sedas brilhosas e joias reluzentes. Os anjos jantam e bebem, fumam e riem. Apesar disso tudo, um exército de garçons humanos com luvas brancas carrega bandejas com taças de champanhe e aperitivos debaixo de grandes lustres brilhantes. Os membros da banda, os garçons e a maioria das mulheres parecem humanos.

Sinto uma explosão irracional de repulsa pelos humanos no salão. Todos traidores como eu. Não, para ser sincera, o que eles estão fazendo não chega nem perto do que eu fiz, não expondo Raffe no acampamento de Obi.

Quero repudiar todos eles como caçadores de recompensa, mas me lembro da mulher que deixou o marido e as crianças famintas pendurados à cerca para tentar entrar no ninho da águia. Provavelmente ela é a melhor esperança que a família tem de se alimentar. Espero que tenha conseguido. Passo a multidão em revista, na esperança de ver o rosto dela.

Em vez disso, vejo Raffe.

Ele está casualmente inclinado na parede de um canto escuro, observando as pessoas. Uma morena de vestido preto, a pele tão branca que parece uma vampira, se esfrega nele de maneira sugestiva. Tudo a respeito dela exala sexo.

Nesse momento, estou inclinada a ir para qualquer lugar, menos para onde Raffe está, mas tenho uma missão, e ele é parte crucial dela. Com certeza não vou desistir da chance de encontrar Paige só porque estou me sentindo socialmente esquisita.

Reúno forças e vou até ele.

A morena põe a mão no peito de Raffe e sussurra alguma coisa com intimidade. Ele está observando algo do outro lado do salão e não parece ouvi-la. Em suas mãos há um copo de líquido âmbar que ele vira numa golada só, depois coloca o copo vazio ao lado de alguns outros, numa mesa próxima.

Ele não me olha quando inclino o corpo na parede ao lado dele, mas sei que me vê, assim como vê a garota que agora me fulmina com um olhar mortífero. Como se a mensagem já não fosse clara, ela se enrosca ao redor de Raffe.

Ele pega um martíni de um garçom que passa por perto com uma bandeja cheia de taças. Raffe vira todo o líquido e pega outro antes que o garçom se afaste. Ele entornou quatro doses no curto tempo que levou para eu me recuperar e encontrá-lo. Ou ele está abalado com alguma coisa, ou está querendo se embebedar rapidamente. Ótimo. Sorte minha ser parceira de um anjo alcoólatra.

Raffe finalmente se vira para a morena, que retribui com um sorriso deslumbrante. Os olhos dela brilham com um convite que me deixa constrangida de presenciar.

— Vá procurar outra pessoa — diz Raffe. Sua voz é distraída, indiferente. Ai. Mesmo que a morena tenha me lançado um olhar assassino, ainda sinto uma pontada de solidariedade por ela.

Mas, por outro lado, ele só a mandou ir embora. Pelo menos não disse que não gosta dela.

A mulher se afasta devagar, como se lhe desse a chance de dizer que era só uma brincadeira. Quando ele volta a observar as pessoas, ela me dispara um último olhar mordaz e vai embora.

Observo o salão para saber o que Raffe está olhando. A boate é aconchegante e não tão grande quanto pensei inicialmente que fosse. Tem a energia de um lugar maior por causa da multidão espalhafatosa, mas é mais um salão que uma boate moderna. Meus olhos são imediatamente atraídos para um grupo sentado num nicho, como se fosse o palanque de um rei e eles fossem os escolhidos.

Há certos grupos de pessoas que conseguem fazer isso: gente popular com as mesas na hora do almoço, heróis de futebol americano numa festa, estrelas de cinema numa casa noturna. Há meia dúzia de anjos sentados no nicho ou em volta dele. Estão brincando e rindo, todos com uma bebida numa das mãos e uma mulher glamorosa na outra. O local está lotado de mulheres, que esfregam o corpo nos homens para chamar atenção ou caminham devagar como se desfilassem, observando os caras com olhos famintos.

Esses anjos são maiores que os outros presentes — mais altos, mais encorpados, com uma aura de perigo casual que os outros não têm. O tipo de perigo que tigres selvagens projetam. Eles lembram aqueles que vimos saindo do salão, aqueles que o Raffe queria evitar.

Todos usam espadas com uma elegância casual. Imagino que guerreiros vikings teriam essa aparência, se os vikings fossem barbeados e modernizados. Sua presença e postura lembram as do Raffe. Ele se adequaria ao grupo, é fácil visualizá-lo sentado naquele nicho, bebendo e rindo com o pessoal. Bem, a parte da risada precisa de um pouco de imaginação, mas tenho certeza de que ele é capaz disso.

— Está vendo aquele cara de terno branco? — Ele empina o queixo quase de forma imperceptível em direção ao grupo. É difícil não notar. O cara não apenas está de terno branco, como também seus sapatos, cabelo, pele e asas são branquíssimos. A única cor nele está nos olhos. Dessa distância, não sei dizer de que cor eles são, mas aposto que são chocantes de perto, o contraste exato com o resto de sua figura.

Nunca vi um albino antes. Tenho certeza de que, mesmo entre os albinos, essa total falta de cor é rara. Não tem como a pele humana ser desse tom. Que bom que ele não é humano.

O anjo está apoiado na beira do nicho arredondado. Não parece pertencer ao grupo. Sua risada começa com meio segundo de atraso, como se esperasse a deixa dos outros rapazes. Todas as mulheres o rodeiam com cuidado para não chegarem perto demais. É o único que não tem uma mulher a tiracolo. O albino as observa em volta, mas não procura trazer nenhuma delas para mais perto. Existe alguma coisa nas mulheres que tentam evitá-lo que me faz querer fazer o mesmo.

— Preciso que você vá até lá e chame a atenção dele — sussurra Raffe. Ótimo. Eu deveria saber. — Faça o cara te seguir para o banheiro masculino.

— Está de brincadeira? Como é que vou fazer isso?

— Você tem seus meios. — Os olhos dele percorrem meu vestido apertado. — Você vai pensar em alguma coisa.

— O que vai acontecer no banheiro quando eu o levar até lá? — Mantenho a voz o mais baixa possível. Imagino que, se eu estivesse falando alto a ponto de os outros ouvirem acima dos ruídos do lugar, Raffe com certeza me diria.

— Vamos convencê-lo a nos ajudar — ele diz, parecendo carrancudo, como se acreditasse que nossas chances de convencer o albino são muito pequenas.

— O que vai acontecer se ele disser não?

— Fim do jogo. Abortar missão.

Provavelmente minha cara deve estar como a da morena quando ele a mandou ir embora. Eu o observo por tempo suficiente para lhe dar uma chance de dizer que está brincando, mas não há humor em seus olhos. Como eu sabia que seria assim?

Confirmo com a cabeça.

— Eu levo o cara para o banheiro e você faz o que for preciso para ele dizer sim.

Eu me afasto da parede e saio das sombras, sem perder o alvo de vista.

30

NÃO SOU ATRIZ E MINTO MUITO MAL. Também estou longe de ser uma sedutora. É difícil praticar a arte da sedução quando se está sempre empurrando a cadeira de rodas da sua irmã mais nova. Sem contar que meus jeans e meu moletom folgado não seduzem ninguém.

Meus pensamentos giram, tentando encontrar formas de chamar a atenção do albino, mas nada me vem à mente.

Pego o longo caminho ao redor do salão, na esperança de me ocorrer alguma coisa.

Do outro lado, um pequeno séquito de mulheres e guardas caminha até os guerreiros. Ele segue no rastro de um anjo que tem quase a beleza dos guerreiros, mas com um pequeno toque de normalidade para não ter cara de ameaçador. É bonito sem intimidar. Cabelo caramelo, olhos cálidos e um nariz um pouquinho grande demais para seu rosto que, fora isso, seria perfeito. Esse é todo sorrisos, todo amigável, um político nato.

Ele veste um terno cinza-claro, talvez dos anos 20, com sapatos lustrosos e um relógio de bolso dourado, cuja corrente faz uma curva da cintura até o bolso do colete. Ele para de vez em quando para trocar uma palavra ou duas de cumprimento. Sua voz é tão cálida quanto seus olhos, tão amigável quanto seu sorriso. Todo mundo também lhe sorri.

Todo mundo menos as duas mulheres que o acompanham, uma de cada lado. Elas ficam a um passo de distância. Usam vestidos prateados idênticos, que se acumulam no chão, ao redor dos pés. São troféus de platina idênticos. Humanas, mas de olhos mortos. A vida só aparece quando o Político olha para elas.

Há um medo que fulgura em seus olhos antes de ser aplacado, como se mostrá-lo motivasse algo realmente aterrador. Quase consigo ver o tremor dos músculos quando ficam tensas para evitar se encolher diante do Político.

Essas mulheres não estão apenas com medo dele, estão claramente apavoradas.

Dou outra olhada para o anjo sorridente, mas não vejo nada além de simpatia e sinceridade. Se eu não tivesse notado a reação das mulheres a ele, teria pensado que fosse do tipo melhor amigo. Em um mundo onde os instintos são mais importantes do que nunca, existe algo muito errado sobre não poder detectar diretamente que tipo de pessoa essas mulheres sabem que ele é.

Por causa do fluxo circular do salão, o Político e eu andamos em direção um ao outro ao nos aproximarmos do nicho onde estão os guerreiros.

Ele ergue os olhos e percebe que o observo.

O interesse acende seu rosto e ele me lança um sorriso. Há uma cordialidade tão aberta nesse sorriso que meus lábios automaticamente se curvam para cima uma fração de segundo antes de os alarmes dispararem na minha cabeça.

O Político me notou.

Uma imagem minha vestida como uma de suas garotas-troféus perpassa minha mente. Meu rosto está pálido e vazio, desesperadamente tentando esconder o terror.

Do que essas mulheres têm tanto medo?

Meu passo vacila como se meus pés se recusassem a chegar mais perto dele.

Um garçom de smoking e luvas brancas entra na minha frente, interrompendo o contato visual entre mim e o Político. Oferece taças de champanhe borbulhante que traz na bandeja.

Para protelar, pego uma. Fixo nas bolhas que sobem no líquido dourado. O garçom se vira e capta um vislumbre do Político.

Ele se abaixa na mesa dos guerreiros e fala num tom baixo.

Solto um suspiro de alívio. Nosso momento passou.

— Obrigada — murmuro para o garçom, mais sossegada.

— De nada, senhorita.

Algo familiar em sua voz me faz erguer os olhos e olhar para o garçom pela primeira vez. Até agora, eu estava tão distraída com o Político que não tinha olhado de verdade para meu salvador.

Meus olhos se arregalam em choque diante do rosto de nariz sardento e cabelos ruivos. É um dos gêmeos: Dee ou Dum.

O olhar que ele me mostra é de um profissionalismo inexpressivo. Absolutamente nenhum sinal de reconhecimento ou surpresa.

Uau, ele é bom. Eu nunca teria imaginado, pelo pouco tempo que convivemos. Mas os gêmeos mencionaram que eram os mestres-espiões de Obi, não mencionaram? Achei que estavam brincando ou exagerando, mas talvez não.

Ele baixa a cabeça brevemente e parte. Fico esperando que se vire e lance um sorriso travesso, mas ele se afasta com as costas rígidas e oferece bebidas aos presentes. Quem diria?

Dou um passo para trás da multidão para me esconder do Político. Será que Dee-Dum sabia que estava me resgatando ou foi uma feliz coincidência?

O que ele está fazendo aqui? Uma imagem da caravana de Obi serpenteando pela cidade surge em minha mente. A caminhonete cheia de explosivos. O plano de Obi para recrutar combatentes da resistência ao mostrar uma posição vistosa de enfrentamento contra os anjos.

Ótimo. Simplesmente ótimo. Se os gêmeos estão aqui, eles devem estar sondando o local para o contra-ataque.

Quanto tempo eu tenho para tirar Paige daqui antes que eles mandem tudo pelos ares?

31

DEPOIS DE UMA BREVE CONVERSA, o Político deixa o nicho dos guerreiros. Para o meu alívio, ele corta caminho através do salão em vez de vir em minha direção. Parece ter esquecido tudo a meu respeito quando voltou a circular pelo ambiente, parando aqui e ali para cumprimentar.

Todos o observam se afastar. Por alguns instantes ficam mudos, mas depois a conversa recomeça timidamente, como se não soubessem se era inoportuno falar. Os guerreiros na mesa bebem sombria e silenciosamente. Seja lá o que o Político tenha dito, eles não gostaram.

Espero até a conversa voltar ao volume normal antes de me reaproximar do albino. Agora que sei que a resistência está aqui, sinto um novo ímpeto de urgência para colocar as coisas em andamento.

Ainda assim, hesito nos arredores do mar de mulheres. Há um espaço vazio em torno do albino. Assim que eu entrar nele, vai ser difícil não ser notada. Os anjos parecem mais interessados em socializar uns com os outros do que com as humanas. A despeito de seus melhores esforços, elas são tratadas como acessórios de moda para as fantasias dos anjos.

Quando o albino se vira para mim, capto um vislumbre do que mantém as mulheres afastadas. Não é a total falta de pigmentação, embora eu tenha certeza de que isso incomodaria algumas pessoas — afinal, essas mulheres não se incomodam com homens que têm penas nas costas e vai saber onde mais. O que significa um pouco de falta de pigmentação? São os olhos. Basta um olhar, e entendo por que as humanas ficam longe.

São cor de sangue. Eu nunca tinha visto nada assim. As íris são tão grandes que tomam a maior parte do globo ocular. São bolas escarlates injetadas com branco, como pequenos raios sobre o sangue. Longos cílios cor de marfim emolduram os olhos, como se eles já não fossem notáveis.

Fico encarando, sem poder evitar. Desvio os olhos, envergonhada, e noto outros humanos também roubando pequenos olhares furtivos. Os outros anjos, apesar de toda a agressão terrível, parecem ter sido feitos no céu. Mas este, por outro lado, parece ter saído diretamente dos pesadelos da minha mãe.

Já tive mais do que minha cota de proximidade com pessoas cuja aparência física é enervante. Paige era uma menina bem popular na comunidade dos portadores de deficiência. Sua amiga Judith nasceu com braços atarracados e minúsculas mãos malformadas; Alex não tinha firmeza quando andava e contorcia o rosto de um jeito doloroso para formar palavras coerentes, o que geralmente o fazia espirrar uma quantidade constrangedora de baba; Will era um tetraplégico que precisava de uma bombinha para respirar.

As pessoas encaravam essas crianças e se desviavam delas do mesmo jeito que as humanas fizeram com esse albino. Sempre que um incidente particularmente ruim acontecia com qualquer membro de seu grupo, Paige os reunia para uma festa temática. Uma festa pirata, uma festa zumbi, uma festa "venha como você está", onde sempre um deles aparecia de pijama com a escova de dentes na boca.

Eles brincavam, riam e sabiam lá no fundo que eram fortes juntos. Paige era a líder de torcida, a conselheira e a melhor amiga, tudo em uma só.

É claro que o albino precisa de alguém como Paige na vida dele. Ele mostra os sutis sinais familiares de alguém que possui uma consciência suprema de estar sendo encarado e julgado por sua aparência. Seus braços e ombros estão junto ao corpo, a cabeça está ligeiramente baixa, seus olhos quase nunca se levantam. Ele fica meio afastado do grupo, em um ponto onde a luz é mais tênue, onde é mais provável que os olhares curiosos achem que seus olhos são castanho-escuros e não vermelho-sangue.

Suponho que, se existe uma coisa capaz de despertar o preconceito de um anjo, é alguém com aparência de quem deveria estar cercado pelo fogo do inferno.

A despeito da postura e da sutil vulnerabilidade, não há dúvida de que ele é um guerreiro. Tudo a seu respeito impõe respeito: dos ombros largos à altura excepcional, aos músculos estufados e às asas enormes. Assim como os anjos do nicho. Assim como Raffe.

Cada componente desse grupo parece que foi feito para lutar e conquistar. Eles contribuem para essa impressão com cada movimento confiante, cada frase de comando, cada centímetro de espaço que ocupam. Eu nunca teria notado que o albino se sentia um pouco desconfortável, se não já estivesse sintonizada com esse tipo de desconforto.

Assim que entro no espaço livre ao redor do albino, ele olha para mim. Olho para ele diretamente nos olhos, como faria com qualquer um. Assim que supero o choque de mirar um par de olhos alienígenas, noto que ele me analisa e percebo a curiosidade contida. Faço um pequeno aceno ao mostrar um sorriso radiante.

— Que cílios bonitos você tem — digo, arrastando um pouco as palavras e tentando não exagerar.

Surpreso, ele pisca com aqueles cílios cor de marfim. Eu me aproximo alguns passos, tropeçando o suficiente para derrubar um pouco da minha bebida no terno branco imaculado.

— Ai-meu-Deus! Desculpa, desculpa! Não acredito que fiz isso! — Pego um guardanapo da mesa e espalho um pouco a mancha. — Aqui, deixa eu te ajudar a limpar.

Fico feliz em ver que minhas mãos não estão tremendo, mas não estou alheia à vibração de perigo. Esses anjos mataram mais humanos que qualquer guerra na história. E aqui estou eu, derrubando bebida num deles. Não é o plano mais original, mas é o melhor que posso fazer no calor do momento.

— Tenho certeza que vai sair tudo. — Tagarelo como uma bêbada, pela qual me faço passar. A área ao redor do nicho cai num silêncio e todo mundo nos olha.

Essa parte não estava nos meus planos. Se ele estava pouco à vontade por ser observado com olhos furtivos, provavelmente odeia ser o centro das atenções num cenário idiota como esse.

Ele agarra meu pulso e o afasta do terno. Sua pegada é firme, mas não o suficiente para causar dor. Não há dúvida de que poderia quebrar meu pulso, se quisesse.

— Eu cuido disso. — Noto um toque de irritação em sua voz. Irritação não tem problema, com isso eu posso lidar. Acho que ele é um cara tranquilo, se não levarmos em conta o fato de que ele faz parte de uma equipe que trouxe fogo e enxofre para a Terra.

Ele caminha suavemente até o banheiro, ignorando os olhares fixos tanto de anjos como de humanos. Eu o sigo discretamente. Considero manter a cena de menina bêbada, mas penso melhor na ideia. Só se alguém o distrair da ida ao banheiro.

Ninguém o para, nem para dizer "olá". Procuro rapidamente por Raffe, mas não o vejo em parte alguma. Espero que não esteja contando comigo para manter o albino lá até ele decidir aparecer.

Assim que o albino empurra a porta e entra no banheiro, Raffe surge das sombras com um cone vermelho e uma placa dobrável, onde se lê: "Temporariamente fora de serviço". Ele solta o cone e a placa na frente da porta e entra atrás do albino.

Não tenho certeza do que devo fazer. Ficar aqui de vigia? Se eu confiasse plenamente em Raffe, era isso mesmo que eu faria. Empurro a porta do banheiro masculino, passo por três caras que saem, apressados. Um deles está fechando o zíper da calça às pressas. São humanos e provavelmente não vão questionar por que um anjo os expulsou do banheiro.

Raffe está ao lado da porta, encarando o albino, que o encara de volta através do espelho acima da pia. O albino parece cauteloso.

— Oi, Josias — diz Raffe.

Os olhos sanguíneos de Josias se estreitam, fixos em um olhar duro em Raffe.

Depois se arregalam, em choque e reconhecimento.

Ele gira de frente para Raffe. Incredulidade luta contra confusão, alegria e alarme. Eu não fazia ideia de que uma pessoa pudesse sentir todas essas coisas simultaneamente, muito menos mostrá-las no rosto.

Ele controla a expressão e assume um ar frio. Parece que foi necessário algum esforço.

— Eu te conheço? — pergunta.

— Sou eu, Josias — diz Raffe, se aproximando um passo.

O albino recua ao longo do balcão de mármore.

— Não. — Ele sacode a cabeça, com os olhos vermelhos largos e cheios de reconhecimento. — Acho que não te conheço.

Raffe parece intrigado.

— O que está acontecendo, Josias? Eu sei que faz muito tempo...

— Muito tempo? — Josias solta uma risada desconfortável, ainda se afastando de leve, como se Raffe tivesse uma doença contagiosa. — É, pode-se dizer que sim. — Ele distende os lábios em um sorriso forçado, branco sobre branco. — Muito tempo, é engraçado. É.

Raffe o encara, a cabeça inclinada.

— Escuta — diz Josias. — Tenho que ir... Não me siga, tudo bem? Por favor. Por favor. Não posso me dar ao luxo de ser visto com... estranhos. — Ele inspira tremulamente e dá um passo determinado em direção à porta.

Raffe o detém, pousando a palma da mão em seu peito.

— A gente não é estranho desde que eu tirei você do meio dos escravos para te treinar como soldado.

O albino se encolhe com o toque de Raffe, como se tivesse sido queimado.

— Isso foi em outra vida, em outro mundo. — Inspira com novo tremor e baixa a voz para um sussurro quase inaudível: — Você não deveria estar aqui. Agora é muito perigoso para você.

— Sério? — Raffe soa entediado.

Josias se vira e anda de volta até o balcão.

— Muitas coisas mudaram, ficaram complicadas. — Embora sua voz esteja perdendo o toque alarmado, não deixo de notar que Josias se afasta o quanto pode de Raffe.

— Tão complicado que meus próprios homens se esqueceram de mim?

Josias entra num cubículo e aciona a descarga.

— Ah, ninguém se esqueceu de você. — Mal posso captar as palavras por cima do barulho da água, por isso tenho certeza que ninguém do lado de fora consegue ouvir nada. — Muito pelo contrário. Você virou o assunto do ninho da águia. — Ele entra em outro cubículo e dá descarga. — Praticamente há uma campanha anti-Rafael.

Rafael? Ele quer dizer Raffe?

— Por quê? Quem se importaria?

O albino dá de ombros.

— Sou apenas um soldado. As maquinações dos arcanjos fogem da minha alçada, mas se eu tivesse que dar um palpite... agora que Gabriel foi derrubado...

— Há uma lacuna no poder. Quem é o Mensageiro agora?

Josias aciona outra descarga.

— Ninguém. Há um impasse. Todos concordamos com Miguel, mas ele não quer. Ele gosta de ser o general e não vai abrir mão do exército. Uriel, em contrapartida, quer tanto que está praticamente penteando nossas penas com as próprias mãos para conseguir o apoio majoritário de que precisa.

— Isso explica as festas intermináveis e as mulheres. Ele está trilhando um caminho perigoso.

— Nesse meio-tempo, nenhum de nós sabe o que, em nome de Deus, está acontecendo, e por que diabos ele está aqui. Como de costume, Gabriel não nos disse nada. Você sabe como ele gostava de ser melodramático. Todas as informações só eram reveladas quando era necessário saber, e mesmo assim a gente tinha sorte se recebesse qualquer coisa que não fosse um mistério.

Raffe assente com a cabeça.

— E o que impede Uri de conseguir o apoio de que precisa?

O albino aciona outra descarga. Durante o som trovejante da água, ele apenas aponta para Raffe e forma a palavra "você" com a boca, mas sem articular nenhum som.

Raffe arqueia uma sobrancelha.

— Claro — diz Josias. — Existem os que não gostam da ideia de Uriel se tornar o Mensageiro porque ele tem laços muito próximos com o inferno. Ele fica nos dizendo que visitar o abismo é parte do trabalho, mas quem sabe o que ele vai fazer lá embaixo? Você me entende?

Josias anda de volta para o primeiro cubículo com outra descarga estrondosa.

— Mas o maior problema para Uriel são seus homens, Rafael. Bando de cabeças-duras teimosos, todos eles. Ficaram tão zangados por você tê-los abandonado que eles mesmos te retalhariam, mas não vão deixar uma pessoa de fora fazer isso. Estão dizendo que todos os arcanjos sobreviventes deveriam concorrer para Mensageiro, incluindo você. Uriel não conseguiu ganhar o apoio deles. Ainda.

— Deles?

Josias fecha os olhos cor de sangue.

— Você sabe que não estou em posição de enfrentá-los, Rafael. Nunca estive. Nunca vou estar. Vou ter sorte se não acabar lavando pratos no final. Mal estou figurando como parte do grupo do jeito que está. — Ele cospe essa parte com uma frustração borbulhante.

— O que eles estão dizendo sobre mim?

A voz de Josias fica mais suave, como se relutasse em ser o portador de notícias tão más.

— Que nenhum anjo aguentaria ficar sozinho por tanto tempo. Que, se você não voltou para nós até agora, só pode significar que está morto. Ou que se uniu ao outro lado.

— Que eu caí? — Raffe pergunta. Um músculo em seu maxilar pulsa quando ele cerra os dentes.

— Existem rumores de que você cometeu o mesmo pecado que os vigias. Que não voltou porque seu retorno não é permitido. Que você escapou da humilhação e da tortura eterna ao alimentar uma história sobre poupar seus vigias da dor de assombrar os próprios filhos. Que todos os nefilins que rondam a Terra são prova de que você nem tentou.

— Que nefilins?

— Está falando sério? — Josias olha para Raffe como se para um louco. — Eles estão em toda parte. Os humanos estão morrendo de medo de sair à noite. Todos os empregados contam histórias de que viram corpos meio comidos ou de que seus grupos foram atacados pelos nefilins.

Raffe pisca, levando um instante para absorver o que Josias diz.

— Aqueles não são nefilins. Não se parecem em nada com os nefilins.

— Mas soam como nefilins, comem como nefilins, aterrorizam como nefilins. Você e os vigias são os únicos vivos que sabem que cara eles têm. E vocês não são exatamente testemunhas confiáveis.

— Eu vi essas coisas, e não são nefilins.

— Seja lá o que forem, eu juro que vai ser mais fácil para você caçar cada um deles do que convencer as massas de que não são. Afinal, o que mais eles poderiam ser?

Raffe lança um olhar discreto para mim e olha para o chão lustroso ao responder:

— Não faço ideia. Nós temos chamado essas criaturas de "demônios".

— Nós? — Josias olha para mim enquanto tento me tornar invisível perto da porta. — Você e sua filha do homem? — Seu tom é parte acusação, parte decepção.

— Não é simples assim. Meu Deus, Josias. Você sabe que eu seria o último a fazer isso, não depois do que aconteceu aos meus vigias, para não mencionar as esposas deles. — Frustrado, Raffe caminha de um lado para o outro no chão de mármore. — Além do mais, este é o último lugar para lançar essa acusação.

— Ninguém cruzou a linha aqui, até onde eu sei — diz Josias. — Alguns dos rapazes alegam que cruzaram, mas são os mesmos que dizem ter matado dragões no passado, com asas e mãos atadas, só para deixar a disputa equilibrada.

O albino dá outra descarga no cubículo seguinte.

— Você, por outro lado, vai ter mais dificuldade em convencer as pessoas de... você sabe. — Ele me espia de novo. — Você precisa contra-atacar a propaganda anti-Rafael com sua própria campanha, antes de tentar qualquer tipo de retorno. Senão corre o risco de ser linchado. Por isso sugiro que cruze a saída mais próxima.

— Não posso. Preciso de um cirurgião.

Surpreso, Josias ergue as sobrancelhas brancas.

— Para quê?

Raffe fixa o olhar nos olhos sanguíneos de Josias. Não foi isso que ele quis dizer. Anda, Raffe. Não temos tempo para fragilidades emocionais. Sei que é frio de minha parte, mas alguém pode entrar por aquela porta a qualquer minuto e ainda nem chegamos a perguntar sobre Paige. Estou prestes a abrir a boca para dizer algo, quando Raffe solta:

— Minhas asas foram cortadas.

Agora é Josias quem se vira para encarar Raffe.

— Como assim, cortadas?

— Arrancadas.

O rosto do albino se transforma em choque e horror. É estranho ver um par de olhos de aparência tão maléfica se encherem de pena. Isso foi o mesmo que dizer que Raffe fora castrado. Josias abre a boca para falar algo, depois a fecha, como se avaliasse se o que pretende dizer é idiota. Ele lança um olhar para o casaco de Raffe, com as asas despontando, depois volta a mirá-lo no rosto.

— Preciso de alguém que consiga costurá-las de volta. Alguém bom o bastante para torná-las funcionais de novo.

Josias se vira e se apoia na pia.

— Não posso ajudar. — Há dúvida em sua voz.

— Você só precisa perguntar por aí, fazer as apresentações.

— Rafael, apenas a médica-chefe pode fazer cirurgias aqui.

— Ótimo. Isso deixa sua tarefa mais simples.

— A médica-chefe é Laylah.

Raffe olha para Josias, na esperança de não ter ouvido direito.

— Ela é a única que pode fazer isso? — Há pavor em sua voz.

— É.

Raffe passa as mãos pelo cabelo, parecendo querer arrancá-lo.

— Você ainda...?

— Sim — Josias diz contrariado, quase constrangido.

— Consegue convencê-la a fazer isso?

— Você sabe que eu não posso me expor. — O albino anda de um lado para o outro, obviamente agitado.

— Eu não pediria se tivesse outra opção.

— Você tem outra opção. *Eles* têm médicos.

— Não é uma opção, Josias. Você vai falar com ela?

Josias suspira pesadamente, já arrependido do que está prestes a dizer.

— Vou ver o que consigo fazer. Fique escondido num quarto. Eu te encontro daqui a algumas horas.

Raffe assente. Josias se vira para sair. Abro a boca para dizer alguma coisa, preocupada que Raffe tenha esquecido da minha irmã.

— Josias — diz Raffe antes que eu expresse minha pergunta. — O que você sabe sobre crianças humanas serem levadas?

Josias para no meio do caminho até a porta. Seu perfil está muito parado. Parado demais.

— Que crianças?

— Acho que você sabe que crianças. Não precisa me dizer o que está acontecendo. Só preciso saber onde elas estão.

— Não sei nada a respeito disso. — Ele ainda não olhou para nós. Continua parado de perfil, falando de frente para a porta.

O jazz, que ecoa do lado de fora, adentra o banheiro. Do zum-zum da festa irrompem fragmentos de conversa, conforme dois homens se aproximam do banheiro, depois somem no plano de fundo quando os sujeitos deixam o local. A placa de manutenção deve estar funcionando para manter as pessoas do lado de fora.

— Está bem — diz Raffe. — Te vejo em algumas horas.

Josias empurra a porta e sai, como se não pudesse fazer isso depressa o bastante.

32

MINHA MENTE GIRA COM O QUE acabei de ouvir. Nem mesmo os anjos sabem por que estão aqui. Isso significa que há espaço para convencê-los de que devem ir embora? Será que Raffe poderia ser o estopim de uma guerra civil entre os anjos? Minha mente fervilha para encontrar sentido na política angélica e nas oportunidades que ela pode apresentar.

Contudo, controlo meus pensamentos, pois nenhum deles vai me ajudar a encontrar Paige.

— Você passa o tempo todo falando com ele e faz só uma pergunta sobre a minha irmã? — Olho feio para ele. — Aquele anjo sabe de alguma coisa.

— Só o suficiente para ter cuidado.

— Como você sabe? Você nem o pressionou para extrair informações.

— Eu o conheço. Alguma coisa o deixou assustado. Josias não vai mais longe por enquanto. E, se eu pressionar, ele vai empacar.

— Você não acha que ele está envolvido?

— Em sequestro de crianças? Não é o estilo dele. Não se preocupe. Diabos, é praticamente impossível manter segredo entre os anjos. Vamos encontrar alguém que esteja disposto a falar.

Ele segue para a porta.

— Você é mesmo um arcanjo? — sussurro.

Ele mostra um sorriso convencido.

— Impressionada?

— Não — minto. — Mas tenho algumas reclamações a fazer sobre seus funcionários.

— Fale com a gerência intermediária.

Saio do banheiro atrás dele, mostrando meu olhar mortífero.

ASSIM QUE CRUZAMOS AS PORTAS duplas do salão de festas, somos privados do calor sufocante e do barulho. Entramos no saguão frio de mármore e vamos até uma fileira de elevadores. Pegamos o caminho mais longo pelo cômodo, ficando perto das paredes onde as sombras são mais espessas.

Raffe para rapidamente no balcão de check-in. Atrás dele está um funcionário loiro de terno, parecendo um robô, como se sua mente estivesse em outro lugar até nos aproximarmos dele. Assim que chegamos perto, o rosto dele se anima em uma máscara cortês e profissional.

— Posso ajudá-lo, senhor? — De perto, seu sorriso parece um pouco rígido. Seus olhos, embora mostrem deferência diante de Raffe, se tornam frios quando se voltam para mim. Bom para ele. Ele não gosta de trabalhar para os anjos e gosta ainda menos de humanos se engraçando com eles.

— Quero um quarto. — O tom de arrogância em Raffe vai às alturas. Ele está empertigado, mostrando toda sua estatura, e não se incomoda em lançar mais do que um olhar rápido para o homem quando fala. Ou ele quer que o recepcionista fique intimidado a ponto de não fazer nenhuma pergunta, ou todos os anjos se comportam assim com os humanos e ele não quer ser lembrado como nada diferente. Acho que as duas coisas.

— Os pisos superiores estão todos ocupados, senhor. Serve em um andar um pouco mais baixo?

Raffe respira como se fosse uma imposição.

— Tudo bem.

O recepcionista olha para mim, depois rabisca alguma coisa no livro de registros. Entrega uma chave a Raffe e diz que estamos no quarto 1712. Quero pedir um quarto extra para mim, mas penso melhor antes de abrir a boca. Pelo que vi das mulheres que tentam encontrar acompanhantes para entrarem no prédio, suspeito que os únicos humanos com permissão para circular por aqui ou estão com os anjos ou são os empregados. E a ideia de pedir um quarto só meu vai por água abaixo.

O recepcionista me olha e diz:

— Fique à vontade para usar o elevador, moça. A eletricidade aqui é confiável. Só usamos chaves em vez de cartões eletrônicos porque os mestres preferem.

Ele acabou de chamar os anjos de "mestres"? Meus dedos ficam frios com o mero pensamento. A despeito da minha determinação para pegar Paige e correr daqui como o diabo da cruz, só me pergunto se existe alguma coisa que eu possa fazer para acabar com esses malditos.

É verdade que o controle que eles exercem no que um dia foi o nosso mundo confunde minha mente. Eles conseguem fornecer energia para lâmpadas e elevadores, e garantir uma oferta regular de comida gourmet. Acho que poderia ser mágica. Parece ser uma explicação tão boa quanto qualquer outra hoje em dia. Mas não estou muito pronta para jogar fora séculos de progresso científico para começar a pensar como uma camponesa medieval.

Fico me perguntando se daqui a uma geração as pessoas vão achar que tudo nesse prédio é mantido por meio de magia. Travo os dentes em resposta ao pensamento. Foi a isso que os anjos nos reduziram.

Dou uma boa olhada no perfil perfeito de Raffe. Nenhum humano poderia ser tão lindo assim. Apenas mais uma lembrança de que ele não é um de nós.

Quando desvio o olhar, vejo de relance o rosto do recepcionista. Seus olhos se esquentam apenas o suficiente para me dizer que ele aprova o olhar sombrio no meu rosto quando olho para Raffe. Revestindo a expressão com um novo verniz de profissionalismo bem-educado, ele diz a Raffe para ligar, caso precise de alguma coisa.

O pequeno hall dos elevadores leva a uma área vastamente aberta. Dou uma espiadinha depois de chamar o elevador. Acima de mim estão fileiras e mais fileiras de varandas que disparam para o alto até o teto abobadado de vidro.

Anjos circulam lá em cima, fazendo pequenos voos de piso em piso. Um círculo externo de anjos sobe em espiral, enquanto um círculo interior espirala para baixo.

Imagino que eles façam isso para evitar colisões, da mesma forma que nosso padrão de trânsito tem uma aparência organizada vista de cima. Mesmo assim, apesar das origens práticas, o efeito geral é um arranjo estonteante de corpos celestiais no que parece um balé aéreo coreografado. Se Michelangelo tivesse visto isso à luz do dia, com o sol irradiando pelo vidro da abóboda, teria caído de joelhos e pintado até ficar cego.

O elevador abre as portas, e afasto os olhos do esplendor acima de mim.

Raffe fica ao meu lado, assistindo ao voo de seus pares. Antes que ele feche os olhos, capto algo que poderia ser desespero.

Ou anseio.

Recuso me sentir mal por ele. Recuso sentir qualquer coisa que não seja raiva ou ódio pelas coisas que seu povo fez com o meu.

Mas o ódio não vem.

Em vez disso, uma empatia começa a me invadir. Por mais diferentes que sejamos, somos, em muitos aspectos, espíritos irmãos. Apenas duas pessoas lutando para recuperar nossa vida.

Aí me lembro de que ele não é, de fato, uma pessoa.

Entro no elevador. Tem o espelho, o revestimento de madeira e o carpete vermelho esperados num elevador de hotel caro. As portas começam a se fechar com Raffe ainda do lado de fora. Estendo a mão para segurar as portas abertas.

— O que foi?

Ele olha em volta, confuso.

— Anjos não entram em elevadores.

Claro; eles voam até os andares. De um jeito brincalhão, pego seus punhos e o giro num círculo bêbado, dando risinhos caso alguém esteja olhando. Depois nos levo numa valsa para dentro do elevador.

Aperto o botão do sétimo andar. Meu estômago afunda quando o elevador sobe e penso em como fugir de um lugar tão alto. Raffe também não parece muito confortável. Acho que um elevador deva parecer um caixão metálico para alguém acostumado a voar em céu aberto.

Quando as portas se abrem, ele dá um passo rápido para fora. Pelo visto, a necessidade de sair da máquina-caixão tem precedência sobre a questão de ser avistado por alguém enquanto está saindo de um elevador.

O quarto de hotel acaba se mostrando uma suíte completa, com quarto, sala de estar e bar. É tudo de mármore e couro macio, carpete aveludado e janelas enormes. Dois meses atrás, a vista teria sido de tirar o fôlego. San Francisco em seu melhor.

Agora, a visão panorâmica da destruição carbonizada só me dá vontade de chorar.

Vou até a janela como uma sonâmbula. Apoio a testa no vidro frio e espalmo as mãos como queria fazer no túmulo do meu pai.

As colinas chamuscadas estão repletas de prédios tortos, feito dentes quebrados num maxilar queimado. Haight-Ashbury, Mission, North Beach, South of Market, Golden Gate Park: tudo se foi. Algo se quebra lá no fundo do meu peito como vidro esmigalhado debaixo dos pés.

Aqui e ali, plumas de fumaça escura chegam ao céu, como dedos de um náufrago que emergem pela última vez.

Ainda assim, existem áreas que não parecem completamente queimadas, áreas que poderiam abrigar pequenos bairros residenciais. San Francisco é conhecida por seus bairros. Será que alguns deles poderiam ter sobrevivido ao massacre de asteroides, incêndios, invasores e doenças?

Raffe fecha as cortinas ao meu redor.

— Não sei por que eles deixam as cortinas abertas.

Eu sei por quê. As camareiras são humanas. Elas querem manchar essa ilusão de civilização. Querem garantir que ninguém nunca esqueça o que os anjos fizeram. Eu também teria deixado as cortinas abertas.

Quando me afasto delas, Raffe está desligando o telefone. Seus ombros estão caídos agora que a exaustão finalmente parece tê-lo alcançado.

— Por que você não toma um banho? Acabei de pedir comida.

— Serviço de quarto? Este lugar é de verdade? Estamos vivendo o inferno na Terra e vocês pedem comida pelo serviço de quarto?

— Quer ou não?

Dou de ombros.

— Bom, quero. — Nem me sinto constrangida por usar dois pesos e duas medidas. Quem sabe quando vou conseguir outra refeição. — E quanto à minha irmã?

— No seu devido tempo.

— Eu não tenho tempo; ela também não. — *Nem você*. Quanto tempo temos antes que os guerreiros da liberdade cheguem ao ninho da águia?

Por mais que eu queira que a resistência atinja os anjos, só de pensar que Raffe pode ser capturado durante o ataque faz meu estômago revirar. Fico tentada a dizer que vi guerreiros da resistência aqui, mas desisto da ideia na hora. Duvido que ele ficasse parado, sem alertar o seu povo. Eu teria dado o alerta, se os anjos estivessem atacando o acampamento da resistência.

— Está bem, srta. Sem Tempo, onde gostaria de procurar primeiro? No oitavo andar ou no vigésimo primeiro? Que tal no telhado ou na garagem? Talvez você possa perguntar para o recepcionista onde eles prenderam a sua irmã. Existem outros prédios intactos nesse distrito. Que tal começar com um deles?

Fico horrorizada ao perceber que minha determinação está se derretendo em lágrimas. Tento ficar com os olhos arregalados para impedir que escorram. Não vou chorar na frente do Raffe.

Sua voz perde o toque severo e se torna gentil:

— Vai levar tempo para a encontrarmos, Penryn. Devemos ficar limpos para impedir que eles notem a gente e nos alimentar para ter forças para procurar. Se não gostar, a porta está bem ali. Vou tomar meu banho e comer enquanto você procura — ele diz e segue para o banheiro.

Suspiro.

— Tudo bem. — Saio batendo os saltos no tapete e passo por ele para entrar no banheiro antes. — Eu tomo banho primeiro. — Tenho a presença de espírito de não bater a porta.

O cômodo é uma demonstração discreta de luxo em pedra fóssil e latão. Juro que é maior que nosso apartamento. Entro debaixo do jato de água quente e deixo a sujeira ser levada embora. Nunca pensei que tomar um banho quente e lavar o cabelo pudesse ser algo tão esplêndido.

Durante longos minutos debaixo d'água, quase esqueço como o mundo mudou. Finjo que ganhei na loteria e que estou passando a noite numa cobertura da cidade. O pensamento não traz tanto conforto quanto lembrar da vida em nossa casa de subúrbio antes de nos mudarmos para o apartamento. Meu pai ainda cuidava de nós naquela época, e Paige ainda não tinha perdido as pernas.

A toalha felpuda em que me enrolo mais parece um cobertor. Por falta de coisa melhor, entro de novo no vestido justíssimo, mas decido que a meia-calça e os saltos podem ficar num canto até eu precisar deles.

Quando volto para o quarto, uma travessa de comida está sobre a mesa. Dou uma corridinha até lá e levanto a tampa em formato de cúpula. Costeletas desossadas com molho, creme de espinafre, purê de batatas e uma fatia generosa de bolo de chocolate alemão. O aroma quase me faz desmaiar de prazer.

Mergulho no prato primeiro e me sento para mastigar. O teor de gordura da refeição deve ser de outro mundo. Antigamente eu teria tentado ficar longe de todos esses pratos, talvez não do bolo de chocolate, mas, na terra da ração de gato e do macarrão instantâneo, essa refeição é deliciosa. É a melhor coisa que lembro de ter comido na vida.

— Por favor, não espere por mim — Raffe diz, quando vê que estou me empanturrando. Ele pega uma colherada do bolo a caminho do banheiro.

— Não se preocupe — resmungo de boca cheia, conforme ele se vira.

Quando volta, já devorei minha refeição inteira e tenho de me segurar para não roubar um pouco da dele. Afasto os olhos do banquete e olho para Raffe.

Assim que o vejo, esqueço tudo sobre a comida.

Ele está parado na porta do banheiro, com vapor emanando ao seu redor languidamente, vestindo nada além de uma toalha enrolada nos quadris. Gotas de água estão grudadas em sua pele como diamantes num sonho. O efeito combinado da luz suave atrás dele, projetada de dentro do banheiro, e o vapor que envolve seus músculos dá a impressão de que um deus mitológico da água está visitando nosso mundo.

— Pode comer tudo — ele diz.

Pisco algumas vezes, tentando entender o que ele está dizendo.

— Achei melhor dobrar a quantidade das nossas refeições enquanto podemos. — Há uma batida na porta. — Agora é o meu pedido. — Ele sai e vai para a sala.

Raffe disse que as duas porções que estão na minha frente são minhas. Certo. Claro que ele iria querer o jantar quente. Não haveria por que deixá-lo esfriando durante o banho, por isso ele deve ter pedido o meu e depois o dele, logo antes de entrar no chuveiro. Claro.

Volto a atenção para a comida, tentando lembrar como eu desejei algo assim há apenas um mês. A comida. Certo, a comida. Coloco um bocado enorme de costela na boca. O molho cremoso é um lembrete sensual dos luxos raros que achamos que nunca vão acabar.

Saio para a sala de estar e falo de boca cheia:

— Você é um gênio por pedir esse monte...

O albino, Josias, entra na sala de estar com a mulher mais linda que já vi. Finalmente tenho a oportunidade de ver uma mulher-anjo de perto. Seus traços são tão finos e delicados que é impossível não encarar. Ela parece ter sido o molde de Vênus, a deusa do amor. O cabelo que bate na cintura cintila sob a luz a cada movimento, combinando com a plumagem dourada das asas.

Os olhos azul-royal seriam um reflexo perfeito da inocência e de tudo o que é íntegro, mas existe algo que desliza atrás deles. Algo que indica que ela deveria ser a garota-propaganda da raça mestra.

Esses olhos me analisam do topo dos cabelos molhados e embaraçados até a ponta dos dedos dos pés descalços.

Tenho uma percepção aguda de que exagerei no entusiasmo quando enfiei a costela na boca. Minhas bochechas estão estufadas e mal consigo manter os lábios fechados enquanto mastigo o mais rápido possível. Costela não é uma coisa que a gente consegue engolir de uma vez só. Eu não tinha me importado em pentear o cabelo ou mesmo secá-lo antes de atacar o banquete depois do banho, por isso está murcho e pingando sobre meu vestido vermelho. Seus olhos arianos percebem tudo isso e me julgam.

Raffe me lança um olhar e esfrega o dedo na bochecha. Passo a mão no rosto, e ela sai melada de molho de carne. Que ótimo.

A mulher dirige o olhar para Raffe. Fui dispensada. Ela o observa longamente, apreciando, bebendo a imagem da quase nudez, dos ombros musculosos, do cabelo molhado. Os olhos dela deslizam sobre mim em uma breve acusação.

Ela se aproxima de Raffe e passa os dedos pelo peitoral reluzente.

— Então é mesmo você. — A voz é macia como milk-shake. Um milk-shake com vidro moído dentro. — Onde você esteve durante todo esse tempo, Raffe? E o que fez para merecer que cortassem suas asas?

— Você pode costurá-las de volta, Laylah? — Raffe pergunta duramente.

— Direto ao ponto — diz Laylah, caminhando até a janela panorâmica. — Encontro um tempo para você na minha agenda cheia, em cima da hora, e você nem me pergunta como estou?

— Não tenho tempo para joguinhos. Você pode ou não?

— Teoricamente, sim. Considerando que todas as estrelas se alinhem, claro. E há muitas estrelas que precisam se alinhar para isso funcionar. Mas a verdadeira pergunta é: por que eu deveria? — Ela abre as cortinas, ferindo meus olhos novamente com a vista panorâmica da cidade destruída. — Depois de todo esse tempo, existe alguma chance de você não ter sido atraído para o outro lado? Por que eu deveria ajudar os caídos?

Raffe caminha até o balcão onde está sua espada e tira a lâmina da bainha, evitando que o gesto pareça ameaçador, o que é um feito e tanto, considerando como a lâmina dupla é afiada. Ele a joga para o alto e a pega pela empunhadura. Em seguida, enfia a espada de volta na bainha, observando Laylah com expectativa.

Josias anui.

— Está tudo bem. A espada não o rejeitou.

— Não significa que ela não vá rejeitá-lo — diz Laylah. — Às vezes elas se apegam à lealdade por mais tempo do que deveriam. Não significa...

— Significa tudo o que tem de significar — diz Raffe.

— Não fomos feitos para ficar sozinhos — diz Laylah. — Não mais do que lobos. Nenhum anjo pode suportar tamanha solidão por tanto tempo. Nem mesmo você.

— Minha espada não me rejeitou. Fim de papo.

Josias pigarreia.

— E quanto às asas?

Laylah fulmina Raffe com o olhar.

— Não tenho lembranças muito boas de você, Raffe, caso tenha esquecido. Depois de todo esse tempo, você aparece na minha vida novamente, do nada. Fazendo exigências, me insultando e ostentando seu brinquedo humano na minha presença. Por que eu deveria fazer isso por você, em vez de contar para todo mundo que você teve a cara de pau de voltar?

— Laylah — diz Josias, com nervosismo. — Eles saberiam que fui eu quem o ajudou.

— Eu deixaria você fora dessa, Josias — diz Laylah. — E então, Raffe? Nenhum argumento? Nenhuma súplica? Nenhum elogio?

— O que você quer? — pergunta Raffe. — Diga seu preço.

Estou acostumada a vê-lo tomando as rédeas da situação, tão acostumada a esse orgulho e controle, que acho difícil vê-lo desse jeito. Tenso, sob o poder de alguém que se comporta como uma amante rejeitada. Quem disse que seres celestiais não podem ser mesquinhos?

Seus olhos deslizam para mim como se ela quisesse dizer que o preço é me matar. Depois volta a olhar para Raffe, pesando as opções.

Alguém bate à porta.

Alarmada, Laylah fica rígida. Josias parece que acabou de ser condenado ao inferno.

— É só o meu jantar — diz Raffe, abrindo a porta antes que algum de nós suma de vista.

Parado à porta, está Dee-Dum, com uma postura neutra e profissional, sem deixar de ver todos nós numa olhada só. Ainda está com trajes de mordomo, de fraque e luvas brancas. Ao seu lado, há um carrinho com uma travessa coberta por uma cúpula e talheres enrolados num guardanapo. O quarto se enche mais uma vez com os aromas de carne quente e legumes frescos.

— Onde o senhor gostaria que eu pusesse? — pergunta Dee-Dum, sem mostrar nenhum sinal de reconhecimento, nem julgar a quase nudez de Raffe.

— Eu levo. — Raffe pega a travessa, também sem mostrar sinais de reconhecimento. Talvez ele nunca tenha notado os gêmeos no acampamento. Não há dúvida de que os irmãos notaram Raffe.

Quando a porta se fecha, Dee-Dum faz uma reverência, mas seus olhos nunca param de rastrear o cenário no quarto. Tenho certeza de que ele captou cada detalhe, memorizou cada rosto.

Raffe nunca vira de costas para ele e não mostra as cicatrizes, por isso Dee-Dum talvez ainda pense que ele é humano, embora eu me pergunte se ele viu Raffe no clube, com as asas à mostra entre as fendas do smoking. De qualquer maneira, o pessoal de Obi não vai ficar feliz ao saber que dois "hóspedes" fugidos de seu acampamento acabaram na companhia de anjos no ninho da águia. Será que, se o Raffe abrisse a porta com tudo agora, encontraria Dee-Dum com o ouvido na porta?

Laylah relaxa um pouco e se senta na poltrona de couro, como uma rainha assumindo o trono.

— Você aparece sem ser convidado, come da nossa comida, fica todo à vontade na nossa casa como um rato e ainda tem a cara de pau de pedir ajuda?

Eu queria ficar quieta. Resgatar as asas é tão importante para Raffe quanto salvar Paige é para mim. Mas ver Laylah acomodada na frente de uma visão panorâmica da cidade carbonizada é demais.

— Não é a sua comida e não é a sua casa. — Praticamente cuspo as palavras.

— Penryn — diz Raffe em tom de advertência ao colocar a travessa sobre o balcão do bar.

— E não insulte nossos ratos. — Minhas mãos se fecham tão forte em punhos que as unhas fazem marcas na palma. — Eles têm o direito de estar aqui. Diferentemente de vocês.

A tensão é tão grande que me pergunto se vou sufocar. Posso ter acabado de jogar pelos ares a chance de Raffe conseguir as asas de volta. A ariana parece pronta para me quebrar ao meio.

— Está bem — diz Josias num tom apaziguador. — Vamos fazer uma pausa aqui e focar no que é importante. — De todos eles, é o que parece mais maléfico com os olhos cor de sangue e um branco artificial em todo o resto. Se bem que aparência não é tudo. — Raffe precisa das asas de volta. Agora precisamos descobrir o que a Linda Laylah pode obter com isso para ficarmos todos felizes. É isso que importa, não é?

Ele olha para cada um de nós. Quero dizer que não vou ficar feliz, mas já disse o suficiente.

— Ótimo. Então, Laylah — diz Josias —, como podemos te fazer feliz?

Os cílios de Laylah piscam timidamente.

— Vou pensar em alguma coisa. — Não tenho dúvida de que ela já sabe o preço. Por que se fazer de tímida? — Venha ao meu laboratório em uma hora. Vou precisar desse tempo para me preparar. Vou precisar das asas agora.

Raffe hesita, como um homem prestes a assinar um pacto com o demônio. Em seguida volta para o quarto, deixando-me à mercê de Laylah e Josias.

Que vão para o inferno. Vou atrás de Raffe e o encontro no banheiro, enrolando as asas em toalhas.

— Não confio nela — digo.

— Eles podem te ouvir.

— Não me importo. — Inclino o corpo no batente da porta.

— Tem uma ideia melhor?

— E se ela simplesmente roubar suas asas?

— Eu me preocupo com isso depois que acontecer. — Ele coloca uma asa de lado e começa a envolver a outra numa toalha igual, praticamente do tamanho de um lençol.

— Você não vai ter vantagem depois.

— Não tenho vantagem agora.

— Você tem as asas.

— O que eu deveria fazer com elas, Penryn? Pendurar na parede? São inúteis para mim, a menos que eu consiga costurá-las de volta no lugar. — Raffe passa a mão sobre as duas asas dobradas e fecha os olhos.

Fico me sentindo uma idiota. Certamente isso já é difícil o suficiente, e eu não preciso reforçar ainda mais suas dúvidas.

Raffe passa suavemente por mim e atravessa a porta. Fico no banheiro até ouvir a porta da frente se fechar atrás do par de anjos.

33

OLHO FIXO PARA AS JANELAS escuras com vista para a cidade carbonizada.

— Me fala sobre o Mensageiro. — Essa é a primeira chance que tenho de tentar encontrar um sentido na conversa anterior com Josias.

— Deus dá ordens para Gabriel. Ele é o Mensageiro. Depois Gabriel diz ao resto de nós o que Deus quer. — Raffe pega uma colherada enorme de purê de batata requentado. — Essa é a teoria, pelo menos.

— E Deus não fala com nenhum dos outros anjos?

— Certamente não comigo. — Raffe corta o bife malpassado. — Mas, por outro lado, não tenho sido muito popular ultimamente.

— Ele nunca falou com você? Nenhuma vez?

— Não. E duvido que algum dia vá falar.

— Mas, pelo que o Josias disse, parece que você podia ser o próximo Mensageiro.

— É, não seria uma grande ironia? Mas não é impossível. Para todos os efeitos, estou na linha de sucessão.

— E por que seria uma grande ironia?

— Porque, srta. Intrometida, sou agnóstico.

Já tive muitas surpresas nos últimos meses. Essa, porém, quase me derruba no chão.

— Você é... agnóstico? — Olho para ele em busca de sinais de humor. — No sentido de não ter certeza da existência de Deus? — Mais sério do que ele, impossível. — Como assim? Você é um anjo, pelo amor de Deus.

— E daí?

— E daí que é criatura de Deus. Ele te criou.

— Suspostamente ele também criou vocês, e não existe gente que não tem certeza da existência de Deus?

— Bom, existe, mas Deus não fala com a gente. — Minha mãe me vem à cabeça. — Está bem, admito que existem pessoas que alegam conversar com Deus ou vice-versa. Mas como vou saber se é verdade?

Minha mãe nem fala com Deus usando nossa língua. É algum idioma inventado que só ela entende. Suas crenças religiosas são fanáticas. Para ser mais precisa, sua crença no diabo é fanática.

Eu? Mesmo agora, com os anjos e tudo mais, ainda não consigo acreditar no Deus dela. Embora eu admita muito tarde, eu meio que tenho medo do diabo dela. Acho que isso faz de mim agnóstica. Até onde todo mundo sabe, esses anjos podem simplesmente ser uma espécie alienígena de outro mundo que tenta nos ludibriar para desistirmos sem lutar muito. Não sei, e espero nunca saber sobre Deus, anjos ou a maioria das questões da vida. E aceitei tudo isso.

Mas agora encontrei um anjo agnóstico.

— Você está me deixando confusa. — Eu me sento à mesa.

— A palavra do Mensageiro é aceita como a palavra de Deus. Agimos de acordo com ela. Sempre agimos. Quer a gente acredite ou não. Se o próprio Mensageiro acredita ou não, isso é outra história.

— Então, se o Mensageiro disser para matar todos os humanos remanescentes só porque ele está a fim, os anjos fariam isso?

— Sem questionar. — Ele come outra porção do bife malpassado.

Deixo a ideia me invadir enquanto Raffe se levanta a fim de se preparar e sair para a cirurgia.

Ele põe a mochila. Está enrolada com toalhas brancas para dar a impressão de que as asas estão dobradas debaixo do smoking.

Eu me levanto para ajudá-lo a ajustar o casaco.

— Não vai parecer suspeito?

— Não existem tantos olhos assim para onde estou indo.

Ele caminha até a porta da frente e para.

— Se eu não voltar até o amanhecer, encontre Josias. Ele vai te ajudar a sair do ninho da águia.

Meu peito se aperta, tenso.

Nem ao menos sei para onde ele está indo. Provavelmente para algum açougue de fundo de quintal, daqueles bem escuros, com instrumentos cirúrgicos imundos.

— Espere. — Aponto para a espada sobre o balcão. — E a espada?

— Ela não vai gostar de todos aqueles bisturis e agulhas perto de mim e não pode me ajudar enquanto eu estiver deitado na mesa de cirurgia.

Sinto um frio na barriga de pensar em Raffe deitado numa mesa, indefeso e cercado de anjos hostis. Sem contar a possibilidade de um ataque da resistência durante a cirurgia.

Será que devo alertá-lo?

E correr o risco de Raffe contar ao povo dele? Os velhos amigos e soldados leais?

E o que ele faria se soubesse? Cancelaria a operação e desistiria de sua única esperança de conseguir as asas de volta? Sem chance.

Raffe atravessa a porta, sem uma palavra de advertência da minha parte.

34

NÃO SEI O QUE FAZER, além de andar de um lado para o outro.

Estou agitada demais para pensar direito. Minha mente tropeça no que possivelmente está acontecendo com Paige, com a mamãe, com Raffe e com os guerreiros da liberdade.

Como vou conseguir comer, dormir e desfrutar do luxo enquanto Paige está em algum lugar por perto? Desse jeito, podem se passar semanas antes de termos pistas dela. Eu só queria que tivesse alguma coisa que eu pudesse fazer em vez de esperar aqui, indefesa, até Raffe sair da cirurgia.

Pelo que vi, humanos não têm permissão para andar por todos os lugares do ninho da águia sem estar acompanhados de um anjo.

A menos que sejam empregados...

Descarto meia dúzia de ideias malucas envolvendo coisas como atacar uma empregada do meu tamanho e roubar as roupas dela. Isso pode funcionar nos filmes, mas seria a mesma coisa que condenar alguém a morrer de fome se a funcionária fosse expulsa do ninho da águia. Posso não aprovar que humanos trabalhem para os anjos, mas quem sou eu para julgar a forma como sobrevivem a essa crise e alimentam a família?

Pego o telefone e peço uma garrafa de champanhe no menu do serviço de quarto. Considero perguntar sobre Dee-Dum, mas decido deixar ao acaso dessa vez.

No Mundo Antes, eu não teria idade legal para tomar bebida alcoólica, muito menos pedir para entregarem uma garrafa de champanhe numa suíte de mil dólares a diária. Ando de um lado para o outro, pensando em todos os cenários possíveis. Quando estou convencida de que vou fazer um buraco no carpete aveludado, alguém bate à porta.

Por favor, por favor, que seja Dee-Dum.

Abro a porta para uma mulher tímida. Seus olhos escuros espiam sob uma cortina de cabelos castanhos crespos. Estou tão desapontada que posso sentir o gosto metálico na boca. Tão frustrada por não ser Dee-Dum que considero seriamente atacá-la e pegar o uniforme preto e branco. Ela veste uma saia longa preta com uma camisa muito branca, e um casaco na altura da cintura que parece a versão feminina de um smoking. É um pouco maior do que eu, mas não muito.

Abro a porta e peço que entre. A garota vai até a mesinha de centro e pousa a bandeja.

— Você tem família? — pergunto.

Ela se vira e me olha como um coelho assustado, depois faz que sim, e seu cabelo frisado cai sobre os olhos.

— Esse emprego é suficiente para alimentá-los?

Ela faz que sim de novo, e seu olhar assume uma feição cautelosa. Pode ser que ela fosse uma inocente há alguns meses, mas também pode ter sido em outra vida. A inocência em seus olhos foge depressa demais. A menina lutou para conseguir o emprego e, pela sua expressão sombria, também lutou para mantê-lo.

— Quantos de vocês fazem entrega de serviço de quarto?

— Por quê?

— Só curiosidade. — Considero dizer que estou procurando Dee-Dum, mas não quero colocá-lo em risco. Existem muitas coisas que eu não entendo sobre a sociedade angelical e a política dos empregados para começar a citar nomes por aí.

— Somos mais ou menos meia dúzia. — Ela encolhe um dos ombros e mantém o olhar cauteloso em mim ao se dirigir para a porta.

— Vocês se revezam na entrega?

Ela faz que sim. Seus olhos disparam para a porta do quarto, provavelmente se perguntando onde está meu anjo.

— Estou te assustando? — digo com um tom deliberadamente assustador. Seus olhos disparam em minha direção. Vou caminhando até ela como uma vampira com expressão faminta no rosto. Estou improvisando, mas percebo que a estou assustando. Acho que é melhor do que ser motivo de riso por agir de um jeito esquisito.

Seus olhos se arregalam à medida que me aproximo. Ela agarra a maçaneta e praticamente sai correndo.

Tomara que isso a faça evitar se candidatar a entregas nesse quarto. Só vou precisar pedir mais cinco coisas, no máximo.

No fim das contas, só preciso pedir mais duas antes que Dee-Dum venha até meu quarto com uma larga fatia de cheesecake. Fecho a porta rapidamente atrás dele e me apoio nela como se isso o forçasse a me ajudar.

A primeira coisa que quero perguntar é quando o ataque vai acontecer, mas ele já me viu na companhia de anjos, e temo que pense em mim como ameaça se eu começar a fazer perguntas sobre os planos de ataque. Por isso, fico com o básico.

— Você sabe onde eles mantêm as crianças? — Não acho que minha voz tenha saído alta demais, mas ele estende a mão e gesticula, indicando para eu abaixar o tom mesmo assim. Seus olhos disparam para o quarto. — Eles se foram — sussurro. — Por favor, me ajude. Preciso encontrar minha irmãzinha.

Ele me olha por tempo suficiente para me deixar inquieta. Depois tira uma caneta e um bloco de papel, do tipo que garçons usam para anotar os pedidos. Rabisca alguma coisa e me entrega. No bilhete se lê:

Vá embora agora, enquanto pode.

Estendo a mão para pegar a caneta e escrevo no mesmo pedaço de papel. Alguns meses atrás, teria sido natural usar um novo papel para um novo bilhete, mas agora o que temos pode ser o último de todos.

Não posso. Preciso salvar minha irmã.

Ele escreve:

Então você vai morrer.

Posso te contar coisas sobre eles que você provavelmente não sabe.

Ele ergue as sobrancelhas, em questionamento.
O que posso dizer que lhe causaria interesse?

Eles estão passando por uma instabilidade política. Não sabem por que estão aqui.

Ele escreve:

Quantos?

Não sei.

Armas?

Não sei.

Plano de ataque?

Mordo o lábio. Não sei nada importante estrategicamente, e é isso o que ele procura.
— Por favor, me ajude — sussurro.
Ele me observa por um longo instante. Seus olhos estão calculando, desprovidos de emoção, o que é uma combinação estranha com seu rosto rosado e sardento. Não preciso desse mestre-espião de coração gelado. O que preciso é de Dee-Dum, o garoto da vizinhança que faz piadas e entretém.
Escrevo:

Você está me devendo, esqueceu?

Mostro um meio sorriso, na tentativa de fazê-lo voltar a ser o gêmeo brincalhão que conheci no acampamento. Funciona, mais ou menos. Seu rosto se aquece um pouco, provavelmente se lembrando da luta de mulheres. Queria saber qual foram os danos depois. Os demônios os deixaram em paz depois que fomos embora?

Ele escreve:

Eu te levo aonde pode ser que tenha crianças, mas depois é por sua conta.

Fico tão empolgada que o abraço.

— Algo mais, senhorita? — Ele faz que sim, balançando vigorosamente a cabeça e me dizendo para pedir algo novo.

— Hum, sim. Que tal... uma barra de chocolate? — Os chocolatinhos de Paige ainda estão no fundo da minha mochila, no carro. Eu faria qualquer coisa para dar chocolate a ela assim que a visse.

— Claro — ele diz ao pegar um isqueiro e colocar fogo no papel em que acabamos de escrever. — Posso trazer para a senhorita agora mesmo. — As chamas imediatamente consomem todo o bilhetinho, deixando para trás apenas restos curvados e o cheiro persistente de papel queimado.

Ele abre a torneira no bar, joga o bilhete em chamas e espera até que todos os vestígios das cinzas desapareçam. Depois pega o garfo da bandeja e enfia um pedaço enorme de cheesecake na boca. Com uma piscadela, ele sai, mostrando-me a mão aberta como sinal para eu esperar.

Gasto mais um pouco o carpete, andando em círculos até ele voltar. Penso sobre sua recusa em dizer qualquer coisa em voz alta e sobre o que ele pode estar fazendo aqui.

Parece que esse negócio de escrever bilhetes é um exagero de cautela, considerando a grossura das paredes e a algazarra no ninho da águia. Acho que Raffe teria me advertido se as conversas nos quartos pudessem ser ouvidas. Mas acho que o pessoal de Obi não teria o benefício de um anjo para lhes dizer que estão falando alto demais. Apesar de todos os espiões e contatos de Obi, é possível que eu saiba mais sobre anjos do que qualquer um deles.

Quando Dee-Dum volta, traz um uniforme de empregada e uma barra enorme de chocolate ao leite com avelãs. Visto o uniforme preto e branco o mais rápido possível. Fico agradecida por ver que os sapatos são práticos, de solado macio, plano, feitos para garçonetes que ficam em pé o dia todo. Sapatos com os quais posso correr. As coisas estão começando a melhorar.

Quando Dee-Dum pega o bloco de papel, digo que os anjos não podem nos ouvir. Mesmo assim, ele me mostra um olhar cético. Só fica assustado a ponto de falar quando pego a espada de Raffe.

— Que diabos é isso? — Sua voz é baixa, mas pelo menos ele está falando. Dee-Dum não tira os olhos da espada enquanto amarro a bainha nas costas.

— Tempos perigosos, Dee-Dum. Toda garota devia carregar uma espada. — Tenho de amarrá-la de cabeça para baixo, bem posicionada, para que se acomode nas minhas costas sem que o cabo apareça no meio do meu cabelo.

— Parece uma espada de anjo.

— Claro que não. Se fosse, eu não conseguiria levantar, né?

Ele faz que sim.

— Verdade.

Sua voz soa muito convicta para um homem que nunca tentou levantar uma espada. Meu palpite é que ele tentou várias vezes.

Testo a tira de couro ao redor da guarda da espada para ver se consigo abrir usando uma mão só.

Ele ainda está me olhando com suspeita, como se soubesse que estou mentindo sobre alguma coisa, mas não consegue saber o que é.

— Bem, acho que é mais silencioso do que um revólver. Onde você encontrou um negócio desse?

— Numa casa. O dono devia ser um colecionador.

Visto o casaquinho do uniforme. É um pouco grande para mim, por isso cai bem sobre a espada de cabeça para baixo. Não chega a cobrir o pomo, mas consegue passar numa inspeção casual. Minhas costas não parecem totalmente naturais, mas chegam perto. Meu cabelo comprido esconde a linha estranha.

É evidente que Dee-Dum quer me interrogar sobre a espada, mas parece que não consegue pensar nas perguntas certas. Faço um gesto para ele me mostrar o caminho.

A COISA MAIS DIFÍCIL DE ME LEMBRAR enquanto ando por entre a multidão no saguão é de me comportar com naturalidade. Sinto o pomo da espada batendo de leve no quadril a cada passo. Continuo querendo me espremer nas sombras e desaparecer, mas, vestidos com o uniforme dos empregados, somos invisíveis se nos comportarmos de acordo com o que se espera.

Os únicos que parecem perceber remotamente nossa presença são os outros empregados. Felizmente, eles não têm tempo ou energia para nos notar de verdade. A festa agora está pegando fogo e os empregados praticamente correm para dar conta do trabalho.

A única pessoa que me olha de perto é o recepcionista do turno da noite, que fez o nosso registro. Tenho um momento desconfortável quando seus olhos travam nos meus e vejo que me reconhece. Ele olha Dee-Dum. Os dois trocam um olhar. Em seguida, o recepcionista volta para sua papelada como se não tivesse visto nada fora do normal.

— Espere aqui — diz Dee-Dum, deixando-me nas sombras enquanto sai andando rumo à recepção.

Quantos membros da resistência será que se infiltraram no ninho da águia?

Eles conversam brevemente, depois Dee-Dum vai para a entrada e faz um gesto para que eu o siga. Seu passo é apressado, o ritmo é mais urgente que antes.

Fico um pouco surpresa quando Dee-Dum nos conduz para fora do prédio. A multidão que espera do lado de fora aumentou e os guardas estão ocupados demais para notar nossa presença.

Fico ainda mais surpresa quando ele nos faz dar a volta no prédio e entrar num beco escuro. Quase corro para acompanhá-lo.

— O que está acontecendo? — sussurro.

— Os planos mudaram. O tempo está se esgotando. Vou te mostrar aonde ir, depois tenho coisas que preciso fazer.

O tempo está se esgotando.

Eu o sigo em silêncio, tentando manter a calma.

Pela primeira vez, sou incapaz de controlar as dúvidas que me consomem. Será que vou conseguir encontrar Paige a tempo? Como vou conseguir tirá-la daqui sozinha sem a cadeira de rodas? Posso carregá-la nas costas, mas não vou conseguir correr ou lutar desse jeito. Só vamos ser um alvo grande e desajeitado, num jogo de tiro ao alvo.

E quanto ao Raffe?

À nossa direita, há uma entrada de carros fechada por um portão que leva ao estacionamento subterrâneo do ninho da águia. É para onde Dee-Dum me leva.

Tenho plena consciência de que somos humanos desarmados numa rua à noite. Eu me sinto ainda mais vulnerável quando percebo olhos que me observam ao longo do beco, onde amontoados escuros de pessoas se protegem do vento. Nada a respeito daqueles olhos me parece sobrenatural, mas não sou nenhuma entendida no assunto.

— Por que a gente não veio depois de sair do saguão de entrada? — pergunto.

— Tem sempre alguém vigiando aquelas escadas. Você tem uma chance muito maior de conseguir entrar lá aqui pelos fundos.

Ao lado da rampa gradeada, há uma porta metálica que leva para dentro da garagem. Dee-Dum saca um molho de chaves. Mexe com elas apressadamente e tenta algumas.

— Você não sabe qual é? E eu aqui achando que você era o tipo preparado de pessoa.

— E sou — diz ele com um sorriso travesso. — Mas essas chaves não são minhas.

— Você precisa mesmo me ensinar os truques de furtar dos bolsos das pessoas qualquer hora dessas.

Ele ergue os olhos como resposta, mas seu rosto se transforma e assume uma expressão perturbada. Viro para ver o que está olhando.

Sombras saem de fininho do beco escuro e se aproximam de nós.

Dee-Dum sai de seu canto e faz pose de luta, do jeito que um atleta de luta livre se prepararia para o impacto. Ainda estou tentando decidir se corro ou luto, quando quatro homens nos cercam.

Sob a luz do luar que entra e sai de trás das nuvens de chuva, vislumbro corpos sujos acres, roupas esfarrapadas e olhos feéricos. Como eles entraram na área restrita ao redor do ninho da águia? Se bem que eu também poderia me perguntar como os ratos entram nos lugares. Eles simplesmente entram.

— Vagabundos do hotel — um deles diz. Seus olhos captam a imagem das nossas roupas limpas, de corpos que tomaram banho recentemente. — Vocês têm comida aí?

— É — diz outro, brincando com correntes pesadas, do tipo que a gente vê pendurada em oficinas mecânicas. — Que tal um pouco dessa vadia como aperitivo?

— Ei, todos aqui estamos no mesmo time — diz Dee-Dum, com voz calma e apaziguadora. — Estamos todos lutando pela mesma coisa.

— Ei, otário — diz o primeiro, fechando mais o círculo ao nosso redor. — Quando foi a última vez que você passou fome, hein? Mesmo time uma ova.

O cara com as correntes começa a sacudi-las no ar como um laço de caubói. Tenho certeza de que está se mostrando, mas não sei bem se isso é tudo o que ele sabe fazer.

Meus músculos se preparam para brigar. Queria poder ter treinado com a espada antes de usá-la numa luta, mas é minha melhor aposta de conter as correntes.

Solto a correia e puxo a espada da bainha.

35

— PENRYN?

Todo mundo se vira para ver quem acabou de chegar.

No beco, um amontoado se desfaz e sai das sombras.

Minha mãe abre os braços ao se aproximar de mim. Seu bastão elétrico está pendurado no pulso como um pingente grande demais na pulseira dos loucos. Meu coração vai parar no estômago. Ela tem um grande sorriso no rosto, e está completamente alheia ao perigo que enfrenta.

Um suéter amarelo e alegre farfalha ao vento ao redor de seus ombros como uma capa curta. Ela passa pelos homens como se não os enxergasse. Talvez não enxergue. Em seguida me pega num abraço de urso e me gira no lugar.

— Fiquei tão preocupada! — Acaricia meu cabelo e me dá uma olhada, à procura de ferimentos. Parece encantada.

Balanço o corpo para me livrar de suas mãos, perguntando-me como posso protegê-la.

Estou prestes a sacar a espada quando percebo que os homens recuaram, aumentando o círculo ao nosso redor. De repente passaram de ameaçadores a nervosos. A corrente que era usada como um laço ameaçador um instante atrás agora é usada como um rosário para aliviar as preocupações, pois o cara mexe nos elos com nervosismo.

— Desculpe, desculpe — diz o primeiro cara para a minha mãe, com as mãos erguidas em rendição. — A gente não sabia.

— É — diz o da corrente. — A gente não queria fazer nada de mau. Sério. — Nervoso, ele se afasta para dentro das sombras.

Os rapazes se espalham pela noite, e Dee-Dum e eu ficamos observando, perplexos.

— Então você fez amigos, mãe.

Ela olha feio para Dee-Dum.

— Vá embora. — Pega o bastão elétrico e aponta para ele.

— Está tudo bem. É um amigo.

Minha mãe me dá um tapa na cabeça com força suficiente para machucar.

— Estava preocupada com você! Por onde andou? Quantas vezes eu já te disse para não confiar em qualquer um?

Odeio quando ela faz isso. Não tem nada mais humilhante do que levar um tapa da sua mãe louca na frente dos amigos.

Dee-Dum fica nos olhando, atônito. Apesar da atitude durona e das habilidades de batedor de carteira, é evidente que ele não pertence a um mundo onde mães batem nos filhos.

Estendo a mão para ele.

— Está tudo bem. Não se preocupe com isso. — Viro para minha mãe. — Ele vai me ajudar a encontrar a Paige.

— Ele está mentindo para você. Olha só para ele. — Os olhos dela se enchem de lágrimas. Ela sabe que não vou dar ouvido aos alertas. — Ele vai te enganar, te arrastar por um buraco imundo até o inferno e não vai te deixar sair nunca mais. Depois vai te acorrentar numa parede e deixar os ratos te comerem viva. Não consegue perceber isso?

Dee-Dum vira o rosto de mim para minha mãe, surpreso. Jamais pareceu tão menino.

— Chega, mãe. — Volto para a porta de metal ao lado da rampa gradeada da garagem. — Ou fica quieta, ou vou te deixar aqui e encontrar a Paige sozinha.

Ela corre para mim, agarrando meu braço, em súplica.

— Não me deixe aqui sozinha... — Vejo em seus olhos enlouquecidos o resto da frase: *sozinha com os demônios*.

Não menciono que ela parece ser o que há de mais assustador das ruas.

— Então fica quieta, tá?

Ela faz que sim. Seu rosto está cheio de angústia e medo.

Faço um gesto para Dee-Dum mostrar o caminho. Ele olha para nós, provavelmente tentando encontrar um sentido em tudo isso. Depois de uma pausa, ele pega as chaves, observando minha mãe com cuidado. Tenta várias na fechadura até encontrar uma que funciona. A porta se abre com um rangido que me faz encolher.

— Na outra extremidade da garagem, à direita, tem uma porta. Tente ela.

— O que tem lá?

— Não faço ideia. Alguns empregados dizem que pode ter crianças naquela sala. Mas quem sabe? Talvez sejam apenas anões.

Solto um suspiro profundo, tentando me acalmar. Meu coração estremece no peito como um pássaro moribundo. Tenho esperança de que Dee-Dum se ofereça para vir comigo.

— É uma missão suicida, sabia? — ele diz, e minha esperança de oferta de ajuda vai por água abaixo.

— Seu plano era esse o tempo todo? Me mostrar aonde ir e depois me convencer de que não há nada que eu possa fazer para salvar minha irmã?

— Na verdade, meu plano sempre foi me tornar uma estrela do rock, viajar o mundo colecionando fãs e depois ficar muito gordo e passar o resto da vida jogando videogame enquanto as mulheres não param de chover na minha horta, achando que ainda estou tão bonito quanto nos videoclipes. — Ele dá de ombros, como se para dizer: "Quem diria que o mundo acabaria sendo tão diferente?"

— Me ajuda?

— Desculpa, garota. Se for para eu cometer suicídio, vai ser muito mais chamativo do que acabar retalhado num porão tentando resgatar a irmã de alguém. — Ele sorri na penumbra, captando a ferroada de suas palavras. — Além do mais, tenho coisas muito importantes para fazer.

Aceno com a cabeça.

— Obrigada por me trazer aqui.

Minha mãe aperta meu braço, lembrando-me silenciosamente de que ela acha que tudo o que ele diz é mentira. Percebo que estou me despedindo dele como se eu também acreditasse que essa é uma missão suicida.

Enfio todas as dúvidas onde não posso mais senti-las. Tudo isso é muito parecido com saltar sobre um precipício. Se a gente não achar que consegue, não consegue.

Dou um passo para atravessar a porta.

— Você vai mesmo fazer isso? — pergunta Dee-Dum.

— Se fosse seu irmão lá dentro, o que você faria?

Ele hesita, depois olha em volta para garantir que ninguém nos ouve.

— Me escuta com atenção: você precisa sair dessa área dentro de uma hora. Estou falando sério. Vá para bem longe daqui.

Antes que eu pergunte o que está acontecendo, ele some nas sombras.

Uma hora?

Será que a resistência está planejando atacar tão depressa?

Seu alerta me deixa sob pressão. Seria arriscado para ele deixar vazar esse tipo de informação, o que significa que não há tempo suficiente para eu fazer muito estrago se for pega e interrogada.

Enquanto isso, não consigo me livrar da imagem de Raffe deitado, indefeso, numa mesa de cirurgia. Nem sei onde ele está.

Respiro fundo para me acalmar.

Entro na caverna escura que costumava ser uma garagem.

Depois de alguns passos, engulo o pânico e fico parada na escuridão absoluta. Minha mãe se agarra ao meu braço com força para machucar.

— É uma armadilha — sussurra em meu ouvido. Sinto que ela está tremendo, e aperto um pouco sua mão para encorajá-la.

Não há nada que eu possa fazer até meus olhos se ajustarem à escuridão, considerando que exista alguma coisa para que se ajustem. Minha primeira impressão é de que só haja breu nesse espaço cavernoso. Parada, espero até meus olhos se aclimatarem ao escuro. Tudo o que ouço é a respiração nervosa de minha mãe.

É só uma curta espera, mas parecem horas. Meu cérebro grita *anda, anda, anda*.

Enquanto meus olhos se adaptam, eu me sinto cada vez menos um alvo cego diante de um facho de luz.

Estamos paradas numa garagem subterrânea, cercadas por carros abandonados e mergulhados nas sombras. O teto parece ao mesmo tempo vasto e baixo demais. Primeiro, penso que há gigantes espalhados à minha frente, mas acabam se mostrando pilares de concreto. A garagem é um labirinto de carros e pilares escondidos na escuridão.

Seguro a espada angelical como um cetro divino. Odeio me aprofundar nas entranhas da garagem, longe do que iluminam as poucas luzes que penetram as barras do portão, mas é para onde devo ir, se quiser encontrar Paige. O lugar parece tão deserto que me sinto tentada a gritar por ela, mas provavelmente é uma péssima ideia.

Dou um passo cauteloso para dentro da escuridão quase total, tomando cuidado para evitar objetos no chão. Tropeço no que acho que seja uma bolsa jogada. Quase perco o equilíbrio, mas minha mãe me estabiliza com um aperto ferrenho no braço.

Meus passos ecoam nas sombras. Eles não apenas entregam nossa localização, como também interferem na minha capacidade de ouvir qualquer pessoa que esteja me seguindo. Minha mãe, por outro lado, é silenciosa como um gato. Até sua respiração agora é discreta. Ela praticou muito andar sorrateiramente na escuridão, evitando as coisas-que-a-perseguem.

Bato num carro e vou tateando ao redor, no que imagino que seja um zigue-zague de carros estacionados nas fileiras de vagas. Uso a espada mais como uma bengala de cego do que como uma arma.

Quase tropeço em uma mala. Algum viajante deve tê-la arrastado quando se deu conta de que não havia mais nada ali dentro que valesse a pena carregar. Estou tão fundo na garagem que era para estar tudo completamente escuro. No entanto, consigo ver, muito mal, a forma retangular da bagagem. Em algum lugar aqui há uma fonte de luz muito tênue.

Procuro por ela, tentando encontrar um lugar onde as sombras pareçam mais leves. Agora estou desesperadamente perdida num labirinto de carros. Poderíamos passar a noite toda perambulando por entre essas fileiras e não encontrar nada.

Viramos mais duas vezes, e, a cada uma, as sombras vão ficando mais claras, de um modo quase imperceptível. Se eu não estivesse muito atenta, talvez nem notasse.

A luz, quando a vejo, é tão tênue que provavelmente teria passado despercebida se o prédio não estivesse tão escuro. É só uma estreita fenda de luz que delineia uma porta. Encosto a orelha na entrada, mas não ouço nada.

Abro um pouquinho. Atrás está um patamar de escada. Uma luz fraca nos chama para baixo.

Fecho a porta atrás de nós o mais silenciosamente possível e desço. Graças a Deus que os degraus são de cimento, e não de metal, que fariam um barulho oco ressoar debaixo dos nossos pés.

No pé da escada há outra porta fechada, contornada por brilhantes frestas de luz. Encosto a orelha na porta. Alguém está falando.

Não consigo ouvir o que está sendo dito, mas percebo que há pelo menos duas pessoas. Esperamos, agachadas no escuro, com a orelha encostada na porta, na esperança de que haja outra porta por onde essas pessoas saiam.

As vozes vão sumindo e param. Depois de alguns instantes de silêncio, abro um pouco a porta, com medo de que ela faça barulho. Mas ela se abre, sem ruído algum.

É um espaço de concreto do tamanho de um armazém. A primeira coisa que noto são fileiras e mais fileiras de colunas de vidro, cada uma grande o bastante para abrigar uma pessoa adulta.

Só que o que há nesses tubos se parece mais com estranhos anjos-escorpiões.

36

PARECEM ANJOS COM TÊNUES ASAS de libélulas dobradas ao longo do contorno das costas, mas não são. Pelo menos nunca vi um anjo assim antes. Nem vou querer ver.

Há algo errado neles. Voam em colunas de líquido transparente, e sinto que estou espiando dentro do útero sem corpo de um animal que não deveria existir.

Alguns são do tamanho de adultos, de músculos estufados, apesar de curvados em posição fetal. Outros são menores, como se lutassem para sobreviver. Alguns parecem chupar o dedo. Acho a humanidade desse gesto particularmente perturbadora.

De frente, parecem humanos, mas, de costas e de lado, parecem estranhamente alienígenas. Gordas caudas de escorpião crescem da extremidade inferior da coluna e se curvam sobre a cabeça. Esses apêndices terminam em ferrões, prontos para perfurar. A visão dessas caudas traz de volta ecos do meu pesadelo. Estremeço.

A maioria está com as asas dobradas, mas alguns estão com as asas parcialmente abertas ao longo da curva dos tubos, como se sonhassem voar. Esses são mais fáceis de olhar do que os que tremem a cauda, como se sonhassem matar.

Os olhos estão fechados com o que parecem ser pálpebras subdesenvolvidas. Não têm cabelo na cabeça, e a pele é quase transparente, mostrando a trama de veias e músculos que há por baixo. Seja lá o que forem essas coisas, ainda não se desenvolveram por completo.

Evito ao máximo que minha mãe veja isso. Ela surtaria na hora. Para variar, talvez sua reação seja sensata.

Faço um gesto para ela esperar por mim onde está. Mostro uma expressão muito intensa para ela entender que estou falando sério, mas não sei se vai adiantar alguma coisa. Espero que ela fique. O pior que pode acontecer agora é que minha mãe tenha um surto daqueles. Nunca pensei que um dia seria grata por sua paranoia, mas sou. Há uma boa chance de que ela se esconda na escuridão como um coelho na toca até eu voltar para buscá-la. Se alguma coisa acontecer, pelo menos ela tem o bastão elétrico.

Meu estômago se aperta com um medo gélido do que estou prestes a fazer. Mas se Paige estiver aqui, não posso deixá-la.

Eu me forço a entrar na sala cavernosa.

Dentro, o ar é frio e clínico. Há um cheiro de formol. Um cheiro que associo com coisas mortas há muito tempo, fechadas em jarras, sobre uma prateleira. Entro cautelosamente entre as colunas de vidro para enxergar o resto do cômodo.

Ao andar entre os tubos, noto o que parecem ser pilhas de tecidos amontoados e algas no fundo de tanques. Uma sensação apavorante sobe pelas minhas costas. Desvio o olhar rapidamente, não querendo ver mais de perto.

Mas, quando olho para o outro lado, vejo algo que coalha minha terrível sensação de pavor.

Uma das criaturas está dando um abraço de amante numa mulher dentro de seu tanque. A cauda arqueia sobre a cabeça dele e baixa no pescoço da mulher, enterrando-lhe o ferrão na nuca.

Uma tira do vestido de festa foi abaixada no ombro dolorosamente magro. A boca do anjo-escorpião está enterrada no seio murcho da mulher. A pele dela rachou sobre a carne cada vez mais seca, como se todos os seus fluidos estivessem sendo drenados pela criatura.

Alguém forçou uma máscara de oxigênio sobre a boca e o nariz da mulher. Os tubos pretos da máscara sobem até o topo do tanque, parecendo um cordão umbilical esquisito. Os cabelos escuros são a única coisa nela que se movem. Flutuam, etéreos, ao redor dos cabos e do ferrão.

Apesar da máscara, eu a reconheço. É a mulher que se despediu dos filhos e do marido na cerca, antes de entrar no ninho da águia. A mulher que se virou para jogar um beijo para a família. Parece ter envelhecido vinte anos desde que a vi pela última vez, algumas horas atrás. Seu rosto está pálido, sua pele é flácida ao redor dos ossos. Ela perdeu peso. Muito peso.

Debaixo de seus pés flutuantes, há uma pilha descartada de coisas de cores vivas que agora reconheço como pele sobre ossos. O que inicialmente achei que fossem algas marinhas são, na verdade, cabelos que oscilam devagar no fundo do tanque.

Aos poucos, esse monstro está liquefazendo e bebendo as entranhas da mulher.

Meus pés não se mexem. Fico parada como uma presa, à espera de ser capturada por um predador. Todos os meus instintos gritam para eu correr.

Mas, quando penso que não pode ficar pior, vejo os olhos dela. Arregalados, artificiais, sobre as órbitas enormes. Vejo neles um lampejo de dor e desespero. Espero que ela pelo menos tenha morrido rápido e sem dor, mas duvido.

Quando estou prestes a virar as costas, um amontoado de pequenas bolhas escapa de sua máscara de ar e flutua por seus cabelos.

Congelo. Não é possível que ela esteja viva, é?

Mas por que alguém colocaria uma máscara de ar se ela estivesse morta?

Espero e observo, em busca de sinais de vida. O único movimento que vejo é causado pelo escorpião, que suga a mulher avidamente para secá-la. A pele um dia vibrante se enruga diante dos meus olhos. Os cabelos dançam em ondas lentas cada vez que o escorpião se mexe.

Então, outro grupo de bolhas de ar escapa da máscara.

Ela está respirando. Extremamente devagar, mas ainda respirando.

Desvio o olhar e me forço a procurar algo no recinto que consiga usar para tirá-la desse tanque. Agora vejo que há outros tanques, e que todos também estão com gente dentro. Estão todos em diferentes estágios do abraço de morte, com algumas pessoas ainda com aparência vívida e fresca, enquanto outras parecem secas e quase vazias.

Um dos escorpiões tem nos braços uma mulher fresca num vestido de festa e a beija na boca, com a máscara de oxigênio pairando no alto. Outro tem um homem, com o uniforme do hotel. O monstro-escorpião está com a boca acoplada ao olho da vítima.

Não é uma alimentação sistemática. Alguns tanques têm uma grande pilha no fundo, ao passo que outros têm uma muito pequena. Também exibem vários anjos-escorpiões. Alguns são grandes e musculosos, ao passo que outros são frágeis e malformados.

Enquanto fico ali me sentindo atônita e enjoada, uma porta se abre no outro extremo do porão e ouço alguma coisa rolar no concreto.

Meu instinto é de me esconder atrás de um tanque, mas não consigo me forçar a chegar perto de um. Por isso fico no meio da matriz de colunas de vidro, tentando decifrar o que está acontecendo do outro lado. Tentar ver o recinto através das colunas de vidro é como tentar ler um bilhete do outro lado de um tanque de tubarões. Tudo parece distorcido e irreconhecível.

Se não posso ver os anjos, acho que eles também não podem me ver. Espio ao lado de uma coluna e consigo uma perspectiva diferente da sala. Tento me blindar para ignorar as vítimas. Não vou ser útil para ninguém se for capturada.

Do outro lado da matriz, um anjo repreende um empregado humano.

— Era para essas gavetas terem chegado na semana passada. — Ele veste um avental branco de laboratório, drapeado sobre as asas.

O humano está atrás de um enorme armário de aço, equilibrado sobre um carrinho de transporte. Há três gavetas altas, cada uma larga o bastante para abrigar uma pessoa. Não quero pensar no que costuma ir dentro delas.

— Você escolheu a pior noite para entregar isso aqui. — O anjo faz um aceno vago para a parede mais distante. — Coloque isso lá, encostado na parede. Precisam ficar seguros para nunca tombarem. Os corpos estão lá. — Ele aponta para a parede adjacente. — Tive que empilhá-los no chão, graças à sua demora. Pode colocar os corpos nas gavetas, quando terminar de colocá-las no lugar.

O empregado parece horrorizado, mas o anjo do laboratório não parece notar. O homem vai até a parede mais distante com o armário, enquanto o anjo vai para o lado oposto.

— A noite mais interessante em séculos, e esse idiota tem que escolher justo hoje, entre todas as noites, para entregar móveis — o anjo do laboratório resmunga para si mesmo ao caminhar até a parede, à minha esquerda.

Mudo de lugar para continuar escondida do anjo, que avança. Ele empurra duas portas vaivém e desaparece.

Dou um pequeno passo para frente e olho ao redor do tanque para ver se tem alguém mais na sala. Não há ninguém além do homem que descarrega as gavetas de cadáveres. Será que devo me mostrar e implorar por ajuda? Poderia poupar muito tempo e trabalho se pudesse fazer alguém ali me ajudar.

Por outro lado, ele pode achar que ganharia pontos convertidos em brownies, se entregasse um intruso. Paralisada na indecisão, observo o empregado empurrar o carrinho vazio por um conjunto de portas duplas do outro lado da sala.

Depois que ele se vai, a sala vazia se enche com os ruídos de bolhas de ar que saem dos tanques. Meu cérebro grita de novo — *anda, anda, anda*. Preciso encontrar Paige antes que a resistência ataque.

Mas também não posso deixar essas pessoas serem sugadas até a morte por esses monstros.

Vou me esgueirando pela matriz de colunas fetais, à procura de alguma coisa para tirar as vítimas dos tanques. No fim da sequência, vejo uma escada azul. Perfeito. Posso abrir o topo dos tanques e tentar soltar as vítimas.

Deslizo a espada de novo dentro da bainha para libertar as mãos. Conforme subo a escada, uma nova massa de cores aparece e começa a crescer à minha direita. As colunas de fluidos distorcem a imagem, dando-me a impressão de um aglomerado de carne com centenas de mãos e pés, além de rostos nojentos e retorcidos, pontuados por toda a massa.

Inclino o corpo um pouco para frente, com cuidado. Um truque de luzes faz as distorções dançantes parecerem milhares de olhos me acompanhando.

Então saio da matriz de colunas para ver o que é realmente aquilo.

Meu peito se aperta e paro de respirar por alguns segundos. Meus pés ficam grudados no chão e simplesmente permaneço ali parada, naquela vastidão, como se estivesse hipnotizada.

37

MEU CÉREBRO SE RECUSA A ACREDITAR no que meus olhos veem, e tenta interpretar a cena como uma prateleira de bonecas descartadas. Meros tecidos e plástico, criados por um fabricante de brinquedos com sérios problemas de agressividade. Não consigo me convencer da ilusão e sou forçada a enxergar o que realmente está ali.

Nas paredes brancas, há fileiras e mais fileiras de crianças.

Algumas estão rígidas, na frente umas das outras, em filas de seis. Outras estão sentadas, encostadas na parede e nas pernas de outras crianças. Outras ainda estão de costas e de bruços, empilhadas umas sobre as outras, como troncos de madeira.

Variam de bebês com pouco mais de um ano até crianças de dez ou doze anos. Estão todas nuas, sem nenhuma peça de roupa para protegê-las. Têm distintas suturas de autópsia em formato de Y, que começam no peito e se estendem até a virilha.

A maioria tem pontos adicionais nos braços, pernas e garganta. Algumas têm pontos no rosto. Há crianças de olhos arregalados; outras, de olhos fechados. Alguns deles são amarelos ou vermelhos onde deveriam ser brancos. Algumas têm buracos enormes onde ficavam os olhos, e outras têm as pálpebras costuradas com grandes pontos desajeitados.

Quase perco a luta constante que travo com meu estômago, e toda a bela refeição que comi mais cedo vem parar na garganta. Tenho de engolir forte para manter tudo no lugar. Minha respiração parece quente demais, e o ar parece frio demais na minha pele arrepiada.

Quero, ou melhor, preciso, fechar os olhos, bloquear o que estão vendo, só que não consigo. Observo cada criança brutalizada, à procura do rostinho de fada da minha irmã. Começo a tremer inteira, sem parar.

— Paige. — Minha voz sai num sussurro entrecortado.

Mal consigo sussurrar o nome dela, mas digo de novo e de novo, na esperança de que, agindo assim, fique tudo bem. Sou atraída pela pilha de cadáveres mutilados como se estivesse num pesadelo interminável, e não consigo desviar os olhos.

Por favor, que ela não esteja aqui. Por favor, por favor. Tudo menos isso.

— Paige? — Há horror em minha voz, assim como um fio de esperança de que ela não esteja aqui.

Algo se vira na pilha de carne costurada.

Dou um passo trêmulo para trás, sentindo todas as forças se esvaírem de minhas pernas.

Um garotinho rola do topo da pilha e cai de bruços no chão.

Dois corpos abaixo de onde ele estava, uma pequena mão se estende cegamente e se segura, desajeitada, no ombro do menino caído. Os corpos acima da mão balançam de um lado para o outro, ganhando movimento, até caírem por cima do menino.

Finalmente vejo a criança a quem pertence a mão que tenta tatear pelo caminho. É uma garotinha com pernas desproporcionalmente finas. Uma cortina de cabelo castanho esconde seu rosto enquanto ela se arrasta dolorosamente em minha direção.

Tem um corte horrível acima do traseiro, que intercepta outro que sobe pela espinha dorsal. Grandes pontos desiguais percorrem a coluna, juntando a pele ferida e rasgada. Cortes sobem pelos braços e descem pelas pernas. O vermelho e o arroxeado dos ferimentos e hematomas contrastam agudamente com a pele cadavérica.

Estou paralisada de terror, ansiando fechar os olhos com toda a força e fingir que isso não é real. Mas sou incapaz de qualquer coisa, a não ser observar o progresso doloroso por cima da pilha de corpos. Ela se levanta com a ajuda dos braços; as pernas são dois pesos mortos que se arrastam atrás dela.

Depois de uma eternidade, a menina finalmente levanta a cabeça. O cabelo embaraçado escorrega no rosto.

E aqui está minha irmãzinha.

Seus olhos suplicantes encontram os meus. São grandes para seu rostinho delicado e se enchem de lágrimas ao me ver.

Caio de joelhos, mal sentindo a pancada no concreto.

O rosto da minha irmã caçula tem pontos que vão das orelhas aos lábios, como se alguém tivesse aberto a parte de cima da cabeça e depois colocado de volta no lugar. Está todo inchado e ferido, em cores muito vivas.

— Paige. — Minha voz falha.

Engatinho até ela e a pego nos braços. Paige está gelada como o chão de concreto.

Ela se enrola em meus braços como costumava fazer quando era pequenininha. Tento segurá-la no colo, mesmo que agora ela seja grande demais para isso. Sua respiração em meu rosto é tão fria quanto uma brisa ártica. Tenho um pensamento louco de que talvez eles tenham drenado todo o seu sangue para que ela nunca mais se aqueça.

Minhas lágrimas pingam sobre suas bochechas, misturando nossa angústia numa só.

38

— TOCANTE — DIZ UMA VOZ clínica atrás de mim.

O anjo nos segue com uma expressão tão indiferente que é impossível detectar algo de humano atrás dela. O tipo de olhar que um tubarão mostraria a duas meninas em prantos.

— É a primeira vez que um de vocês invade este lugar em vez de tentar escapar.

Atrás dele, o rapaz da entrega passa pelas portas duplas com outra carga de gavetas metálicas. Sua expressão é toda humana. Um misto de surpresa, preocupação e medo.

Antes que eu possa responder, o anjo ergue os olhos em direção ao teto e inclina a cabeça. Parece um cachorro escutando alguma coisa tão longe, audível só para outros cães.

Abraço mais forte o corpo franzino da minha irmã, como se pudesse protegê-la de todas as coisas monstruosas. Preciso de todas as minhas forças para fazer a voz pelo menos sair, já que não vai sair firme.

— Por que você faria uma coisa dessas? — forço, num sussurro.

Atrás do anjo, o rapaz da entrega sacode a cabeça para mim, em advertência. Ele parece querer se encolher atrás de suas gavetas de cadáveres.

— Não tenho que explicar nada para um macaco — diz o anjo. — Coloque o espécime de volta no lugar.

O espécime?

A raiva fervilha pelas minhas veias, e minhas mãos tremem com a necessidade de estrangulá-lo.

Incrivelmente, eu me controlo.

Em seguida lhe lanço um olhar fulminante, morrendo de vontade de fazer muito mais.

O objetivo é tirar minha irmã daqui, e não obter uma satisfação momentânea. Levanto Paige nos braços e vou andando com dificuldade até ele.

— Estamos indo embora. — Assim que as palavras saem, percebo que fazer não é tão fácil quanto falar.

Ele baixa a prancheta e dá um passo entre nós e a porta.

— Com a permissão de quem? — Sua voz é baixa e ameaçadora. A confiança suprema.

De repente, ele inclina a cabeça de novo, ouvindo alguma coisa imperceptível para mim. Uma careta macula sua pele lisa.

Respiro fundo duas vezes, tentando me livrar da raiva e do medo. Com cuidado, ponho Paige debaixo de uma mesa.

Então avanço para cima dele.

Acerto o anjo com todas as minhas forças. Sem pensar, sem planejar. Apenas movida por uma fúria desvairada e épica.

Não é muito comparado à força de um anjo, nem mesmo o menor deles. Mas tenho a vantagem do elemento-surpresa.

Minha pancada o faz colidir com uma mesa de exame, e eu me pergunto como seus ossos ocos não se quebram.

Arranco a espada angelical da bainha. Anjos são muito mais fortes do que humanos, mas podem ser vulneráveis no solo. Nenhum anjo bom no ar trabalharia no porão, onde não há janelas por onde possa sair voando. Há uma boa chance desse aqui não levantar voo muito rápido.

Antes que o anjo possa se recuperar da queda, faço um movimento de brandir a espada, mirando o pescoço.

Ou tento.

Ele é mais rápido do que eu imaginava. Ele agarra meu pulso e o bate na beirada da mesa.

A dor é excruciante. Minha mão se abre e deixa a espada voar. A lâmina cai no chão de concreto com um clangor, longe do meu alcance.

Ele levanta devagar enquanto tento pegar um bisturi de uma bandeja. O objeto é insignificante e inútil. Avalio minhas chances de vencer ou apenas feri-lo: de baixas a nenhuma.

A conclusão me deixa ainda mais irritada.

Arremesso o bisturi em sua direção. O objeto lhe causa um pequeno corte na garganta, fazendo sangue borbulhar e sujar o colarinho branco.

Pego uma cadeira e a jogo sobre ele, antes que se recupere.

Ele a arremessa de lado como se eu tivesse lançado uma bolinha de papel.

E então, antes que eu perceba que está vindo atrás de mim, ele me joga no chão de concreto e começa a me estrangular. Ele bloqueia meu ar, cortando a circulação de sangue para meu cérebro.

Cinco segundos. É tudo o que tenho antes de perder a consciência.

Levanto os braços entre os dele como uma cunha. Depois abro e golpeio com força seus antebraços.

Deveria funcionar para me libertar do estrangulamento. Sempre funcionou durante os treinos.

Entretanto, o aperto não alivia nem um pouco. No meu pânico, não levei em conta sua força sobre-humana.

Numa última e desesperada tentativa, junto as mãos e entrelaço os dedos com firmeza. Recuo e bato os dedos na curva de seu braço, com toda a força.

Ele puxa o cotovelo, em um ato reflexo.

Mas depois volta ao lugar.

Tempo esgotado.

Como uma amadora, por instinto, cravo as unhas nas mãos dele, que mais parecem ser feitas de aço.

Meu coração palpita estrondosamente nos ouvidos, de modo cada vez mais acelerado. Minha cabeça parece sair flutuando.

O rosto do anjo é frio e indiferente. Manchas escuras brotam em seu rosto. Meu coração afunda quando percebo que minha visão está sumindo.

Embaçando.

Escurecendo.

39

ALGUMA COISA ATINGE O ANJO. Em um primeiro momento, parece que ouço um rugido animal e sinto a presença de cabelos e dentes.

Algo quente e molhado espirra na minha camisa.

A pressão na minha garganta desaparece de repente. Assim como o peso do anjo.

Sugo uma lufada enorme de ar, que entra queimando. Em seguida me dobro, tentando não tossir demais quando o delicioso ar fresco penetra meus pulmões.

Há sangue na minha camisa.

Ouço grunhidos e rosnados selvagens. E também o som de vômito.

O rapaz da entrega está vomitando atrás das gavetas de cadáveres. Apesar disso, seu olhar se volta para um ponto atrás de mim. Seus olhos estão tão arregalados que parecem mais brancos que castanhos. Fitam o lugar de onde vêm os sons, a fonte de todo o sangue que encharca minhas roupas.

Sinto uma estranha relutância em olhar, mesmo sabendo que preciso.

Quando olho, tenho dificuldade para compreender o que vejo. Não sei qual visão me deixa mais chocada, e meu pobre cérebro se debate entre uma e outra.

O avental de laboratório do anjo está coberto de sangue. Em volta dele, um amontoado de nacos de carne trêmula, como pedaços de fígado jogados no chão.

Um pedaço de carne lhe foi arrancado da face.

Ele se debate tanto que parece mergulhado num pesadelo muito ruim. Talvez esteja. Talvez eu também esteja.

Paige está debruçada sobre ele. Suas mãozinhas agarram-lhe a camisa para conseguir mais firmeza sobre o corpo trêmulo. Seu cabelo e suas roupas estão respingados de sangue. Seu rosto está pingando.

Ela abre a boca, mostrando fileiras de dentes brilhantes. De início, achei que alguém havia colocado aparelho neles. Mas não é um aparelho.

São navalhas.

E Paige está atacando a garganta do anjo, firme como um cachorro com um brinquedo de morder. Depois recua da carne dilacerada, pulsando com sangue.

Ela cospe um bife sangrento, que cai no chão com um baque molhado, ao lado de outras porções.

Então cospe mais uma vez e mostra os dentes. Está revoltada, embora seja difícil dizer se por causa da atitude agressiva ou do gosto ruim. Uma lembrança indesejada da forma como os demônios cuspiram depois de morder Raffe inunda minha mente.

Não era para eles comerem carne de anjo. O pensamento me invade e, instantaneamente, tento me livrar dele.

O rapaz da entrega vomita de novo e meu estômago revira. Paige abre a boca com uma ferocidade animalesca, pronta para mergulhar na carne trêmula.

— Paige! — Minha voz sai fraca e repleta de pânico, elevando-se ao final, como se em tom de pergunta.

A menina que já foi minha irmã para a caminho de atacar o anjo moribundo e olha para mim.

Seus olhos castanhos exalam inocência. Gotas de sangue pingam de seus longos cílios. Ela me observa, atenta e dócil como sempre foi. Não há orgulho em sua expressão, nem malícia ou horror em suas atitudes. Ela me olha como se eu tivesse chamado seu nome enquanto ela comia uma tigela de cereal.

Minha garganta está ferida do estrangulamento, e não paro de engolir as tossidas, o que vem a calhar, pois preciso segurar o jantar no estômago.

Paige larga o anjo e se levanta sobre os próprios pés, sem se apoiar em nada.

Então, graciosamente, dá dois passos miraculosos em minha direção. E para, como se lembrasse que é aleijada.

Não me atrevo a respirar. Fico olhando para ela, resistindo ao ímpeto de correr e segurá-la, caso caia.

Ela abre os braços para mim como quem pede colo, do jeito que fazia quando era bebê. Se não fosse o sangue que pinga de seu rosto e escorre por seu corpo costurado, eu acharia sua expressão tão doce e inocente como sempre.

— Ryn-Ryn. — Sua voz está à beira das lágrimas. É o som de uma garotinha desesperada, que tem certeza de que a irmã mais velha pode fazer os monstros debaixo da cama irem embora. Paige não me chama de Ryn-Ryn desde que era bebê.

Olho para os pontos inflamados que cruzam seu rosto e seu corpo. Olho para os hematomas, vermelhos e azulados, por todo o corpo maltratado.

Não é sua culpa. Seja lá o que fizeram com ela, Paige é a vítima, não o monstro.

Onde foi que já ouvi isso?

O pensamento aciona a imagem daquelas meninas devoradas, penduradas numa árvore. Aquelas pessoas loucas disseram alguma coisa parecida? Será que a conversa louca delas começa a fazer sentido para mim?

Outro pensamento se infiltra em minha cabeça como gás venenoso. Se Paige só pudesse comer carne humana e nada mais, o que eu faria? Iria tão longe a ponto de usar iscas humanas para atraí-la, pensando que poderia ajudá-la?

O pensamento é aterrorizante.

E totalmente irrelevante.

Porque não há motivo para pensar que Paige tem de comer alguma coisa. Paige não é um demônio. É uma garotinha. Vegetariana. Uma humanitária nata. Um dalai-lama em formação, pelo amor de Deus. Só atacou o anjo para me defender. Só isso.

Além do mais, ela não o comeu, só... mastigou um pouco.

Os nacos de carne tremem no chão. Meu estômago dá reviravoltas.

Paige me observa com os cálidos olhos castanhos, encobertos pelos cílios de corça. Eu me concentro neles e ignoro, determinada, o sangue que pinga de seu queixo e os pontos cruéis que correm de seus lábios até as orelhas.

Atrás dela, o anjo tem repetidas convulsões. Os olhos reviram nas órbitas e a cabeça bate repetidamente no chão de concreto. Queria saber se consegue sobreviver com nacos de carne faltando e a maior parte do sangue no chão. É provável que seu corpo esteja tentando se restabelecer desesperadamente nesse exato momento. Existe alguma chance desse monstro se recuperar de tanta destruição?

Eu me levanto, tentando ignorar os fluidos pegajosos debaixo das mãos. Minha garganta queima e sinto meu corpo inteiro rígido e machucado.

— Ryn-Ryn. — Paige ainda está com os braços estendidos num gesto desolado, mas não consigo abraçá-la. Em vez disso, eu me abaixo e pego a espada angelical. Volto andando devagar para me acostumar ao meu corpo novamente.

Olho para os olhos vazios do anjo, para a boca sangrando. Sua cabeça estremece e bate no chão.

Cravo a espada em seu coração.

Nunca matei ninguém antes. O que me assusta não é matar. O que me assusta é a facilidade com que faço isso.

A lâmina o atravessa como se ele fosse uma fruta podre. Não sinto pena, nem a essência vital se esvaindo. Não há culpa, choque ou sofrimento na vida que existia e na pessoa que me tornei. Só o aquietar da carne trêmula e do sopro lento do último suspiro.

— Meu Deus.

Levanto os olhos, alarmada, ao ouvir a nova voz. É outro anjo vestindo roupa de laboratório. Parece que o avental branco e as luvas estão encharcados de sangue fresco. Mais dois anjos entram pelas portas, atrás do primeiro. Ambos também têm sangue no avental e nas luvas.

Quase não reconheço Laylah com os cabelos dourados presos num coque apertado. O que ela está fazendo aqui? Não era para estar operando Raffe?

Todos eles me encaram. Gostaria de saber por que estão me encarando, e não à minha irmã ensanguentada, até que percebo que ainda estou com a espada cravada no anjo do laboratório. Tenho certeza de que eles sabem reconhecer muito bem a espada pelo que ela é. Deve existir pelo menos uma dúzia de regras contra humanos terem uma espada angelical.

Meu cérebro procura desesperadamente uma forma de sair viva dessa situação. Mas, antes que qualquer um deles comece a fazer acusações, os três olham para cima ao mesmo tempo. Como o anjo do laboratório, eles ouvem algo que eu não ouço. Os olhares nervosos em seus rostos não me tranquilizam.

Então eu também sinto. Primeiro um estrondo, depois um tremor. Já se passou uma hora?

Os anjos me olham de novo, se viram e saem correndo pelas portas duplas por onde o rapaz da entrega entrou.

Não imaginei que pudesse me sentir ainda mais nervosa do que já estava.

A resistência começou o ataque.

40

PRECISAMOS SAIR ANTES QUE o hotel comece a desabar, mas não posso deixar que essas pessoas sejam sugadas pelos anjos-escorpiões. Arrastar a escada para cada tanque e, lentamente, tirar cada pessoa paralisada de dentro poderia levar horas.

Puxo a espada angelical do peito do anjo. Frustrada, corro pelas colunas fetais, segurando a espada como um bastão.

Golpeio a lâmina num dos tanques, mais para extravasar minha frustração do que qualquer outra coisa, e não espero que aconteça nada além de a espada ser repelida com o impacto.

Antes que eu registre a batida, o grosso tanque racha. Fluido e vidro explodem no chão de concreto.

Eu poderia me acostumar com essa espada.

O feto de escorpião se desconecta da vítima e solta um guinchado ao cair. Depois atinge o chão, se contorce sobre os cacos de vidro, sangrando por toda parte. A mulher emaciada se amontoa no fundo do tanque destruído. Seus olhos vítreos fitam o ar.

Não faço ideia se está viva ou se vai estar em melhor forma quando o efeito do veneno passar. É tudo o que posso fazer por ela. É tudo o que posso fazer por qualquer um deles. Minha única esperança é que, de alguma forma, as coisas fiquem explosivas demais, pois não posso arrastá-los escada acima.

Corro para os outros tanques que contêm vítimas e os quebro, um após o outro. Porções de água e estilhaços de vidro espirram por todo o porão do laboratório. O ar se enche com os guinchados dos fetos de escorpião, que se debatem.

A maior parte dos monstros nos tanques à nossa volta acorda e se mexe. Alguns reagem com violência e batem contra suas prisões de vidro. São os que já estão totalmente formados, olhando-me através das membranas cheias de veias sobre os olhos, que sabem que os estou atacando.

Enquanto faço isso, uma pequena parte de mim considera fugir sem Paige. Ela não é mais minha irmã de verdade, é? Certamente não é mais indefesa.

— Ryn-Ryn? — Paige está chorando.

Ela me chama, sem saber ao certo se vou cuidar dela. Meu coração se aperta como se houvesse uma mão de aço o massacrando como punição por pensar em trair minha irmã.

— Sim, querida — digo em minha voz mais confiante. — Temos que sair daqui. Está bem?

O prédio treme de novo e um dos cadáveres costurados tomba. A boca do garotinho se abre quando a cabeça atinge o chão, revelando dentes de metal.

Paige parecia morta daquele jeito quando começou a se mover. Existe alguma chance desse menino também estar vivo?

Um pensamento estranho surge em minha cabeça. Raffe não disse que às vezes os nomes têm poder?

Paige acordou porque eu a chamei? Olho entre os corpos apoiados na parede, notando dentes brilhantes, unhas longas e olhos sem cor. Se estão vivos, eu poderia acordá-los?

Viro as costas e bato a lâmina em outro tanque. Ainda bem que não sei o nome das crianças, é só o que posso dizer.

— Paige? — Minha mãe vem andando até nós, como num sonho. Ela se agacha sobre vidros quebrados e faz um aceno para evitar os monstros que se debatem, como se visse esse tipo de coisa regularmente. Talvez veja. Talvez em seu mundo isso seja normal. Ela os vê e os evita, mas não se surpreende com eles. Seus olhos são límpidos; sua expressão é cautelosa.

— Querida? — Ela corre para Paige e a abraça sem hesitar, apesar de todo o sangue sobre a menina.

Minha mãe chora em soluços angustiados. Pela primeira vez, percebo que ela estava tão preocupada e chateada pelo sumiço de Paige quanto eu. Não foi por mero acidente que ela tenha vindo parar aqui, como aconteceu comigo, em minha jornada até encontrar Paige. Embora seu amor se manifeste de formas que uma pessoa sem problemas mentais não poderia entender — até mesmo declarar como abusivas —, isso não diminui o fato de que ela realmente se importa com Paige.

Engulo as lágrimas que ameaçam me inundar quando observo minha mãe tocar na filha caçula.

Ela a olha atentamente. O sangue. Os pontos. Os hematomas. Não faz nenhum comentário sobre eles, mas fica impressionada ao lhe acariciar os cabelos e a pele.

Então ela me olha. Em seus olhos há uma dura acusação. Ela me culpa pelo que aconteceu com minha irmã. Quero lhe dizer que não fui eu quem fez isso. Como ela poderia pensar esse tipo de coisa?

Mas não digo nada. Não posso. Olho para minha mãe com culpa e remorso. Olho para ela como ela me olhou quando meu pai e eu encontramos Paige cheia de fraturas e aleijada há tantos anos. Posso não ter empunhado a faca contra Paige, mas essa coisa horrível aconteceu debaixo do meu nariz.

Pela primeira vez, eu me pergunto se minha mãe realmente foi responsável pelo aleijamento de Paige.

— Temos que sair daqui — ela diz, com o braço protetor ao redor da minha irmã. Sua voz é clara e cheia de propósito.

Eu a observo com surpresa. Imediatamente, a esperança floresce dentro de mim. Ela soa repleta de autoridade e confiança. Soa como uma mãe pronta e determinada a proteger as filhas.

Não parece louca.

Então diz:

— Eles estão atrás de nós.

A esperança murcha dentro de mim e morre, deixando um bolo duro onde deveria estar meu coração. Não preciso perguntar quem são "eles". Segundo minha mãe, "eles" estão atrás de nós desde que me entendo por gente. Sua declaração protetora não é um passo no sentido de assumir responsabilidade pelas filhas.

Faço que sim, retomando o peso das responsabilidades da minha família de volta para as minhas costas.

41

MINHA MÃE ESTÁ GUIANDO PAIGE para a saída quando um estrondo surge detrás das portas duplas e as faz parar no meio do caminho. O barulho vem da sala de onde os anjos saíram. Paro de repente, pensando se devo verificar o que é.

Não consigo pensar num bom motivo para perder tempo olhando o que há do outro lado das portas, mas algo me incomoda. Cutuca meu cérebro como uma agulha mexendo numa trama, tentando desembaraçá-la para ver se há algo embaixo. Tanta coisa aconteceu que eu não tive tempo de concluir um pensamento: algo que pode ser importante, algo...

O sangue.

Os anjos tinham sangue nas mãos enluvadas e nos aventais brancos.

E Laylah. Era para ela estar operando Raffe.

Outro estrondo ecoa através das portas. Metal sobre metal, como um carrinho colidindo em outro.

Estou correndo antes que me dê conta.

À medida que me aproximo das portas duplas, um corpo as atinge e as atravessa. Só tenho um segundo para reconhecer Raffe sendo arremessado no ar.

Um anjo gigante cruza as portas com tudo e sai atrás dele.

Alguma coisa na forma como ele se move me parece habitual. Seu rosto pode ter sido bonito um dia, mas agora o que domina sua expressão é a ferocidade.

Ele tem belas asas brancas como neve abertas atrás de si. As bases estão cobertas de sangue seco, onde pontos recentes as prendem nas costas. Estranhamente, embora haja sangue nas costas, é a barriga que está enfaixada.

Existe algo familiar nas asas.

Uma delas tem um talho, onde tesouras cortaram as penas. Um talho exatamente igual ao que fiz nas asas de Raffe.

Meu cérebro tenta rejeitar a conclusão óbvia.

O gigante está entre minha família e as portas por onde viemos. Minha mãe está paralisada de terror, fitando o anjo. O bastão elétrico treme na mão dela, apontado para o gigante. Parece mais uma oferta que uma defesa.

Uma pancada baixa retumba no teto, seguida de perto por outra, e mais outra, cada vez mais alta. Deve ser isso que os anjos estavam ouvindo. Agora não resta dúvida de que os ataques começaram.

Desesperada, faço gestos para minha mãe atravessar as portas por onde o rapaz da entrega passou. Ela entende e sai correndo com Paige.

Estou morrendo de medo de que o gigante as intercepte, mas ele não presta atenção e se concentra em Raffe.

Raffe está deitado no piso, o rosto e os músculos contorcidos de dor. Suas costas se arqueiam para não tocar o chão de concreto. Abaixo dele, aberto como uma capa escura, um par de asas de morcego.

Tal qual uma membrana de couro esticada sobre um esqueleto, mais parece uma arma mortal do que a estrutura das asas. As beiradas das asas são afiadas como navalhas, com uma série de ganchos cada vez maiores, e os menores parecem anzóis de pesca. Os maiores estão nas pontas superiores das asas e me lembram foices afiadas.

Das costas de Raffe pinga sangue fresco, quando ele se vira dolorosamente e se levanta do chão. As novas asas caem quando ele se mexe, como se ainda não estivessem sob seu controle. Raffe joga uma delas para trás, do mesmo jeito que faço para tirar o cabelo do rosto. Seu antebraço está ensanguentado, com cortes novos e um rasgo onde um dos ganchos enroscou na carne.

— Cuidado com isso, *arcanjo* — diz o gigante, ao seguir na direção de Raffe. A palavra "arcanjo" está repleta de veneno.

Reconheço sua voz. É a voz do Gigante da Noite, que cortou as asas de Raffe na ocasião em que nos conhecemos. Ele passa por mim sem me olhar, como se eu fosse uma peça de mobília.

— Que jogo é esse, Beliel? Por que simplesmente não mandou me matar na mesa de operação? Por que se importou em mandar costurar essas coisas em mim? — Raffe vacila um pouco sobre os pés. Devem ter acabado a operação agora, instantes antes de os médicos-anjos terem saído.

Pelo sangue seco nas costas do gigante, não é preciso ser um gênio para dizer que trabalharam nele primeiro. Ele teve mais tempo para se recuperar do que Raffe, embora eu possa apostar que ele ainda não está, nem de perto, com a força total.

Levanto a espada, tentando ser o mais discreta possível.

— Eu preferia ter te matado — diz Beliel. — Mas toda aquela picuinha política dos anjos... Você sabe como é.

— Faz muito tempo. — Raffe diz, em pé.

— E vai demorar ainda mais, agora que você está com essas asas. — Beliel sorri, mas mesmo assim sua expressão é cruel. — Mulheres e crianças agora vão sair correndo de você. Os anjos também.

Ele se vira para a saída, alisando as novas penas.

— Vá agora enquanto exibo minha nova aquisição. Ninguém lá embaixo tem penas. Vou ser motivo de inveja no inferno.

Raffe baixa a cabeça como um touro e avança contra Beliel.

Com toda perda de sangue, estou surpresa por Raffe conseguir andar, que dirá correr. Ele vacila um pouco ao correr para Beliel, que o agarra debaixo de um braço enorme e o joga contra um carrinho.

Raffe cai, e fendas vermelho-sangue aparecem em seu rosto, pescoço e braços, como resultado das asas descontroladas que caem flácidas em cima dele.

Corro para Raffe e lhe entrego a espada.

Um olhar de incerteza cruza o rosto de Beliel, e seus movimentos subitamente se tornam cautelosos.

Assim que solto a empunhadura da espada na mão de Raffe, a ponta atinge o chão como se pesasse uma tonelada de chumbo.

Com extrema dificuldade, Raffe tenta levantar a espada, a fim de impedir que o cabo também atinja o chão. Em minhas mãos, era leve como o ar.

Desiludido e admirado, ele olha para a espada, se sentindo traído. Tenta levantá-la de novo, mas não consegue. Sua expressão é um misto de descrença e mágoa. Nunca o vi tão vulnerável. Vê-lo assim me deixa revoltada.

Beliel é o primeiro a se recuperar do choque de ver Raffe lutando para erguer a própria espada.

— Sua própria lâmina te rejeita. Ela sente minhas asas. Você não é mais apenas Rafael.

Ele ri, um ruído sombrio que fica ainda mais perturbador por conter uma onda de alegria genuína.

— Que triste. Um líder desprovido de seguidores. Um anjo de asas cortadas. Um guerreiro sem espada. — Com escárnio, Beliel circunda Raffe como um tubarão. — Não te restou nada.

— Ele tem a mim. — Pelo canto do olho, vejo Raffe se encolher.

Beliel olha para mim e me enxerga pela primeira vez.

— Você arranjou um bichinho de estimação, arcanjo. Quando isso aconteceu? — Sua voz soa intrigada, como se fosse normal que Beliel conhecesse os companheiros de Raffe.

— Não sou bichinho de estimação de ninguém.

— Eu a conheci hoje no ninho da águia — diz Raffe. — Ela anda me seguindo por aí. Não significa nada.

Beliel ri com desdém.

— Engraçado, não perguntei se ela significava alguma coisa para você. — Ele me olha de cima a baixo, absorvendo cada detalhe. — Magrela, mas dá para o gasto. — Então vem em minha direção.

Raffe me devolve o cabo da espada.

— Corre.

Hesito, perguntando-me como ele vai suportar lutar nesse estado.

— Corre! — Raffe se posiciona entre mim e Beliel.

Faço o que ele me pede e me escondo atrás de uma coluna fetal para observar.

— Fazendo amizade, hein? — pergunta Beliel. — E com uma humana. Deliciosamente irônico. Quando as surpresas vão acabar? — Ele parece se deleitar. — Logo, logo você vai acabar se tornando um membro de pleno direito do meu clã. Sempre soube que você se tornaria. Você daria um excelente arquidemônio. — O sorriso seca. — Que pena que não estou a fim de ter você como chefe.

Ele agarra Raffe num abraço de urso, mas logo solta. Seus braços e peito sangram dos cortes novos. Pelo visto, Raffe não é o único não acostumado às asas novas.

Dessa vez ele pega Raffe pelo pescoço e o levanta do chão. O rosto de Raffe fica vermelho, as veias saltadas nas têmporas, enquanto Beliel lhe aperta a garganta.

Um forte estouro sacode o prédio acima de nós. Escombros de concreto atravessam a porta até a garagem. Várias colunas de vidro se racham e os monstros que adormeciam lá dentro começam a girar, agitados.

Corro para Beliel.

A espada parece sólida e bem balanceada em minhas mãos. Eu a movo novamente para mais uma colisão.

Ela se ajusta sozinha.

Posso jurar que ela calcula o ângulo em que devo erguer o cotovelo para atacar. Está pronta para a batalha e sedenta de sangue. Pisco em surpresa, quase perdendo o tempo certo. Embora meus pés estejam congelados, em choque, meus braços fazem um arco suave, guiados pela espada.

Golpeio com a lâmina ao mesmo tempo em que Raffe bate as asas mortíferas para Beliel. Minha espada corta a carne de suas costas e parte a coluna dorsal.

As asas de Raffe retalham as faces do demônio e abrem seus antebraços. Beliel grita e o larga.

Ofegante, Raffe desaba no chão.

Beliel se afasta de nós, cambaleando. Se não tivesse acabado de ser operado, talvez tivesse força suficiente para nos enfrentar. Ou talvez não. As bandagens ao redor de seu tronco devem ser dos golpes de espada infligidos por Raffe há alguns dias, durante a última luta. Os ferimentos de Beliel não vão cicatrizar tão cedo, se Raffe está certo sobre espadas angelicais.

Minha lâmina recua, pronta para um novo ataque. Beliel me encara com olhos perplexos, não menos surpreso que os anjos que me viram matar o colega de trabalho. Uma espada angelical não deveria estar nas mãos de uma garota humana. Isso está errado.

Raffe se põe em pé num salto e avança contra Beliel.

Atônita, observo Raffe atingir seu adversário com socos tão fortes que mais parecem borrões. A emoção detrás daqueles golpes é imensa. Pela primeira vez, ele não se importa em esconder a frustração, a raiva e o desejo pelas asas que perdeu.

Beliel recua com os socos, Raffe pega suas antigas asas e as puxa. Pontos começam a se abrir nas costas de Beliel, manchando de sangue as asas um dia brancas como a neve. Raffe parece determinado a recuperar as asas, nem que para isso tenha de arrancá-las da carne de Beliel.

Seguro firme a espada de Raffe. Acho que agora é a minha espada. Se ela o rejeitar enquanto ele estiver com as novas asas, então sou eu que posso usá-la.

Avanço em direção aos dois anjos, pronta para lhes cortar as asas.

Nesse momento, alguma coisa agarra meu tornozelo e me puxa para trás. Alguma coisa pegajosa, que me aperta com força.

Meus pés deslizam no chão molhado, e meu corpo bate no concreto. A espada cai de minha mão. Meus pulmões têm um espasmo tão forte com o impacto que acho que vou apagar.

Consigo virar a cabeça para ver o que me segura.

Queria não ter visto.

42

ATRÁS DE MIM, UM FETO de escorpião muito musculoso abre as mandíbulas para gritar para mim, revelando fileiras de dentes de piranha.

Sua pele pouco desenvolvida mostra as veias e as sombras dos músculos. Está deitado de barriga, como se tivesse rastejado por todo o caminho desde o tanque estilhaçado para me pegar.

O ferrão mortífero se ergue por cima das costas, mirando meu rosto.

Uma imagem de Paige e minha mãe correndo pela noite pisca em minha cabeça. Sozinhas, aterrorizadas, elas me perguntam se eu as abandonei.

— Não! — O grito é arrancado de mim quando giro para evitar o ataque do aguilhão. A ponta erra meu rosto por pouco.

Antes que eu possa recuperar o fôlego, a ponta se levanta e golpeia de novo. Dessa vez, não tenho tempo nem de me preparar para o ataque.

— Não! — ruge Raffe.

Meu corpo tem um espasmo quando o ferrão perfura meu pescoço.

A sensação é de uma agulha absurdamente longa penetrando minha carne.

E então começo a sentir uma dor lancinante.

Uma agonia ardente se espalha pela lateral do meu pescoço. Parece que estou sendo rasgada de dentro para fora. Minha respiração fica difícil e minha pele se banha em suor.

Um grito tormentoso irrompe da minha garganta, e minhas pernas chutam freneticamente.

Nada disso impede a investida do feto de escorpião. Sua boca se abre ao se aproximar, posicionada para o beijo mortal.

Nossos olhos se encontram quando a criatura me puxa. Percebo que ela pensa que, se me sugar inteira, vai obter energia suficiente para sobreviver fora do útero artificial. Seu desespero se mostra na maneira como me agarra, como abre e fecha a boca como um peixe tentando respirar, como fecha as pálpebras venosas, como se a luz intensa fosse demais para seus olhos primitivos.

O veneno espalha uma onda de tormento pelo meu rosto e pelo meu peito. Tento afastar o anjo-escorpião, mas só consigo roçá-lo.

Meus músculos começam a paralisar.

De repente, o ferrão sai do meu pescoço. Parece ter farpas, como se o arrancasse.

Outro grito me atravessa, mas não consigo liberá-lo. Minha boca se entreabre. Os músculos no meu rosto se mexem, mal conseguindo se contorcer de agonia. Meu grito é um gargarejo fraco.

Então meu rosto se paralisa.

Raffe agarra a cauda nas mãos e arrasta a abominação para longe de mim. Está rugindo, e só agora percebo que estava gritando esse tempo todo.

Ele agarra o feto de escorpião, gira como um bastão e o arremessa nos tanques.

Três colunas se estilhaçam com o impacto da criatura. A sala se enche de gritos moribundos de monstros abortados.

Raffe cai de joelhos ao meu lado. Parece atônito e estranhamente abalado. Ele me encara como se não acreditasse no que vê.

Pareço tão mal assim?

Estou morrendo?

Tento tocar meu pescoço para ver quanto sangue estou perdendo, mas não consigo fazer meu braço se mexer até em cima. Eu o observo se levantar, tremendo com o esforço, e depois cair, exausto.

Tento lhe dizer que o veneno do ferrão paralisa e diminui o ritmo respiratório, mas o que sai da minha boca é um resmungo que nem eu consigo entender. Minha língua parece enorme; meus lábios, inchados demais para se moverem. Nenhuma das outras vítimas parecia inchada, por isso acho que também não estou, mas a sensação é exatamente essa. Como se, de repente, minha língua tivesse se tornado pesada demais para se mexer.

— Shhh — ele diz gentilmente. — Estou aqui.

Ele me pega nos braços e tento me concentrar em sentir seu calor. Por dentro, eu me sinto tremer com a dor, mas, por fora, estou totalmente paralisada. Preciso de todas as minhas forças para impedir que minha cabeça tombe em seu braço.

O olhar em seu rosto me assusta tanto quanto a sensação de ter o corpo todo paralisado. Pela primeira vez, seu rosto está totalmente aberto, como se não tivesse mais importância camuflar o que eu posso ver.

Choque e sofrimento se misturam em seu rosto. Tento processar a informação de que ele está sofrendo. Por mim.

— Você nem gosta de mim, esqueceu? — É o que tento dizer, mas o que de fato sai da minha boca é mais próximo da primeira tentativa de um bebê de articular os sons.

— Shhh. — Ele passa a ponta dos dedos pela minha bochecha, numa carícia. — Shhh. Estou aqui. — Em seguida me olha com profunda angústia nos olhos, como se houvesse muito mais a dizer, mas já fosse tarde demais.

Quero acariciar seu rosto, dizer que vou ficar bem, que tudo vai ficar bem.

E eu queria tanto, tanto que ficasse...

43

— SHHH — DIZ RAFFE, embalando-me nos braços.

A luz ao redor de sua cabeça se transforma em sombras.

Atrás, a forma escura de Beliel se ergue no meu campo de visão.

Uma nova asa quase lhe foi arrancada, e está presa por alguns pontos. Seu rosto está contorcido de fúria quando ele levanta o que parece um refrigerador sobre a cabeça de Raffe, à maneira que Caim deve ter levantado um rochedo sobre a cabeça de Abel.

Tento gritar. Tento alertar Raffe com minha expressão, mas o que sai é apenas um misto de sopro e sussurro.

— Beliel!

Beliel se vira para ver quem está gritando por ele. Raffe também gira para ver a cena, ainda me segurando de forma protetora nos braços.

Parado na porta está o Político. Eu o reconheço, mesmo sem as mulheres-troféus seguindo seu rastro.

— Abaixe isso *agora*! — O rosto amigável do Político se desfaz com uma careta enquanto ele encara o anjo gigante.

Beliel respira pesado com o refrigerador erguido acima dele. Não está claro se ele vai acatar.

— Você teve sua chance de matá-lo nas ruas — diz o Político, ao marchar pela sala. — Mas se distraiu com um par de belas asas, não foi? E, agora que ele voltou, você quer matá-lo? Qual é o seu problema?

Beliel arremessa o refrigerador do outro lado da sala, mas parece que sua intenção era jogá-lo no Político. O objeto aterrissa com uma pancada, fora do alcance de visão.

— Ele me atacou! — Beliel aponta o dedo para Raffe, feito uma criança enlouquecida que usa anabolizantes.

— Não me interessa se ele derramou ácido nas suas calças. Eu te disse para não tocar nele. Agora, se ele morrer, os seguidores dele vão transformá-lo num mártir. Você tem ideia de como é difícil fazer campanha contra um mártir angelical? Vão ficar inventando histórias para sempre sobre como ele teria se oposto a essa política ou àquela.

— E o que me importam as políticas dos anjos?

— Você se importa porque eu mando você se importar. — O Político ajeita os punhos. — Ah, por que eu me incomodo? Você nunca vai ser mais que um meio demônio. Não tem inteligência para compreender estratégia política.

— Ah, eu compreendo, Uriel. — Beliel curva os lábios como um cão feroz. — Você o transformou num pária. Tudo em que ele acreditou, tudo o que ele já disse, serão os resmungos de um anjo caído de asas demoníacas. Eu entendo mais do que você jamais vai entender. Passei por isso, esqueceu? Só não me importo que isso te dê alguma vantagem.

Uriel encara Beliel, mesmo que tenha de olhar para cima para fulminá-lo com o olhar.

— Só faça o que eu digo. Você ganhou suas asas como pagamento pelos seus serviços. Agora saia daqui.

O prédio estremece quando alguma coisa explode acima.

O último sopro de vida é drenado de mim, e não consigo mais manter a cabeça erguida. Estou minguando nos braços de Raffe. Minha cabeça pende, meus olhos estão abertos, mas sem foco, minha respiração é imperceptível.

Como um corpo sem vida.

— NÃO! — Raffe me agarra, como se pudesse unir minha alma ao meu corpo.

Uma imagem de cabeça para baixo aparece em meu campo de visão. Há fumaça ao redor dela.

Embora a dor tire a intensidade do calor de Raffe, sinto a pressão de seu abraço, o embalar de nossos corpos para frente e para trás, conforme ele repete a palavra "não".

Seu abraço me conforta, e o medo perde um pouco da intensidade.

— Por que ele está se lamentando? — pergunta Uriel.

— Por causa da humana — diz Beliel. — Um dos seus frankensteins de estimação a matou.

— Não... — Uriel soa deliciosamente escandalizado. — Como pode? Uma humana? Depois de todos os alertas que ele fez para ficarem longe delas? Depois de sua cruzada contra a maléfica prole híbrida?

Uriel circunda Raffe como um tubarão.

— Olhe para você, Raffe. O grande arcanjo, de joelhos, com um par de asas demoníacas amontoadas ao redor. E segurando uma humana destruída nos braços? — Ele dá risada. — Ah, Deus me adora, afinal de contas. O que aconteceu, Raffe? A vida na Terra se tornou solitária demais para você? Século após século sem companhia, a não ser os nefilins que você caçou com tanta nobreza?

Raffe o ignora e continua acariciando meu cabelo e me embalando para frente e para trás com cuidado, como se pusesse uma criança para dormir.

— Por quanto tempo você resistiu? — pergunta Uriel. — Você a recusou? Disse que ela significava o mesmo que um animal para você? Ah, Raffe, ela morreu pensando que você não gostava dela? Que *trágico*. Isso naturalmente deve ter acabado com você.

Raffe levanta a cabeça com desejo de morte nos olhos.

— Não. Fale. Sobre. Ela.

Uriel dá um passo involuntário para trás.

O prédio sacode de novo. Poeira cai sobre os escorpiões moribundos. Raffe me solta e me deita com cuidado sobre o piso de concreto.

— Terminamos aqui — Uriel diz a Beliel. — Você pode matá-lo depois que ele for reconhecido como o Anjo Caído Rafael. — Seus ombros estão rígidos com autoridade, mas seus pés buscam uma saída apressada. Beliel segue atrás dele arrastando a asa rasgada sobre a poeira. É de partir o coração ver as penas branquíssimas de Raffe serem tratadas desse jeito.

Raffe se preocupa em tirar meu cabelo do caminho para que a asa não puxe minha cabeça, como se isso fosse importante.

Em seguida sai correndo atrás dos outros. Sua raiva sai em forma de rugido quando sai em disparada pelas portas e sobe as escadas como um ciclone.

Duas sequências de passos ecoam escada acima, na frente de Raffe.

Uma porta se fecha com uma pancada no topo da escada.

Golpes ecoam de portas e paredes. Algo bate e cai pelas escadas com um clangor. Raffe grita sua fúria e, pelo som, parece que está socando as paredes. Sua raiva é a de um cachorro louco, no limite da corrente. Ao que ele está acorrentado? Por que não está indo atrás dos outros?

Ele desce a escada e para na porta, respirando ofegante. Lança um olhar para mim, deitada no chão de cimento, e se lança num tanque de escorpião.

Praticamente uiva de fúria. Vidros se quebram, espirrando água.

Coisas desabam no chão com estrondo quando os monstros-escorpiões se separam de suas vítimas. Não sei dizer quais explosões e gritos vêm do alto e quais são do rompante de Raffe ao demolir o laboratório.

Finalmente, após não restar mais nada para destruir, ele está cercado por destroços, o peito ofegante, olhando em volta à procura de mais coisas para quebrar.

Ele chuta vidros quebrados e objetos de laboratório de lado e olha fixo para alguma coisa. Depois se dobra para pegá-la, mas, em vez disso, puxa o objeto para perto de mim.

É sua espada. Ele me gira para que possa colocar a espada na bainha, nas minhas costas. Imagino que o peso da lâmina puxe meu corpo, mas é quase imperceptível quando desliza dentro da bainha.

Em seguida, ele me pega nos braços. A dor é constante, mas estou completamente paralisada. Minha cabeça e meus braços estão pensos, como quem acabou de morrer.

Raffe empurra a porta e sai em direção às escadas. Então subimos, seguindo o caminho de onde vêm as explosões.

44

RAFFE CAMBALEIA, PRESTES A DESABAR. Não sei se por causa da cirurgia recente ou da queda de adrenalina depois do rompante.

Os cortes em seu pescoço e orelha já pararam de sangrar. Ele está praticamente se recuperando diante dos meus olhos. Deveria ficar mais forte a cada passo, mas sua respiração é pesada e irregular.

Em dado momento, ele se apoia na lateral da escada e me puxa num abraço.

— Por que você não correu como eu te disse? — sussurra em meu cabelo. — Eu sabia desde o início que sua lealdade acabaria te matando. Só não pensei que fosse sua lealdade a mim.

Outra explosão sacode as escadas e seguimos em frente.

Ele passa por cima do corrimão retorcido sobre os degraus. Foi arrancado. As paredes dos dois lados foram socadas e retalhadas com buracos irregulares.

Finalmente chegamos ao topo. Raffe se inclina em direção à porta e nós a empurramos.

É uma zona de guerra.

Todo mundo que não está atirando parece se esquivar das balas.

Anjos arrancam seus casacos sofisticados, jogam num canto do saguão de entrada, correm para tomar impulso em direção à porta da frente e saltam no ar assim que cruzam o lado de fora. No entanto, um a cada três cai de novo num bolo de penas ensanguentadas, ao ser atingido por balas que encontram seus alvos. É um pouco como atirar numa fileira contínua de anjos, pois só existe uma grande saída desse lado. Pedaços de mármore e lustres desabam no chão quando algo explode.

Poeira e escombros chovem sobre nós a cada saraivada de balas no prédio.

Pessoas se espalham em todas as direções. Muitas mulheres correm em saltos altos, escorregando e tropeçando em vidro quebrado. Juro que algumas pessoas que correram para um lado um minuto atrás, agora correm para o outro. Passam por cima de pessoas e anjos deitados, frouxos, no chão.

Raffe é muito mais visível agora, com suas novas asas abertas, para impedir que nos retalhem. Mesmo em meio ao pânico, todo mundo nos encara quando passa por nós.

E muitos anjos também, particularmente os considerados guerreiros. Vejo a luz do reconhecimento e do choque em alguns rostos. Seja lá que campanha Uriel está levando contra Raffe, está conseguindo um grande impulso nas pesquisas. Raffe e eu somos um retrato de campanha demoníaca, em carne e osso. Estou preocupada com o que vai acontecer com ele, como ele vai ser tratado, se e quando sairmos dessa loucura.

Tento procurar pela minha família, mas é difícil ver alguma coisa nesse caos, quando ainda não consigo mexer os olhos.

Alguns anjos decidem arriscar ficar dentro do prédio e se afastam das portas da frente. Provavelmente foram para o hall dos elevadores, onde podem voar e sair por uma parte mais alta do edifício. Sinto alguma satisfação de ver o grupo literalmente se desintegrando, de ver esses alienígenas se despindo de suas fantasias eruditas e fugindo para salvar sua vida.

O que sobrou das portas se despedaça numa explosão de estilhaços.

Tudo soa abafado depois disso. O chão está coberto de vidro quebrado; várias pessoas correm de roupão e pés descalços.

Quero correr para as portas e gritar que somos humanos. Dizer-lhes que parem de atirar para que possamos sair daqui, como acontece com reféns, nos noticiários de tevê. No entanto, mesmo se eu pudesse, não há uma célula no meu corpo que pensa que os guerreiros da resistência vão parar o ataque só para que possamos ser libertados. Os dias de nos curvar e recuar para preservar a vida se repetem há semanas. A vida humana agora é a mercadoria mais barata que existe, com uma exceção. Anjos estão deitados lado a lado com os humanos, como bonecos de pano espalhados num cenário.

Todos abrem alas para passarmos, e seguimos para dentro do prédio.

No hall do elevador, há um tapete de casacas e camisas sociais rasgadas. Eles devem voar melhor sem as roupas, mesmo que sejam feitas sob medida.

Acima de nós, o ar está cheio de anjos. As espirais majestosas de graça angelical se foram, e agora há um farfalhar desorganizado de asas.

Nossos reflexos estilhaçados fluem ao longo de paredes de espelhos quebrados, tornando a cena ainda mais caótica. Raffe, com suas asas demoníacas e uma garota morta nos braços, domina o saguão ao deslizar entre o pandemônio.

Capto meu reflexo no espelho. Embora minha garganta pareça dilacerada, mal consigo ver a marca vermelha onde o ferrão me perfurou. Achei que haveria tiras ensanguentadas de carne onde o ferrão saiu, mas, em vez disso, não parece pior do que uma picada de inseto.

Apesar do caos, começo a enxergar um padrão. Os anjos geralmente correm para uma direção, enquanto a maioria dos humanos corre para outra. Seguimos o fluxo de humanos. Como um zíper, a multidão se abre diante de nós.

Empurramos uma porta vaivém e entramos numa enorme cozinha, repleta de aço inoxidável e utensílios industriais. Fumaça escura sobe espiralando no ar. As paredes perto dos fogões ardem em chamas.

A fumaça queima minha garganta, e meus olhos se enchem d'água. É um tipo especial de tortura não poder tossir nem piscar. Mas tomo como sinal de que a dor do aguilhão deve estar recuando, se posso sentir outras sensações, como irritação de fumaça.

Na outra extremidade da cozinha, uma multidão agitada se espreme através de uma porta de entrega. Várias pessoas recuam de encontro à parede para nos dar passagem.

Raffe fica em silêncio. Não consigo ver sua expressão, mas os humanos o olham como se estivessem vendo o demônio em pessoa.

Outra explosão atravessa o prédio e as paredes se sacodem.

Pessoas berram atrás de nós, dentro da cozinha. Alguém grita:

— Saiam! Saiam! O gás vai explodir!

Saímos correndo pela porta e mergulhamos no ar frio da noite.

Os gritos e explosões estão ainda mais altos do lado de fora quando entramos na área de combate. Todos os meus sentidos se enchem com o barulho dos tiros. O cheiro acre de máquinas superaquecidas e fumaça de armas de fogo inunda meus pulmões.

À frente, há um comboio de caminhões cercados por um pequeno grupo de civis e soldados. Além deles, vejo o apocalipse.

Agora que os anjos tomaram o céu, a batalha deu uma guinada. Soldados ainda lançam granadas de dentro de caminhões em retirada, mas o prédio já está pegando fogo, e as granadas só parecem acrescentar barulho ao pandemônio.

Disparam metralhadoras nos inimigos em pleno voo, mas, ao fazerem isso, também arriscam virarem alvos. Um grupo de anjos levanta dois caminhões no ar e os solta sobre outros, que tentam se afastar em velocidade.

Humanos se espalham por todos os becos, tanto a pé quanto de carro. Anjos fazem voos rasantes aparentemente desnorteados, e retalham soldados e civis.

Raffe não muda o ritmo do passo ao se afastar do prédio e seguir em direção a um grupo cada vez maior ao redor dos caminhões.

O que ele está fazendo? A última coisa que precisamos é de um soldado descontrolado nos metralhando só porque vê alguma coisa que o deixou nervoso.

Os combatentes parecem ter amontoado civis na caçamba de grandes caminhões militares. Soldados da resistência de uniformes camuflados se ajoelham nas caçambas, com as armas apontadas para cima. Disparam para o céu, mirando os anjos, que voam em círculos. Um dos soldados parou de gritar ordens e olha para nós. As lanternas de outro caminhão o banham de luz e consigo ver o rosto. É Obi, o líder da resistência.

Os disparos e gritos param, como cessam as conversas quando se entra numa festa acompanhado de um policial. Todos ficam paralisados, nos encarando. Seu rosto reflete o brilho do fogo quando a cozinha atrás de nós derrama chamas pelas portas e janelas.

— Que diabos é isso? — pergunta um dos soldados, com um profundo medo na voz. Outro soldado faz o sinal da cruz, sem se dar conta da ironia de tal gesto vindo de um soldado que enfrenta anjos.

Um terceiro homem levanta a arma e a aponta para nós.

Os soldados na caçamba dos caminhões, aparentemente assustados e prontos para o ataque ao menor sinal, também apontam as armas para nós.

— Não atirem — diz Obi. Os faróis de outro caminhão o varrem de luz e consigo enxergar sua curiosidade lutando contra a adrenalina. Por ora, isso nos mantém vivos, mas só vai conseguir conter as balas por algum tempo.

Raffe continua se movendo em direção a eles. Quero gritar para ele parar, pois vai nos matar, mas é claro que não posso. Ele acha que estou morta, e, assim como em relação à sua própria segurança, é como se ele não se importasse mais.

Uma mulher grita. Está totalmente histérica. Algo a respeito disso me faz pensar em minha mãe. Depois vejo quem é essa mulher. Claro, é a minha mãe. Seu rosto se ilumina de vermelho com a luz das chamas, e vejo a intensidade de seu horror. Ela grita tanto que parece que nunca mais vai parar.

Imagino que aparência devemos ter aos olhos dela. As asas de Raffe estão abertas ao redor dele, como um morcego demoníaco do inferno. Tenho certeza de que a luz das labaredas enfatiza as foices afiadas nas beiradas das asas. Atrás dele, o prédio queima com chamas malevolentes contra o céu escurecido pela fumaça, que obscurece seu rosto em sombras tremulantes.

Minha mãe não sabe que ele provavelmente está de asas abertas para evitar que sejamos feridos. Para ela, Raffe deve parecer a coisa-que-a-persegue. E seu pior pesadelo ganhou vida esta noite. Aqui está o demônio, saindo das chamas, carregando sua filha morta nos braços.

Ela deve ter me reconhecido pelas roupas, para começar a gritar sem parar. Ou talvez imaginou essa cena tantas vezes que não tem dúvidas de que sou eu nos braços desse demônio. Seu terror é tão genuíno e tão profundo que me encolho por dentro só de ouvir.

Impaciente, um soldado aponta a arma para nós. Não sei quanto tempo os soldados vão se conter. Percebo que, se atirarem, não vou conseguir nem fechar os olhos.

Raffe se ajoelha e me coloca no asfalto. Ele ergue meu cabelo para um lado e o deixa correr por entre seus dedos e cair lentamente em cascata sobre meu ombro.

Acima de mim, sua cabeça está envolta em um halo da luz do fogo; seu rosto, nas sombras. Ele passa os dedos pelos meus lábios, num toque lento e suave.

Então se afasta rigidamente, como se todos os músculos lutassem contra ele.

Quero implorar que não me deixe. Dizer que ainda estou viva, mas paralisada. Dessa forma, tudo o que posso fazer é observá-lo se levantar.

E desaparecer do meu campo de visão.

Agora já não há nada além do céu vazio e dos reflexos das chamas.

45

EM ALGUM LUGAR NA CIDADE, um cachorro uiva. O som oco deve ter se perdido no clamor da batalha, afogado em meu medo e em minha dor. No entanto, minha mente o suga até eclipsar todo o resto.

Paralisada e deitada no asfalto frio, penso que esse talvez seja o som mais solitário que já ouvi na vida.

Minha mãe corre em minha direção, aos prantos. Ela se joga em cima de mim, soluçando, histérica. Acha que estou morta, mas ainda está com medo. Com medo da minha alma. Afinal, ela acabou de ver um demônio entregar meu corpo sem vida.

Ao nosso redor, pessoas entram, em conversas assustadas.

— Que diabos era aquilo?

— Ela está morta?

— Ele a matou?

— Você devia ter atirado nele!

— Eu não sabia se ela tinha morrido.

— Acabamos de ver o demônio?

— Que diabos ele estava fazendo?

Ele estava entregando meu corpo ao meu povo.

E poderia ter levado um tiro. Poderia ter sido atacado por outros anjos. Se eu estivesse, de fato, morta, ele deveria ter me deixado no porão para ser enterrada entre os escombros. Deveria ter ido atrás de Beliel e tomado suas asas de volta. Deveria ter frustrado Uriel e evitado ser visto por outros anjos.

Em vez disso, ele me entregou para minha família.

— É ELA. PENRYN. — Dee-Dum entra no meu campo de visão. Está sujo de fuligem, parecendo exausto e triste.

Agora vejo Obi. Ele olha para mim solenemente, no chão, por um instante.

— Vamos — diz Obi, cansado. — Andem! — grita para o grupo. — Vamos tirar essas pessoas daqui!

Pessoas passam por mim às pressas e entram nos caminhões. Todos me encaram.

Minha mãe me abraça mais forte, sem parar de chorar um minuto.

— Por favor, me ajude a colocá-la no caminhão — choraminga.

Obi para e lhe mostra um olhar de compaixão.

— Lamento pela sua filha, senhora, mas receio não termos espaço para... Temos que deixá-la. — Ele se vira e chama seus soldados: — Alguém ajude esta senhora a entrar no caminhão.

Um soldado vem e a afasta de mim.

— Não! — ela grita, chora e se contorce nos braços do soldado.

Quando parece que o soldado está prestes a desistir e deixá-la para trás, sinto que estão me levantando. Alguém me carrega. Minha cabeça tomba para trás e tenho um vislumbre de quem me segura.

É a pequena Paige.

De onde estou, vejo a sutura crua ao longo de seu rosto até as orelhas. O suéter amarelo e alegre da minha mãe está pendurado torto na linha dos pontos, cobrindo a região da garganta e do ombro. Eu a carreguei desse jeito mil vezes. Nunca pensei que poderíamos trocar de lugar um dia. Ela caminha num passo normal em vez de vacilar sobre as próprias pernas do jeito que deveria fazer para sustentar meu peso.

A multidão fica em silêncio. Todo mundo nos encara.

Ela me coloca sobre a caçamba de um caminhão sem a ajuda de ninguém. O soldado a bordo agarra seu rifle em posição de prontidão e se afasta de nós. No caminhão, as pessoas se afastam e se amontoam umas às outras, como animais pastoreados.

Ouço Paige grunhir ao subir. Ninguém a ajuda. Ela se dobra para me pegar de novo.

Em seguida sorri um pouco quando me olha, mas seu rosto se enruga quando o sorriso fica largo demais e repuxa os pontos. Vejo de relance as fibras de carne viva serem atingidas pelas fileiras retinhas de navalhas em lugar dos dentes.

Queria poder fechar os olhos.

Minha irmãzinha me coloca sobre um banco na lateral da carroceria. Pessoas saem do nosso caminho. Minha mãe entra no meu campo de visão, senta perto da minha cabeça e a coloca no colo. Ela ainda está chorando, mas não mais histericamente. Paige se senta aos meus pés.

Obi deve estar por perto, pois todos no caminhão olham para frente como se esperassem um veredicto. Vão me deixar ficar?

— Vamos sair daqui — diz Obi. — Já perdemos tempo demais. Coloquem essas pessoas nos caminhões! Vamos antes que ele vire pó!

Ele? O ninho da águia?

O caminhão se enche, mas, de alguma forma, as pessoas conseguem deixar algum espaço ao nosso redor para não ficar apertado demais.

Tiros pipocam entre os gritos. Todos ficam à espera, preparando-se para maus bocados. O caminhão começa a se mover com um solavanco, serpenteando por entre carros abandonados e saindo do ninho da águia em disparada.

Minha cabeça bate na coxa da minha mãe quando passamos por cima de alguma coisa. Um corpo? A explosão de tiros de metralhadora no ar nunca para. Só posso esperar que a saraivada de balas perdidas não atinja Raffe, esteja lá onde ele estiver.

Não muito depois de partirmos, um grande caminhão atinge o prédio na aurora falsa provocada pela luz das chamas.

O primeiro andar do ninho da águia explode numa bola de fogo.

Vidro e concreto espirram em todas as direções. Através do fogo, da fumaça e dos escombros, pessoas e anjos correm e voam do ninho da águia como insetos espalhados.

O prédio majestoso estremece como se em choque.

Centelhas de fogo escapam das janelas mais baixas. Meu coração se aperta com o desejo de saber se Raffe ficou lá. Não sei para onde ele foi depois de me deixar. Só espero que esteja em um lugar seguro.

E então o ninho da águia desaba.

Vem abaixo num amontoado, com uma baforada de poeira soprando em câmera lenta. O estrondo acompanha o movimento como um terremoto interminável. Admirados, todos assistem à cena.

Hordas de anjos circulam no ar, vigiando a carnificina.

Quando o cogumelo de fumaça se aproxima, eles recuam, se espalham, parecem dispersos. Quando a coroa da fachada tomba sobre o monte arruinado, há um silêncio de espanto.

Em seguida, em duplas e trios, os anjos se afastam e sobem para dentro do céu enfumaçado.

À nossa volta, todos dão vivas. Alguns choram, outros berram. Pessoas pulam, batem palmas. Estranhos, que teriam apontado armas uns aos outros nas ruas, agora se abraçam.

Contra-atacamos.

Declaramos guerra contra qualquer ser que se atreva a pensar que pode nos varrer da Terra sem lutar. Não importa que sejam celestiais, não importa o poder que tenham, este é o nosso lar e vamos lutar para mantê-lo.

A vitória é longe de ser perfeita. Sei que muitos anjos escaparam apenas com ferimentos leves. Talvez alguns tenham morrido, mas o resto vai se recuperar depressa.

No entanto, olhando para as pessoas que festejam, poderíamos pensar que a guerra foi ganha. Agora entendo o que Obi quis dizer quando falou que a questão não era vencer os anjos. Era vencer os humanos.

Até esse momento, ninguém, inclusive eu, acreditava que haveria uma chance de revidar o ataque. Pensamos que a guerra tinha acabado. Obi e seus guerreiros da resistência agora nos mostraram que é só o começo.

Nunca pensei sobre isso antes, mas tenho orgulho de ser humana. Temos tantos defeitos. Somos frágeis, confusos, violentos e lutamos contra tantos problemas... Mas, no fim das contas, tenho orgulho de ser humana.

46

O BRILHO NO CÉU É UMA MISTURA de vermelho e preto. A luz ferida projeta um brilho surreal sobre a cidade carbonizada. Os soldados pararam de atirar, embora continuem a vigiar o céu, como se esperassem ver um exército de demônios prestes a nos atacar. Em algum lugar ao longe, o som de fogo de metralhadoras ecoa pelas ruas.

Continuamos a ziguezaguear por entre carros abandonados. As pessoas do nosso caminhão conversam animadas, aos sussurros. Estão tão revigoradas que cada uma parece pronta para enfrentar uma legião inteira de anjos, sem a ajuda de ninguém.

Todos ainda ficam em seus lugares no caminhão. É bom que estejam entusiasmados e felizes; não fosse assim, acho que teriam apenas nos queimado a todos na fogueira. Entre as conversas, as pessoas nos encaram. É difícil dizer se o que os motiva a olhar é minha mãe, em transe e rezando em línguas; se é minha irmã, com a sutura perturbadora e os olhos vagos, ou o corpo sem vida em que me tornei.

A dor está sumindo. Está começando a parecer mais que fui atingida por um carro num cruzamento do que por um caminhão na rodovia. Meus olhos estão começando a voltar pouco a pouco ao meu controle. Suspeito que outros músculos também estão perdendo a paralisia, mas meus olhos são o mais fácil de mexer; se é que se pode considerar o movimento de uma fração de centímetro. Mas é suficiente para me dizer que os efeitos do veneno estão passando e que provavelmente vou ficar bem.

As ruas ficaram desoladas e desertas. Saímos do distrito do ninho da águia e entramos na zona demolida. Quilômetros de carcaças de carros queimados e prédios destruídos se estendem ao nosso redor. O vento chicoteia meu cabelo à medida que seguimos entre o esqueleto quebrado e carbonizado do nosso mundo.

Algum tempo depois, paramos e nos fundimos a outros carros abandonados. Em dado momento, Obi nos pede silêncio e prendemos a respiração, na esperança de que nada nos encontre. Imagino que os anjos foram avistados no céu e que estamos nos camuflando. Quando penso que tudo acabou, alguém no fundo grita:

— Olhem! — Ele aponta para o alto, e todos olham.

Contra o céu ferido, um único anjo circula acima de nós.

Não, não é um anjo.

Luz reflete de um metal curvado em uma das extremidades das asas. Não têm formato de asas de pássaros. O formato é de enormes asas de morcego.

Meu coração se acelera com a necessidade de gritar para ele. Será que é ele?

Ele circula no alto e cada espiral o traz mais para perto. As espirais são largas e lentas, quase relutantes.

Para mim, é um olhar inofensivo sobre nosso caminhão. Para os outros, porém, em especial para os que ainda estão cheios de adrenalina, é um ataque inimigo.

Eles erguem os rifles e apontam para o céu.

Quero gritar para não fazerem isso. Quero dizer que eles não estão aqui para nos capturar. Quero bater neles e desviar a mira. Mas tudo o que posso fazer é vê-los apontar para o alto e disparar.

Os círculos preguiçosos se transformam em manobras evasivas. Ele está perto o bastante e posso ver que tem cabelos escuros. Agora está mais do que planando; a forma como se move é estranha. Como se estivesse aprendendo a voar com suas asas.

É Raffe. Ele está vivo.

E está voando!

Quero pular, acenar e gritar para ele. Quero dar vivas. Meu coração voa com ele, mesmo que esteja apertado, com medo de que ele caia lá de cima.

Os soldados não são tão bons com os rifles para atingir um alvo em movimento e a distância. Raffe sai voando sem se ferir.

Os músculos do meu rosto se movem pouco a pouco, em resposta à minha felicidade interior.

47

LEVA MAIS UMA HORA ATÉ EU descongelar por completo. Durante todo o tempo, minha mãe apertas as mãos e reza desesperadamente sobre meu corpo, em graves sons guturais que são suas declamações em línguas. São perversões incomuns de palavras que sem dúvida nos deixam perturbados de ouvir, mas ela as entoa numa cadência que, de alguma forma, também me acalma. Tinha de ser minha mãe: ao mesmo tempo assustadora e tranquilizadora, como só uma mãe insana poderia ser.

Sei que estou me recuperando, mas fico deitada até conseguir me sentar. Começo a piscar e a respirar normalmente muito antes de me mexer, mas ninguém percebe. Entre a presença suturada e androide da minha irmã aos meus pés, e as preces ininterruptas da minha mãe perto de meus ouvidos, suponho que meu corpo imóvel seja o que há de menos interessante para olhar.

O dia está amanhecendo.

Nunca me dei conta da vitória que é simplesmente estar viva. Minha irmã está conosco, Raffe está voando, e todo o resto é secundário.

E, por ora, isso é suficiente.

Agradecimentos

Um obrigada muito especial aos meus fantásticos leitores beta, Nyla Adams, Jessica Lynch Alfaro, Eric Schaible, Adrian Khactu e Travis Heermann, pelo feedback incrível e inspirado, que elevou o nível da minha história. Ao meu primeiro copidesque, Robert Gryphon, cujo comprometimento com minha obra foi inspirador; John Skotnik, por pegar aqueles probleminhas de edição de última hora; e Peter Adams, fotógrafo extraordinário, por tirar ótimas fotos minhas.

Agradeço também ao meu agente, Steven Axelrod, e à minha equipe editorial, Larry Kirshbaum, Tim Ditlow, Amy Hosford, Margery Cuyler, Anahid Hamparian, Diana Blough e Deborah Bass, por todo trabalho duro, apoio e entusiasmo ao levarem meu livro para um público maior.

Abraços e agradecimentos para Lee, que sempre faz um excelente trabalho impedindo que meu ego se torne grande demais. E, claro, um abraço carinhoso e um obrigada a Aaron, cujo suporte artístico e encorajamento me ajudaram a encontrar o caminho. Por fim, muitíssimo obrigada aos primeiros leitores e apoiadores de *A queda dos anjos*, que deram início à divulgação da minha obra. Vocês são maravilhosos, incríveis e têm minha eterna gratidão.

Este livro foi impresso no
Sistema Digital Instant Duplex da Divisão Gráfica da
DISTRIBUIDORA RECORD DE SERVIÇOS DE IMPRENSA S.A.
Rua Argentina, 171 - Rio de Janeiro/RJ - Tel.: (21) 2585-2000